COLLECTION
FOLIO/ACTUEL

Pierre Assouline

Les nouveaux convertis

Enquête sur des chrétiens, des juifs et des musulmans pas comme les autres

Gallimard

Journaliste à *Lire*, collaborateur de *L'Histoire* et de RTL, Pierre Assouline est l'auteur de plusieurs livres, notamment des biographies de Marcel Dassault, Gaston Gallimard, Jean Jardin, Daniel-Henry Kahnweiler, Albert Londres et Georges Simenon.

AVERTISSEMENT DE L'AUTEUR

Ce livre, paru pour la première fois en 1982 chez Albin Michel, est basé sur des entretiens avec des convertis, réalisés au début des années quatre-vingt.

Cette nouvelle édition, revue, augmentée et actualisée, doit beaucoup à mes amis Alain Rubens, François-Marie Samuelson et Éric Vigne. Qu'ils en soient remerciés.

À Jacques Assouline
mon grand-père

« Un jour, cette jeune femme, comme d'autres attrapent la grippe, contracta la foi. Une semaine plus tard, elle prenait le voile. Comme il soufflait ce jour-là un vent de force 4 établi au nord-ouest, elle gagna le large, puis la haute mer et personne ne la revit jamais. »

Jacques Sternberg

« Des récits de convertis, je voudrais dire seulement ceci : sans nier leur importance, il faut se garder de s'évader loin de l'effort personnel de conversion. Ces récits peuvent aider considérablement à réfléchir et à chercher mais, tels quels, ils ne constituent ni une preuve décisive ni une voie que l'on pourrait reparcourir " à bon compte ". »

Père Jean-Mohammed Abd el-Jalil

Avant-propos

Il est des gens qui naissent catholiques comme on naît coiffé, qui délaissent leur confession pour la retrouver bien plus tard à la faveur d'un embrasement de l'âme ou d'une longue maturation de l'esprit. Il ne s'agit pas tant d'une conversion que d'un retour aux sources, aux origines, aux racines. Ce passage de l'athéisme à la foi est une découverte pour certains, une redécouverte pour d'autres. Charles Péguy y voyait moins une conversion qu'un retour à la foi des baptisés. C'est l'illustration même de la dualité de la conversion, telle qu'on la trouve non dans son étymologie latine (*conversio* : retournement) mais dans son origine grecque où elle est à la fois *epistrophê*, c'est-à-dire changement et retour, et *metanoia*, c'est-à-dire changement et mutation. C'est de la *metanoia* dont il sera, pour nous, question.

Il y a ceux qui ont cru bon, utile ou nécessaire d'abandonner la religion de leurs ancêtres afin d'en embrasser une autre pour des raisons ponctuelles, à la faveur d'un mariage dit « mixte », d'une volonté d'intégration dans la société ou de circonstances politiques qui ne tolèrent pas certaines origines. Ce sont là des conversions d'opportunité et l'expression n'est en rien péjorative. Honni soit qui mal y pense.

Nous n'en parlerons pas, sinon incidemment.

Nous ne parlerons pas plus des marranes convertis par injonction du pouvoir catholique espagnol, ni des bourgeois juifs italiens qui se sont convertis au catholicisme en même temps qu'au fascisme, par choix de classe. Nous ne parlerons pas d'un Gustav Mahler, juif qui se convertit au christianisme dans le seul but de devenir directeur de l'Opéra de Vienne, ni de nos contemporains convertis à l'islam par l'air du temps ou par commodité administrative, ou de convertis par contestation comme ces quatre ecclésiastiques anglicans qui, en 1981, ont quitté leur Église pour rejoindre l'Église catholique après que des femmes furent ordonnées diaconesses par la hiérarchie de l'Église d'Angleterre.

De ceux-là non plus nous ne parlerons pas.

Mais alors, qui ? Les autres, les convertis, les vrais. Des croyants qui ont changé de religion en cours de route. Pour certains, il y eut une rupture, nette, radicale, parfois brutale à la suite d'une Révélation tout aussi soudaine. Pour d'autres, cette déviation d'un itinéraire spirituel tracé s'est faite en douceur, à la suite d'une lente et longue maturation, au fil de rencontres, au détour d'un livre.

Certains acceptent le label « converti » quand d'autres le refusent. Car ce qui est un véritable retournement pour l'un peut n'être qu'un accomplissement pour l'autre. Nombre de juifs devenus chrétiens me diront ne s'être pas convertis mais avoir accompli leur judaïsme dans leur christianisme ; ils ont fait leur ce mot du Christ : « Je ne suis pas venu abolir mais accomplir[1]* », c'est-à-dire non pas supprimer ou nier la loi juive ou les Commandements mais les pousser jusqu'à leur cheminement. Malgré les contradictions, nombre d'entre eux se disent juifs et chrétiens, chrétiens parce que juifs comme Jésus... bien que la loi juive réfute absolument le caractère messianique et divin de Jésus.

On peut gloser à loisir sur les convertis, rien ne remplacera jamais le témoignage direct, vécu. J'en ai choisi une vingtaine. « Choisir » est un terme assez impropre tant ces rencontres furent le fruit du hasard, à moins que la Providence...

La bienveillance de quelques religieux, l'aide de certains laïcs, le bouche à oreille et l'air du temps m'ont permis de mener cette enquête en France, en Angleterre, en Israël et en Suisse. Des hommes et des femmes m'ont raconté leur itinéraire personnel. Pour expliquer le pourquoi et le comment de leur conversion, ils ont essayé, souvent pour la première fois, de le comprendre en présence d'un interlocuteur. Pour la plupart, ils n'ont pas vu d'inconvénient à ce que leur nom et les détails de leur vie soient ici rapportés. Quelques-uns ont préféré garder l'anonymat pour des raisons qui n'appartiennent qu'à eux. Nous les signalerons par le délicat « appelons-le... » suivi d'un pseudonyme.

* Toutes les notes sont regroupées en fin d'ouvrage, p. 307.

Tous ont parlé avec sincérité, en cherchant avec difficulté les mots pour le dire. Car s'il est peu aisé d'évoquer la découverte de la foi, il l'est encore moins d'exprimer son bouleversement.

I

Ils ont choisi le christianisme

« Le premier pas de la conversion consiste non pas à tenter de voir la logique et la cohérence de ses sentiments à partir de nous-mêmes, mais à nous laisser dérouter par une logique que nous ne comprenons pas. Parce qu'elle nous force à sortir de notre fermeture sur nous-mêmes et à accepter qu'elle vienne d'un Autre. Après tout, est-il inscrit quelque part que nous devions sommer Dieu de s'expliquer, de telle sorte que nous puissions comprendre, nous ? »

Jean-Marie Lustiger
Sermons d'un curé de Paris

Au commencement était le Livre...

On a du mal à imaginer à quel point la chose imprimée — pas seulement le Livre mais les livres — peut jouer un rôle décisif dans l'itinéraire spirituel d'un converti. On s'en aperçoit en parcourant les entretiens publiés dans le présent ouvrage et en interrogeant un peu l'historiographie de la conversion. Il y a d'abord les Évangiles, bien entendu, dont la lecture suscite souvent un choc, une lumière qu'on dit Révélation. Puis il y a les commentaires. Enfin, on trouve quantité d'ouvrages sans rapport direct avec le christianisme mais qui sont autant de chemins détournés.

L'exemple le plus connu reste celui de l'écrivain franco-américain Julien Green. Ce protestant parisien connut ses premiers doutes assez jeune en feuilletant les illustrations de Gustave Doré pour *La Divine Comédie*. À seize ans, il entend un appel lui enjoignant non de se convertir au catholicisme, mais de se diriger vers une commode de l'appartement familial, et d'ouvrir un tiroir d'ordinaire interdit. Ce qu'il fait. Il y trouve *La Foi de nos pères* du cardinal Gibbons, évêque de Baltimore, et c'est le début... Julien Green est, depuis la mort de François Mauriac et celle de Gilbert Cesbron, un des derniers grands écrivains catholiques dont la France puisse s'enorgueillir.

L'histoire de Julien Green est intéressante à plusieurs titres car elle illustre aussi un aspect généralement méconnu ou sous-estimé de la conversion : la durée.

Il est couramment admis, dans les esprits, que la conversion est la plupart du temps conséquence d'un coup de foudre, d'un éclair du Très-Haut sur les âmes d'ici-bas, ce qu'on nomme péjorativement sous certains méridiens un coup de bambou. Certes, cela existe. Mais l'événement est souvent perçu, par les autres, au premier degré comme une explosion et ce caractère soudain fait assimiler l'ensemble du phénomène à quelque chose de subit, d'immédiat et de ponctuel, alors qu'en réalité il en est autrement. L'explosion n'est la plupart du temps que l'aboutissement d'un long cheminement intérieur, secret et discret comme tout ce qui se passe au-dedans. C'est le bout du tunnel, le trou blanc au fond du corridor souterrain. Si l'on ne tient compte que de l'apothéose, alors la conversion apparaît comme un coup de foudre. Mais si l'on considère le phénomène dans son ensemble, avec ses tenants et ses aboutissants, il apparaît plutôt comme le résultat d'une longue maturation. C'est souvent après coup que nombre de convertis parviennent à analyser ce long et douloureux travail de préparation qui leur a fait prendre LA décision. Certains objecteront que cela relève plus d'une reconstruction que d'une constatation. Le débat est ouvert mais force est de reconnaître que nombre de convertis prononcent cette même phrase : « En fait, j'étais converti depuis longtemps en moi-même, sans le savoir... L'acte de la conversion n'a fait qu'officialiser un état déjà avancé. »

Cette vérité-là est difficile à faire admettre à certains esprits tant l'idée de conversion s'associe au « retournement » et au « bouleversement », mais elle existe. Il faut se faire à l'idée qu'on peut changer radicalement de foi en douceur et en profondeur. Il ne faut pas oublier que, dans les seuls cas qui nous intéressent, nous ne rencontrons que des croyants, donc des individus qui ont déjà la foi en eux et c'est important, le passage de l'irréligion à la foi relevant d'un tout autre éclairage. Ces croyants sentent généralement mûrir quelque chose de différent en eux, ils ne savent trop comment l'exprimer, ils pensent que quelque chose arrive mais n'est pas encore là, que trop de contradictions font encore obstacle, que la culture d'origine est là, qu'on n'efface pas par simple décret et que les traditions pèsent de tout leur poids. Il y a les aimants et les repoussoirs, et leur jeu contradictoire peut perdre plus d'un esprit mal armé pour subir ces joutes de l'âme et de la raison. Dira-t-on jamais le désespoir du jeune juif qui sent l'ascendant de la personne du Christ se faire de plus en plus fort sur sa propre personne ?...

Nier ? C'est affaire de tempérament. Biaiser ? Question de caractère. L'issue dépend des individualités, des circonstances et de cette Grâce qui, parfois, s'abat plus comme une chape de plomb que comme un drap de plumes. Dans le sillage d'une espérance nouvelle, on trouve souvent un cortège de renoncements. Écoutez ce qu'en dit Samuel Stehman, un juif bruxellois baptisé à vingt et un ans, entré chez les bénédictins peu après en 1936 :

« Devenir chrétien était la pire des choses que je pouvais leur [mes parents] faire. C'était me placer dans le clan des ennemis [...], c'était leur cracher au visage. [...] En devenant chrétien, je me suis effroyablement compliqué l'existence. Loin de m'évader d'une persécution antijuive alors inexistante, j'ai été livré à une persécution juive. [...] Même après l'enfer des camps nazis, je continue à regarder ce conflit familial comme la période la plus pénible de mon existence[1]... »

Il a pourtant connu Buchenwald...

Il n'avait pas raisonnablement choisi le christianisme, il avait subi son emprise et elle le dépassait, balayant avec une puissance formidable tout ce qu'il avait été, tout ce qui avait pour lui une valeur, tout. Un véritable typhon. Y résiste-t-on ? Quand bien même le pourrait-on, ne serait-ce pas en vain ? Encore Samuel Stehman venait-il d'une famille relativement déjudaïsée, même si l'appartenance au peuple juif y était revendiquée haut et fort, surtout en cas de menace de l'intégrité de la cellule familiale. Mais imagine-t-on les désarrois d'un Ratisbonne ?...

Théodore Ratisbonne (1802-1884) était issu d'une famille de la petite bourgeoisie alsacienne fermement attachée aux mœurs et traditions juives. Il est venu à l'Évangile progressivement, par étapes, de clarté en clarté. Autant dire que sa déchirure fut aussi vive qu'un ulcère qu'on excite à dessein. Son père était président du consistoire. Lui-même dirigeait des écoles israélites à Strasbourg. Il n'y avait pas de compromis possible. Il a résisté à la tentation de la conversion au christianisme jusqu'au point de non-retour, la rupture, qui ne pouvait être que radicale :

« Les peines et les mécomptes m'avaient rendu plus souple, et j'étais dans l'état désespéré d'un homme qui, après s'être longtemps débattu dans les flots, se laisse enfin emporter par le courant et n'a plus la force de résister à la main bienfaisante qui le saisit pour l'arracher à la mort[2]. »

Le déchirement peut aussi être la conséquence d'une « décision délibérée », si tant est que l'expression soit autorisée en la matière. Car il est des conversions qui s'opèrent en toute logique, froidement et rationnellement. Certes, la foi est toujours là, à l'origine, qui dicte tout, mais il n'y a pas que la foi. Il y a tout le reste. Écoutez le juif René Schwob :

« Je choisis les moyens catholiques parce qu'ils me paraissent les plus efficaces et l'idéal catholique parce qu'il est le plus exigeant. [...] Si j'ai choisi la religion catholique, c'est qu'elle m'offrait un système plus conforme dans son esprit aux recherches du mien. [...] Il ne s'agit plus de choisir entre la religion de ses ancêtres et le parjure. Il s'agit de savoir si le Christ est Fils de Dieu, et cela m'est devenu indubitable. Il ne s'agit pas de choisir la solution la plus héréditaire, mais de préférer la vérité à l'erreur et d'y consacrer toutes ses forces[3]. »

À lire ces témoignages, on a le sentiment qu'une fois la conversion acquise, il n'y a plus de place pour le doute tant la force de conviction est grande et inébranlable. J'ai constaté en effet, au cours de multiples entretiens avec des convertis, qu'ils ne doutaient plus vraiment même s'ils étaient terriblement sceptiques au temps de leur retournement. Pour que le doute s'installe à nouveau, il faut un terrible choc, à la mesure du choc précédent. Bien souvent, il participe moins de circonstances spirituelles que d'un contexte temporel. On l'a vu avant et pendant la Seconde Guerre mondiale. On a vu Arnold Schönberg (1874-1951), éminent compositeur de l'École de Vienne, achever un itinéraire spirituel particulièrement sinueux : né dans une famille juive viennoise, éduqué dans la religion catholique, converti à l'âge de dix-huit ans au protestantisme, il retrouva ses racines juives et réintégra le judaïsme en 1933, quand les nazis étaient au pouvoir. On a vu un poète comme Max Jacob, juif breton converti au catholicisme, être le seul sacristain du monastère de Saint-Benoît-sur-Loire à arborer l'étoile jaune ; arrêté le 24 février 1944, déporté à Drancy, il y meurt d'une congestion pulmonaire, s'excusant de sa conversion auprès de ses ex-coreligionnaires du camp et leur demandant de réciter, pour lui, un *kaddich*[4]. On a vu également Samuel Stehman porter l'étoile jaune sur son habit de bénédictin jusqu'à ce que son supérieur le prie de s'abstenir de telles manifestations de solidarité avec ses anciens coreligionnaires... Malgré les requêtes du cardinal Suhard, archevêque de Paris, auprès des autorités vichyssoises, les convertis et descendants de convertis ne purent échapper aux lois sur les juifs et durent porter l'étoile jaune à quelques exceptions près : des amies du maréchal Pétain, la veuve d'Henri Bergson et l'épouse d'un pilier de la collaboration, Mme de Brinon née Franck[5].

Schönberg, Jacob, Stehman... Des défis ? Des sentiments de culpabilité ? Et si c'étaient des sursauts... La réponse leur appartient.

Pierre Hirsch n'a pas eu ce genre de problème. Sa conversion, dont l'authenticité n'est pas mise en doute, est révélatrice d'un tout autre état d'esprit qui n'est pas négligeable : il est venu au catholicisme en voulant mieux aimer la France, le premier étant la religion de la seconde. On y décèlerait sans peine une volonté d'intégration forcenée. Mais cela va plus loin encore. Qu'on en juge :

« Quant à moi, je suis Français, non plus même Français assimilé ce qui suppose une survivance de disparité, mais Français tout court, Français de France. Et je regarde dans les yeux, sans ciller, tout bon Français d'ancienne souche. [...] Votre route, Marie, c'est une route française, conduisant à des vallons heureux où les arbres s'élancent d'un jet droit qui est une prière. La campagne est parsemée de hameaux et de bourgs au centre desquels a poussé d'un essor plus haut encore la ferveur des clochers. Toute la France est catholique... Cette route que vous suivez, Marie, est celle que la vocation de mon cœur et de mon esprit m'oblige à suivre. Je la suivrai donc, avec vous, Marie, si vous consentez à mettre votre main dans la mienne. [...] Pour faire une patrie, mille ans au moins sont nécessaires. Pour la comprendre et l'aimer, combien faut-il avoir donné de son sang ? Suis-je français, moi, le juif, qui ne le suis que depuis cent cinquante ans et qui, chaque fois que la France m'a demandé mon sang, le lui ai donné ? Oui, si la Croix m'accueille[6]. »

Confusion des genres, confusion d'identité, certes, mais conversion tout de même. L'histoire de Pierre Hirsch date de l'entre-deux-guerres. Elle n'a pourtant en rien perdu de son actualité. Aujourd'hui, les camps de réfugiés en Thaïlande sont régulièrement visités par des missionnaires chrétiens venus d'Amérique évangéliser ces masses généralement bouddhistes. Ces « services d'aide » affirment volontiers que chacune des conversions qu'ils enregistrent est sincère car préparée et spontanée. Jamais sollicitée. Pour bien mettre les choses au clair, on précise même que la religion ne facilite en rien l'émigration aux États-Unis, bien qu'une église baptiste ait été, paraît-il, construite en Amérique spécialement pour ces réfugiés d'Asie du Sud-Est nouvellement venus au Christ. Il est frappant de constater tout de même le succès rencontré par ces missionnaires américains, un succès qui contraste singulièrement avec les échecs répétés qu'ils connurent naguère en Indochine, en un temps où Cambodgiens, Vietnamiens et Laotiens n'étaient pas des réfugiés.

En France, on observe un phénomène parallèle depuis que nombre de *boat-people* y ont trouvé terre d'asile. La foi dans le Christ mêlée à une indéniable volonté d'intégration (par le mariage surtout) à une société dont le catholicisme est la religion font qu'un nombre croissant de ces réfugiés d'Asie du Sud-Est se convertissent, quittant ainsi le bouddhisme et l'animisme (c'est le cas des tribus hmongs par exemple).

Voilà qui justifie encore la première partie de la définition donnée naguère au mot conversion[7] : « ... succès continuels de la propagande catholique... » : quant à la seconde partie : « Retour individuel d'un grand nombre d'hérétiques et de schismatiques à l'unité romaine », c'est une tout autre histoire.

Nous touchons là à un point très sensible. Les responsables catholiques n'aiment pas trop en parler. C'est vrai, un nombre constant de protestants se convertissent au catholicisme. Mais en ces temps d'œcuménisme, il n'est pas de bon ton d'en faire état. Il n'en faudrait guère plus pour que certains dénoncent dans la machine œcuménique un cheval de Troie envoyé à dessein par le Vatican.

Certes, les protestants eux aussi « convertissent »...

ÉRIC FRACHEBOUD, DE L'ÉVANGILE À L'ÉVANGILE

Lessoc, un village en Suisse, quelque part dans le canton de Fribourg. Les Gruyériens, gens du comté, ont une farouche tradition derrière eux : ils ont défendu de longue date leur autonomie et de belle manière, sans jamais rien céder ni concéder. Ce qui fit de ce coin de terre un îlot préservé. Ni la grande industrie, ni le socialisme, ni la Réforme n'y eurent droit de cité. Le catholicisme tint bon contre vents et marées. Aujourd'hui encore, il en est ainsi de Lessoc. C'est dans cet esprit que naquit Éric Fracheboud en 1955. C'est cette Église séculaire qu'il a abandonnée pour une Église protestante. Son grand-père, un paysan, dut quitter Lessoc pour Genève, pour des raisons économiques et familiales. Les Fracheboud se firent Genevois pour trouver un emploi dans l'État de Genève. C'était un premier compromis avec les exigences du siècle. Mais sur la religion, point. Catholiques malgré tout, catholiques avant tout. La mère d'Éric, d'origine protestante, dut se faire catholique pour se marier. Le jeune Éric vécut dans cette atmosphère, dans ce rituel : messe en latin, confession auriculaire, communion, jeûne précédant l'hostie de deux heures...

La rupture fut aussi forte que la tradition.

« Votre adolescence fut-elle pareillement pratiquante ?

— Chaque soir, avec mon frère, nous priions avant de nous endormir. Un jour, il décida d'arrêter. J'en fus étonné et je décidai de continuer seul dans cette voie. Parfois j'étais prêt à m'endormir lorsque brusquement je me rappelais avoir oublié d'invoquer Dieu. Je sortais du lit, mon chapelet dans les mains et, à genoux, réparais mon oubli. Cependant un soir, je me suis demandé : pourquoi pries-tu la Vierge Marie ? Je n'avais pas de raison précise de le faire, je l'avais appris, voilà tout. Je ne peux pas expliquer ce qui se passa ce soir-là. J'avais compris quelque chose de nouveau : il n'était nullement nécessaire de s'adresser à la Vierge. Je continuai donc à prier Dieu et lui seul.

— Comment se passaient les cours de catéchisme ?

— J'étais souvent attristé par l'attitude de mes camarades. Ils blaguaient, tournant le Christ en ridicule. Je trouvais cela détestable. Une fois à Pâques, on nous présenta la Passion avec des clichés. L'un d'eux, son commentaire surtout, retint mon attention : " Père, pardonne-leur car ils ne savent pas ce qu'ils font. " Je n'ai jamais réussi à oublier cette parole. Cette éducation religieuse n'a pas suffi à me transformer. Malgré une conscience morale bien étayée, j'avais des réactions instinctives méchantes. J'étais un violent jusqu'à l'âge de dix ans. J'avais des difficultés dans mes études, mon père était de plus en plus alcoolique. Plus tard, je me suis mis à beaucoup voyager. Les voyages m'ont appris à reconnaître la Providence de Dieu dans ma vie. Un jour à Paris, on me prêta un livre d'histoire. Il retraçait la vie des martyrs au début du siècle. Je fus très touché par toutes ces cruautés et ces injustices ; je me souviens en avoir pleuré... Je croyais en Dieu sans que cela ait quelque conséquence dans ma vie quotidienne. Sur les quais de Genève, un peu plus tard, je rencontrai de jeunes chrétiens qui chantaient en s'accompagnant à la guitare. Ils m'invitèrent à une réunion à Lausanne. L'Américain David Wilkerson y parlait de ses expériences dans les ghettos de Brooklyn. Il parla ce soir-là du retour de Jésus-Christ. J'en fus fortement impressionné mais j'oubliai vite. Un peu plus tard, en voulant me rendre en Albanie, je me suis retrouvé à Istanbul. J'y ai prié dans une mosquée : je ne faisais pas trop de différence entre les religions : les hommes n'ont qu'un seul et même Dieu qu'ils adorent de manières très diverses.

— Vos périples ont-ils eu une si grande importance dans votre évolution spirituelle ?

— Tout à fait. Une fois, je marchais avec un ami dans la montagne qui sépare la Yougoslavie de l'Autriche. J'ai eu soudainement besoin, véritablement besoin, de le distancer, d'être seul pour contempler les œuvres du Créateur. Je ressentais le besoin de chanter, d'improviser même, des paroles et de les faire monter vers Dieu invisible et si éloigné de ma personne. C'était la première fois que j'exprimais à Dieu mon désir profond de lui parler. En redescendant de la montagne, j'étais en paix. Plus tard, en lisant l'Évangile selon saint Jean, je compris la parole du Christ : " Je vous laisse la paix, je vous donne ma paix. "

— Après ces voyages et après vos études secondaires, qu'avez-vous fait ?

— Il a bien fallu travailler. J'ai été engagé à la poste comme facteur auxiliaire. C'était bien, c'est un métier où on a des contacts humains.

— Mais ça n'a pas duré ?

— Non, ce que je voulais, c'était être missionnaire, partir dans un pays en voie de développement et aider les gens sur place. Aussi, je cherchai à prendre contact avec une mission protestante à Genève. Je me sentais d'autant plus libre que depuis l'âge de quatorze ans, j'avais quitté l'Église catholique. Définitivement. Je cherchais. Un soir, je décidai de retourner à la messe dans mon quartier. Ne sachant pas l'horaire du service, j'arrivai en avance. Je sortis et marchai seul dans les rues ; je parlai à ce Dieu que je connaissais si peu. Puis, pendant la messe, je n'osai exprimer aucune parole, par peur. Une fois dehors, j'étais toujours dans le même état. Je me demandais où donc rencontrer Dieu, où trouver la paix ?

— N'avez-vous pas cherché de l'aide ?

— Paradoxalement, c'est ma mère qui m'a aidé. Elle m'a donné l'adresse d'un groupe de jeunes qui avaient mis une annonce dans le journal dans le but de créer une petite réserve ornithologique à la campagne. Plus tard, elle le regretta car il s'avéra que ce groupe tenait dans son appartement une réunion de prière chaque semaine.

— Vous vous êtes intégré à ce groupe ?

— Oui, mais je n'osais pas aller à la prière. J'ai téléphoné à un ami pour qu'il m'y accompagne ; rien à faire. J'appréhendais d'y aller seul. Finalement, j'y suis allé. Ils chantaient, lisaient, commentaient un passage de la Bible. Je me suis senti tout de suite à l'aise. J'étais en communion d'esprit avec eux. C'est un peu plus tard, dans un autre groupe de prière organisé dans le Jura par la jeunesse francophone que j'ai compris. Pour la première fois, Dieu me parla comme jamais. J'avais compris quelque chose de nouveau : j'étais pécheur, j'avais toujours dirigé ma vie comme je l'avais souhaité. J'avais alors besoin de demander à Jésus de prendre le gouvernail de ma barque. J'étais le seul maître à bord. Ce soir-là, je lui ai dit : " Contrôle ma vie, je veux te suivre. " Dès ce jour, je devins un homme nouveau. Au chapitre trois de l'Évangile selon saint Jean, on parle de la " nouvelle naissance ". C'est ce qui se passa pour moi. Extérieurement, tout restait en place, mais je reçus le Saint-Esprit promis par Jésus. Enfin, Dieu me devenait personnel, présent, proche. À n'importe quel moment, je pouvais lui parler, je savais qu'il était là. Le vide était comblé, la solitude vaincue.

— Comment s'est effectué votre retour chez vous ?

— Ce fut une révolution. Mes passions précédentes n'avaient plus de valeur pour moi. Il y eut une véritable rupture avec tout mon passé et ce qu'il représentait. Ce grand balayage paraît difficile à comprendre pour certains, mais, parfois, de tels gestes sont salutaires. Mon erreur fut peut-être d'être trop tranchant, trop rude. Ma mère fut effrayée par un changement aussi radical, du catholicisme à une manière de protestantisme. Elle disait : " Mais dans quelle secte est-il tombé ? " Moi, je lui répondais par une parole du Christ : " Ne vous imaginez pas que je sois venu apporter la paix sur terre ! C'est plutôt un glaive que j'y apporte. Je suis venu dresser l'homme contre son père, la fille contre sa mère... " Il y avait de quoi être soucieux, en effet !

— Mais à quoi se rattachait votre groupe de prière ?

— Nous tenions nos réunions dans le sous-sol d'un temple protestant. Nous évoluions avec lui au début jusqu'à ce que le groupe se rattache à une Église libre de Genève. Ces Églises-là sont des Églises protestantes de professants, séparées de l'État, ne s'ingérant pas dans les affaires politiques si ce n'est à titre individuel ou privé. On les appelle " évangéliques " ou " fondamentalistes " parce qu'elles croient à toute la Bible comme inspirée de Dieu. L'Église elle-même subvient aux besoins du pasteur et des responsables. Des laïcs sont engagés dans une vie professionnelle tout en conservant des responsabilités dans la communauté. En tout cas, c'est un pasteur, que j'ai connu peu après, qui m'a convaincu qu'une lecture et une méditation quotidiennes et attentives de la Bible étaient essentielles. C'est au travers du Saint-Esprit et de l'Écriture sainte que j'ai eu la révélation de la personne de Jésus. J'ai cru à ce qui m'a été annoncé. J'ai cherché, vérifié, contrôlé et depuis, je suis assuré de mon éternité. Il est le Seigneur des cieux et de la terre. Il est le Sauveur de tous les hommes. Il a vaincu la mort.

— Qu'avez-vous fait après votre conversion ?

— Une école d'horticulture et l'armée... Je me suis retiré quarante jours en pleine montagne pour chercher la volonté de Dieu et savoir ce qu'il attendait de moi. J'ai beaucoup prié pour savoir comment orienter ma vie. De retour à Genève, j'ai travaillé comme jardinier dans une société d'entretien, afin de pouvoir faire des études de théologie à loisir. J'ai pris le temps de vivre et de méditer, de retrouver les vraies valeurs, celles de l'individu.

J'ai compris qui j'étais à travers la personne du Christ. L'homme a besoin d'un guide. Jésus a dit une fois : " Je suis le bon berger. " Cela est significatif. L'homme est comparé à une brebis. Cette illustration montre que l'homme est sans défense véritable, comme la brebis. Il ignore sa destinée. Livré à lui-même, il s'égare.

— Était-ce votre cas ?

— J'étais au milieu des hommes, mais j'étais seul. J'étais déçu par l'humanité quand une lumière a brillé qui m'a fait comprendre la vie. Dieu s'est approché des humains en Jésus-Christ. Dieu s'est incarné. Pour moi, c'est devenu une réalité.

— Et maintenant ?

— J'ai fait deux années d'études dans un Institut biblique et missionnaire. Je consacre ma vie aux personnes, aux Églises qui ont besoin d'entendre cette " Bonne Nouvelle " : l'Évangile, c'est le Christ. »

Depuis, dix années ont passé, les événements heureux ont affermi la vie d'Éric Fracheboud. Il s'est marié à une évangéliste norvégienne et il est le père de trois enfants. Néanmoins, il a démissionné de ses fonctions d'évangéliste dans une clinique diaconale luthérienne de Paris, jugeant les pasteurs trop silencieux devant le nombre d'IVG (interruptions volontaires de grossesse) pratiquées. Éric Fracheboud n'entend pas l'Évangile de cette oreille.

Il y a protestant et protestant, la Fédération protestante de France[8] est vaste et, comme son nom l'indique, fédérative ; on y trouve aussi bien la Mission du pasteur Clément Le Cossec qui évangélise les Tsiganes de France, que l'Église de la confession d'Augsbourg, d'Alsace et de Lorraine.

Pour en savoir un peu plus, j'ai rendu visite au pasteur Alfred Chevalley, qui était jusqu'en juin 1981 (il était en fin de mandat) secrétaire général de l'Église réformée de France (ERF) ; un homme à la poignée de main de bûcheron et la pipe vissée dans la bouche, qui a son franc-parler certes mais aussi cette réserve et cette rigueur qui, dans l'opinion publique, siéent aux protestants qui se respectent :

« Il y a encore des prosélytes mais moins nombreux qu'autrefois et moins généralement qu'autrefois, dit-il. Il existe néanmoins une ambiguïté : ce que l'Évangile appelle conversion *(metanoia)* implique un renversement de l'échelle des valeurs dans sa propre vie. Or, est-ce qu'un changement de religion implique toujours le changement profond et décisif dont Dieu seul est juge ? Actuellement, dans la majorité de nos Églises réformées de France, les conversions sont plus rares parce que les relations entre les Églises dans la démarche œcuménique ont changé de nature. L'esprit de compétition et de rivalité fait place à une recherche exigeante mais commune de la vérité.

— Pourquoi vient-on malgré tout trouver votre Église ?

— Mis en contact avec notre Église, des gens découvrent que c'est là qu'ils trouvent l'épanouissement de ce qu'ils avaient confusément en eux. Les catholiques viennent souvent à nous parce qu'ils ont rencontré un protestant avec qui ils ont parlé ou parce qu'ils sont allés une fois dans un temple...

— Ce sont là des circonstances, mais profondément, qu'est-ce qui les attire chez vous ?

— Ce qui attire les catholiques chez nous, c'est la notion de la grâce, la mise en faillite de toute méthode d'appropriation personnelle du salut. Chez nous, la seule grâce, c'est la foi. On n'est pas sauvé par la pratique mais par la foi. La seule assurance que nous ayons d'être sauvés repose sur la foi et sur la conviction que l'amour de Dieu est premier.

— Vous établissez une frontière entre les strictes conversions de croyants et, disons, les conversions d'opportunité : mariage, etc. ?

— Je crois qu'il faut se réjouir des conversions au christianisme mais il faut être réservé sur les conversions opportunistes, pas seulement pour des raisons de mariage mais aussi quand existe une motivation " religieuse " sans motivation de foi. Les conversions de croyants sont plus rares mais très significatives. Je pense par exemple aux conversions de prêtres. Un certain nombre d'entre eux sont conduits, connaissant une crise de vocation, à quitter leur sacerdoce et, pour certains, à demander à entrer dans une Église protestante pour y devenir pasteurs.

— Vous avez converti beaucoup de monde ?

— Dans ma vie de pasteur, les seules conversions que j'ai reçues, dont j'ai été le témoin et parfois l'instrument, sont celles de gens qui ont plutôt forcé ma porte. Je n'ai jamais proposé à quiconque de renoncer à son Église pour entrer dans la nôtre. Au contraire, j'ai exposé à tous ces gens les inconvénients qui résulteraient de l'abandon de leur Église. J'ai voulu que ces changements s'opèrent en pleine connaissance de cause.

— C'est quoi un convertisseur pour vous ?

— C'est un gourou, de toute façon. C'est un ministère plus difficile à exercer que celui de la rencontre et du dialogue parce qu'il est difficile de faire la différence entre influence personnelle et rencontre authentique.

— Mais, pratiquement, comment ça se passe quand un croyant venu d'ailleurs vient frapper à votre porte ? Que faites-vous ?

— Je cherche d'abord à savoir pourquoi il quitte sa propre confession. À ce moment-là, mon aide, c'est de lui faire prendre conscience de sa propre situation. Puis... Vous voulez savoir ce qui se passe chez nous ? Entrez, écoutez, pratiquez. Devenir protestant, ça commence par une catéchèse car notre foi repose sur la révélation biblique, le message vivant du Christ passant à travers la connaissance biblique. Une catéchèse donc, mais qui s'insère dans la vie. Parallèlement à nos entretiens, une certaine prise de conscience doit s'effectuer par des lectures, après quoi on intègre l'impétrant à une communauté de protestants. Après un temps variable, soit il reste, soit il part. Soit il se trouve bouleversé, soit il estime que ça ne change rien. S'il veut entrer chez nous, il fait une déclaration de foi solennelle ou alors il entre, tout simplement, et participe. On ne lui demande pas d'abjuration. On s'interdit de le rebaptiser, il y a un seul baptême.

— Et si le candidat est juif ou musulman ?

— Le processus est le même avec, en plus, le baptême.

— Ce sont là des raisons qui montrent pourquoi on vient à vous. Mais savez-vous, globalement, pourquoi on vous quitte ?

— Il y a d'une part les raisons d'ordre sociologique : il s'agit de protestants qui ne supportent plus la singularité — n'oubliez pas que la moitié de la population protestante de ce pays vit en situation de diaspora ; ceux qui ne peuvent plus supporter cet isolement et nous quittent pour cette raison deviennent en général de mauvais catholiques. D'autre part, il y a des raisons plus religieuses, qui se traduisent souvent par un profond besoin de mystique et de liturgie. »

Un besoin de mystique, de liturgie...

Une telle exigence devrait conduire les chrétiens plutôt sur les chemins de l'orthodoxie. Les cas existent, même s'ils sont peu nombreux. J'ai rencontré une jeune Parisienne éduquée dans la stricte tradition catholique, fervente depuis son plus jeune âge mais vite déçue par certains aspects du catholicisme romain. Après bien des hésitations, elle est venue à l'orthodoxie par... la musique ! Bien sûr, il n'y a pas eu que cela. Outre sa participation active à une chorale russe, il y a eu la découverte de nouveaux horizons dans le christianisme grâce, surtout, aux ouvrages d'Olivier Clément. Le chant, la langue, la liturgie ne furent en fin de compte que le détonateur de quelque chose de plus intérieur, de plus fort.

« Il y a d'abord eu l'esthétique de l'Église orthodoxe, explique-t-elle. Ce sont des églises en bois, c'est plus chaud que les églises en pierre. Puis il y a eu les icônes, le chant, la musique, les ornements sacerdotaux qui tiennent du théâtre chinois, les rites (l'iconostase qui s'ouvre et se ferme)... Mais ce que je prèfère dans l'orthodoxie, c'est son côté intemporel. Leur Église n'a pratiquement pas bougé depuis les apôtres alors que le catholicisme et le protestantisme cherchent encore à se situer dans le siècle. L'orthodoxie est une religion plus distante et plus objective car elle n'essaie pas de s'intégrer dans le siècle. Cette pérennité offre un côté mythique. Les orthodoxes sont restés fidèles aux premiers dogmes, ce sont les catholiques qui ont introduit des hérésies comme l'Immaculée Conception. Les apparences et ce côté intemporel qui remonte quelque part dans la nuit des temps, ça m'a plu. Le spirituel doit être dissocié du matériel.

— Mais qu'est-ce qui vous repoussait dans l'Église catholique ?

— Ses prises de position sur la vie privée, entre autres choses. Les orthodoxes laissent à chacun sa conscience. C'est le cas pour le mariage des prêtres. C'est une manière de traiter les fidèles en adultes que n'a pas l'Église catholique. Les années passant, elle a voulu s'immiscer dans toutes les questions de la vie contemporaine.

— Et, sur un plan plus intérieur, qu'en est-il ? Car, sur tout ce que vous m'avez dit concernant la liturgie, on pourrait vous reprocher une indulgence coupable pour le folklore...

— Il y a une différence fondamentale entre les deux Églises : l'Église catholique est européenne, occidentale et son idée de base est : aimons-nous les uns les autres et nous nous améliorerons. L'Église orientale dit : commençons par savoir qui nous sommes et améliorons ce que nous pouvons améliorer en nous avant de l'offrir aux autres. Il y a donc d'abord introspection.

— Des regrets ?

— Aucun. Je suis retournée une fois dans une église catholique pour un enterrement. Quand j'ai vu comment ils culpabilisaient les familles, j'ai eu envie de faire du prosélytisme... Quand je parle avec des catholiques convaincus, je pars en guerre. Je n'hésite pas à employer le mot tabou.

— Lequel ?

— Hérétiques !

— Qu'est-ce qui vous a encore attirée chez les orthodoxes ?

— C'est une religion plutôt orale. La *Grande Pâque russe* de Rimsky m'a beaucoup marquée. J'ai trouvé chez les orthodoxes la convivialité, le sens total de la fête. Le fait d'aller chez eux, ça a été ma manière, finalement, d'être traditionaliste. Chez les catholiques, je me confessais, j'inventais même des péchés pour pouvoir le faire. Chez les orthodoxes, je ne suis jamais allée me confesser. Ma conscience ne regarde que moi-même. À l'issue des interminables mélopées orthodoxes, on en est arrivé à un deuxième niveau de conscience. Pas chez les catholiques.

— Aucun regret donc ?...

— Aucun, je vous l'ai dit. Si... tout de même, un regret, mais il est purement folklorique : les offices de Noël dans les petites églises de Haute-Provence... »

Folklore... Il conserve sa part authentique mais si difficile à démêler de la pure subjectivité !... En tout cas, il joue un rôle majeur, au départ, dans nombre de conversions à l'orthodoxie. Il attire des fois qui demandent à mûrir et qui mûrissent en effet dès que le stade de la fascination par l'encens est dépassé. il existe un cas méconnu mais qui concerne un homme célèbre : l'écrivain Paul Morand. Ce parfait agnostique né catholique s'est senti irrésistiblement attiré, au soir de sa vie, par l'orthodoxie. Bien sûr, les origines de son épouse n'y sont pas étrangères : la princesse Soutzo, une aristocrate d'origine bulgare, était de rite grec orthodoxe. Dans une lettre à son ami Jacques Chardonne en 1967, il écrit : « Qu'étaient Rome et la religion de mon enfance sinon un immense édifice de style composite, bâti sur des rites ? Ce qui me rattachait à la religion, c'étaient les rites. Il n'en reste rien. Je mourrai fils de l'Église orthodoxe ; là tout est immobile[9]. » La fraîcheur, la pureté et le caractère originel du rite orthodoxe séduisent Morand, ce qui présente une facette pour le moins inattendue d'un écrivain que l'on ne croyait pas tourmenté par ce genre de dilemme. Il meurt en juillet 1976. La cérémonie religieuse a lieu en l'église orthodoxe grecque de la rue Georges-Bizet à Paris. Son biographe note que, s'il ne s'était pas *converti* à l'orthodoxie, il s'était *mû* vers cette religion qui, seule à ses yeux, parlait encore le premier langage des Évangiles.

D'UNE ORTHODOXIE L'AUTRE

Il y a des hommes de la parole, il y a des hommes de l'écriture. Pour certains, coucher quelques idées sur le papier relève de la prouesse. Pour d'autres, il est exclu de les exprimer de vive voix. C'est ainsi et c'est d'autant plus compréhensible quand il s'agit de livrer à un inconnu curieux une part de soi-même.

Ce converti étant parisien, je pensais le rencontrer. Il m'a répondu par écrit. Sa lettre est simple et belle. En la relisant, j'ai pensé que je ne devais pas tenter d'aller au-delà. Je ne me suis pas donné le droit de forcer les grilles de son jardin intérieur.

Je livre sa lettre telle que je l'ai reçue :

« Monsieur,

Parler de mon " itinéraire spirituel " verrait donner à mon expérience une importance qu'elle ne mérite certainement pas. Sans doute quelques événements peuvent-ils apparaître sinon comme des étapes du moins comme des repères. Encore convient-il de faire preuve d'une grande circonspection : je ne me suis pas converti, j'ai été converti et dois en retour me convertir sans relâche ! Né dans une famille protestante, j'ai connu jeune la Parole de Dieu. Que savais-je du catholicisme ? Pas grand-chose. Et de l'orthodoxie ? Rien. Pas même son existence.

Prisonnier de guerre, j'ai passé une année dans un stalag parmi une centaine de prêtres et de religieux de tous les ordres que comporte l'Église romaine.

Un mouvement de défense me rendit protestant à cent pour cent, tandis que de nombreux échanges, souvent très amicaux, me marquèrent à mon insu et m'ouvrirent à la foi catholique.

À mon retour en France, j'entrepris des études secondaires pour entrer à la faculté de théologie protestante et cherchai réponse à mes aspirations dans le luthérianisme suédois resté, dans ses formes du moins, très proche de l'Église dont il était issu.

L'anticatholicisme des milieux protestants de l'époque et l'inconséquence doctrinale des autorités ecclésiastiques m'amenèrent à ne pas achever mes études et à renoncer au ministère pastoral.

Ces événements ne furent pas sans rebondir sur ma vie et y laissèrent des cicatrices. Peut-être aurais-je pu rallier le giron de l'Église si les fruits amers du Concile ne m'avaient fourni un alibi et facilité les tentations qui ne manquent pas d'assaillir ceux dont il est dit qu'après avoir mis la main à la charrue... Et j'ai regardé en arrière ! Sans cesser de penser aux choses spirituelles mais sans que celles-ci soient vraiment source divine.

C'est beaucoup plus tard qu'un jour, je découvris un livre intitulé *L'Orthodoxie*, de Paul Evdokimov. Je le lus et le relus. Toutes mes connaissances se trouvèrent réinterprétées dans une optique bien différente de celles qui furent les miennes, tant protestantes que catholiques : la Bible devint vraiment Parole de Dieu ; le Christ, réparateur et restaurateur de l'homme ; l'Église, son corps mystique, le lieu d'une attente déjà comblée et encore à venir !

Un dimanche matin, je me suis rendu rue Daru et, dans la cour de la cathédrale, j'ai interpellé le père Boris. L'accueil qui me fut réservé a fait le reste.

Veuillez agréer, Monsieur, mes salutations les meilleures. »

Voilà, c'est tout.

Mais n'est-ce pas suffisant ?

Cette lettre m'a donné envie de rencontrer le père Boris Bobrinskoy, recteur de la paroisse orthodoxe française et vice-recteur de la cathédrale orthodoxe russe[10]. Je voulais qu'il me reçoive. Il a fait mieux : il m'a accueilli. Chez lui à Boulogne-Billancourt, nous nous sommes installés autour de son bureau. Il a plié son mètre quatre-vingt-quinze dans sa longue robe noire, il s'est assis, les jambes croisées et, en se grattant la barbe, il a répondu à toutes mes questions, se laissant juste déranger de temps à autre par un téléphone qui grésillait en français, en grec, en russe...

« Comment ça se passe, père Boris, quand un futur converti vient vous voir ?

— C'est très varié. Quelquefois, le chrétien qui vient nous voir " débarque ", il découvre la rue Daru, les offices, l'atmosphère. On ne le connaît pas, on ne cherche d'ailleurs pas à le connaître ou à l' " accrocher ". Si, un jour, il souhaite avoir un entretien avec moi, j'accepte volontiers. Ça se passe généralement au bout d'un certain temps, des semaines, des mois, des années...

— D'où viennent-ils, sur le plan spirituel ?

— Les conversions intégrales, de personnes très pratiquantes dans leur foi et qui changent de religion, sont plus rares que les conversions où l'on voit des personnes qui se sont éloignées de la foi après la première communion et le catéchisme, y retourner par le biais de l'orthodoxie. Dans leur milieu d'origine, la pratique est souvent très réduite.

— Que veulent-ils ?

— Ils ressentent à nouveau un besoin de prière, de vie intérieure. Quelquefois, ils viennent chez nous puis s'en vont. Quelquefois, ils restent. Quelquefois, ça leur permet de mieux retrouver leur place dans leur Église d'origine.

— Quelle est votre attitude vis-à-vis du candidat à la conversion, au début ?

— J'essaie de savoir qui il est et d'où il vient. Je le pousse d'abord à rechercher une insertion ecclésiale dans sa propre Église d'origine. S'il résiste, j'accepte de le diriger, de l'aider. Je l'incite à venir aux offices. Je lui montre que le lieu de notre expérience et de notre vie spirituelle, c'est le culte. Toutes mes paroles, toutes les lectures ne sont, en l'occurrence, que propédeutiques. L'important, c'est le culte, la prière, la vie profonde.

— Et ce processus de conversion, est-il long ?

— Ça peut paraître difficile, ça peut paraître tout naturel. C'est une question de personnalité. Il faut tout de même entrer dans une nouvelle mentalité, opérer une restructuration intérieure très profonde non seulement au niveau de l'intelligence mais de la sensibilité. Jamais je ne le pousse. J'essaie d'être un miroir, de témoigner de son itinéraire. Il y a, parallèlement, une démarche intellectuelle d'approfondissement des vérités de la foi : sens du jeûne, du carême, de l'ascèse, de l'effort spirituel, de la vie par les sacrements... Je conseille des lectures selon les niveaux intellectuels, les besoins et les connaissances de chacun. Quoi ? Des catéchismes modernes bien sûr mais aussi des présentations générales de la foi orthodoxe — Olivier Clément, Paul Evdokimov, entre autres — et des ouvrages plus spécialisés sur les icônes, la spiritualité, la liturgie, les Pères de l'Église... Il faut nourrir de l'intérieur une conviction nouvelle. Cela requiert souvent un temps considérable.

— Quelle est exactement la procédure de conversion proprement dite ?

— Il existe deux procédures. Dans l'Église grecque, il y a tout d'abord la confession des péchés et la confession de foi puis la chrismation qui est l'équivalent de la confirmation chez les catholiques, et enfin la communion. Dans l'Église russe, on ne fait la chrismation que sur les protestants ou sur les catholiques non confirmés. La communion eucharistique reste l'ultime étape. Le postulant est alors orthodoxe et inscrit sur nos registres comme tel.

— Comment ça se passe en ce qui concerne les candidats qui ne viennent pas du christianisme ?

— Pareillement, sauf que tout cela est précédé du baptême, lui-même accompagné bien sûr d'une catéchèse. Cela dit, il est extrêmement rare que des musulmans se convertissent à l'orthodoxie, je n'en ai vu que deux cas dans ma vie. Pour ce qui est des juifs, c'est plus fréquent mais ça reste assez rare surtout chez les juifs de France, mais nous avons beaucoup de juifs russes convertis qui arrivent de Russie. Il y a d'ailleurs là-bas un mouvement de conversions des juifs à l'orthodoxie[11].

— Quelle est la moyenne de conversions dans votre paroisse ?

— Une vingtaine de personnes par an.

— Pourquoi viennent-ils à l'orthodoxie ?

— Par besoin d'intégrité et d'intégralité de la foi, cette foi qui englobe l'être entier et l'illumine. Ça se fait malgré nous, malgré nos propres défauts. Il y a aussi la recherche du sens du mystère (dévalué en Occident), du sens du sacré, du sens de la présence liée à la beauté, d'une certaine authenticité qui les attire. La liturgie, qui est belle et longue, joue un rôle central. On est pris dedans comme dans un mouvement. La présence à la messe n'est pas une obligation mais une nécessité. L'Église orthodoxe cherche à transmettre ce sens d'une discipline qui correspond à la nature profonde de l'homme de chercher à se purifier. C'est pourquoi l'Église nous présente des exigences. L'Église orthodoxe a gardé le jeûne eucharistique intégral et nous y tenons. Voilà quel est notre langage. Il passe d'ailleurs sans trop d'effort.

— Demandez-vous au converti d'abjurer sa religion d'origine ?

— Nous lui demandons fidélité à la foi orthodoxe, obéissance à la hiérarchie et aux canons, et renonciation à tout ce qui est étranger à la foi orthodoxe. Mais il n'y a pas d'abjuration proprement dite. »

Quand on s'entretient de la conversion avec des responsables catholiques, protestants ou orthodoxes, un mot revient invariablement : *œcuménisme*. C'est un mot clef qui ouvre un domaine sensible. On n'y pénètre qu'avec une infinie délicatesse. Car, là plus qu'ailleurs, on est en terrain de susceptibilités. Le père Boris Bobrinskoy a un jour, d'une phrase, fort bien résumé le problème : « La conversion personnelle constitue un risque inaliénable et légitime du dialogue et du partage œcuméniques ; ces " passages " ne doivent pourtant pas constituer le but caché ou avoué du dialogue œcuménique et l'obéissance à l'Esprit peut passer par la fidélité à sa propre Église dans la souffrance pour ses difficultés et dans l'espérance du renouveau[12]. »

L'œcuménisme au risque de la conversion ! C'est bien de cela qu'il s'agit. On objectera que les choses ont changé. « Hors de l'Église point de salut, hors du baptême t'es foutu », c'est fini. Surtout, il y a eu Vatican II et le décret « De Œcumenismo » promulgué en novembre 1964 et qui commence par ces lignes : « Promouvoir la restauration de l'unité entre tous les chrétiens, c'est l'un des buts principaux du Saint Concile œcuménique de Vatican II. Une seule et unique Église a été instituée par le Christ Seigneur. Et pourtant plusieurs Communions chrétiennes se présentent aux hommes comme les véritables héritières de Jésus-Christ. Tous certes confessent qu'ils sont les disciples du Seigneur mais ils ont des attitudes différentes. Ils suivent des chemins divers comme si le Christ lui-même était partagé. Il est certain qu'une telle division s'oppose ouvertement à la volonté du Christ. Elle est pour le monde un objet de scandale et elle fait obstacle à la plus sainte des causes : la prédication de l'Évangile à toute créature... »

Les responsables des Églises chrétiennes préfèrent ne pas en parler. Pas trop. Par contre, juifs et musulmans expriment ouvertement leur méfiance à l'égard d'une autre main tendue du Concile, celle de la « Déclaration sur l'Église et les religions non chrétiennes » promulguée en octobre 1965. Les juifs surtout. Vous trouverez sans mal un rabbin pour dire : « L'Église a changé de stratégie mais ce qui est resté intact, c'est l'objet de la conversion des juifs par l'Église : pour le salut du monde, bien sûr, et non pas pour ajouter une âme à une statistique. » Certes, le contentieux est lourd, chargé et séculaire. Comme nous le dira le père Hruby : « Il faut des siècles pour effacer des siècles et l'idée de dialogue implique que les partenaires soient sur un pied d'égalité pour discuter. » Les juifs ont l'histoire suffisamment chevillée au corps pour oublier quoi que ce soit. Il n'y a pas si longtemps encore, avant Vatican II, il existait une confrérie de prières pour la conversion d'Israël. Dans l'esprit de nombre de juifs, la prière ininterrompue du Sacré-Cœur de Montmartre ne vise pas uniquement à faire accéder le monde à la connaissance et à l'amour de Dieu mais aussi à accélérer la conversion des juifs. Alors on exhibe, en guise de réponse, les décrets et déclarations du concile sur l'œcuménisme, sur l'activité missionnaire, sur la liberté religieuse... C'est un autre débat et un livre n'y suffirait pas.

Dans l'ordre des difficultés, la conversion au catholicisme est plus exigeante que la conversion à l'islam mais moins que la conversion au judaïsme. Ni trop, ni pas assez, un juste milieu. Les responsables du catéchuménat[13] tant au niveau national[14] qu'au niveau diocésain[15], à Paris, m'ont exposé la procédure.

Le rituel du baptême des adultes par étapes est l'adaptation pour la France du rituel romain qui affirme la nécessité d'une pédagogie spécifique pour l'entrée dans l'Église. Le postulant vit certes une recherche personnelle mais c'est au sein d'une communauté qu'il doit l'accomplir.

On prend bien garde à sa formation chrétienne car bien souvent, grâce à lui, de nouveaux catéchumènes se présentent, les nouveaux baptisés ayant souvent — on l'a constaté — l'enthousiasme quelque peu prosélyte.

Là comme ailleurs, la durée est fonction de la personnalité du catéchumène. Mais les étapes, elles, ne changent pas : il y a d'abord l'entrée en catéchuménat ou premier accueil dans l'Église ; puis l'appel décisif ou élection ; enfin les sacrements. On estime généralement que deux ou trois années sont nécessaires à une catéchèse progressive et intégrale.

L'accueil tout d'abord. Il a son importance. Un mauvais accueil, c'est un mauvais départ et c'est parfois une aventure qui s'achève avant même d'avoir commencé. Il est marqué par plusieurs rites : il y a tout d'abord un dialogue initial entre le prêtre et le futur chrétien qui exprime son adhésion, puis la signation et l'invitation à participer à la liturgie de la parole de Dieu. « Mon rôle est de veiller à ce que les portes soient ouvertes et qu'il y ait une réponse possible aux différents types de demande », dit le père Dufay, responsable du catéchuménat du diocèse de Paris. « On est toujours soucieux de placer un candidat au baptême dans une communauté de chrétiens. Au départ, il y a toujours un accrochage interpersonnel. Le prêtre va trouver un groupe d'accompagnement pour accueillir le converti. On ne va pas mettre quelqu'un qui sort de Polytechnique avec des gens de la Goutte d'or, ça ne collera pas à l'esprit de la recherche. »

Puis vient le temps de la préparation. C'est l'appel décisif. Le catéchumène participe à la célébration du carême qui marque l'entrée dans le temps pascal, avant la cérémonie des scrutins. Ce mot signifie, là, que la re-création baptismale de l'homme libre en Jésus-Christ, qui sera scellée avec le baptême, est encore en gestation. Par le scrutin, on veut surtout donner aux catéchumènes le sens du péché. C'est une manière d'« exorciser » le mal. Ces scrutins ont lieu au cours d'une cérémonie pénitentielle. Cette ultime préparation est aussi marquée par la lecture des trois paraboles de la Samaritaine, de l'aveugle-né et de la résurrection de Lazare.

Enfin, le baptême. C'est le jour J. Il s'organise autour de rites préparatoires (monition du prêtre, litanies), de rites essentiels (bénédiction de l'eau baptismale, renonciation au péché et à Satan, profession de foi) et de rites complémentaires (remise du vêtement blanc et du cierge). Puis le moment vient de la confirmation et de l'eucharistie. C'est alors que tout commence véritablement. Les responsables du catéchuménat savent d'expérience que c'est alors qu'ils doivent entourer de leur mieux les nouveaux convertis dont la foi est encore trop neuve, trop fragile, trop vulnérable pour n'être pas agressée et blessée. Là, la communauté réaffirme son rôle prépondérant.

Des responsables du diocèse affirment que les conversions concernent de plus en plus de croyants et qu'elles relèvent de moins en moins d'intérêts temporels comme le mariage ou — c'est un cas courant — l'obtention d'un certificat de baptême permettant à un juif de se rendre dans certain pays arabe particulièrement intolérant. Les gens du catéchuménat se refusent d'ordinaire à la délivrance de ce « certificat de non-appartenance au judaïsme », estimant que cette pratique n'est louable que dans des circonstances extrêmes comme l'occupation allemande en France et les lois antisémites de Vichy.

L'AFFAIRE

Venons-en à l'affaire Lustiger. Car il y a bien eu « affaire ». C'est le cas, dans l'esprit des gens qui font l'opinion publique, chaque fois qu'un sujet suscite d'importants articles dans les journaux pendant quelque temps, et que les lecteurs en parlent, au zinc, aux champs ou dans le métro.

Jean-Marie Lustiger a été nommé archevêque de Paris par le pape Jean-Paul II pour succéder à Mgr Marty. Bien. Jean-Marie Lustiger est un juif converti au catholicisme. Ah... Mgr Lustiger, nouvel archevêque de Paris, affirme qu'il est toujours juif. Quoi ? !...

Voilà l'affaire en quelques lignes. La réalité est évidemment plus complexe. Avant d'en analyser les tréfonds et contours, il convient de mieux connaître l'homme Lustiger, sa vie, son passé, son cheminement.

Jusqu'à ce qu'on ne parle que de lui, à l'époque de sa nomination, il n'était connu que des gens du sérail et des Orléanais. On ne rencontrait guère de prêtre qui ne dise : « J'étais étudiant à la " catho " avec lui ! » ou d'ancien sorbonnard qui ne se souvienne : « Il était mon aumônier ! » Les ressortissants du diocèse d'Orléans, eux, avaient accueilli avec surprise Jean-Marie Lustiger en 1979, successeur de Mgr Riobé décédé accidentellement, mais ils avaient vite su l'apprécier. Hormis ces deux catégories, la majorité des Français ne connaissaient pas Jean-Marie Lustiger. C'est un élément significatif : jusqu'alors, le dossier Lustiger, dans les archives des plus grands journaux, ne contenait que quelques coupures de presse relatives à son ministère à l'église Saint-Jeanne-de-Chantal ou à sa nomination à Orléans. Sans plus. Sur son passé, rien. Il a fallu qu'il devienne archevêque de Paris pour qu'on en sache plus.

Ses parents étaient des juifs polonais, agnostiques et bundistes[16]. En 1924, la crise, l'adversité et l'antisémitisme leur font quitter la Pologne pour la France. Pourquoi la France ? C'est la patrie des droits de l'homme, la terre d'asile par excellence et puis une importante communauté polonaise, tant juive que catholique, y est déjà réfugiée. Mais, à Paris non plus, la vie n'est pas facile. Les Lustiger le savent, qui sont déterminés à s'accrocher. Ils prennent un bail dans le 18e arrondissement et établissent à l'angle de la rue Simart et de la rue Marcadet un commerce de bonneterie. Preuve qu'ils sont décidés à rester et que, contrairement à d'autres réfugiés, ils ne font pas que passer. Pour bien marquer cette vie nouvelle, ils donnent naissance, deux ans après leur arrivée à Paris, un 17 septembre, à un garçon. C'est la première génération de Lustiger née en France. Il s'appelle Aaron. À la fin de l'été 1981, l'hebdomadaire *Paris-Match* proposait (n° 2533) dans ses jeux de vacances cette devinette : l'un de ces Français est né en Pologne : Charles Fiterman, Jean-Marie Lustiger, Me Pollack. Lequel ? Réponse de l'hebdomadaire : Jean-Marie Lustiger. Les mythes ont décidément la vie dure...

Il est « un poulbot du bitume », « un enfant de la Butte », comme il le dit lui-même : « Ma Pologne, c'est le métro parisien ! » Son quartier, c'est la butte Montmartre. Il fréquente l'école communale de la rue Ferdinand-Flocon, puis le lycée Montaigne. Un bon élève, assurément. Dès l'âge de sept ans, il trouve la clé de la bibliothèque paternelle, et dévore les ouvrages les plus divers. Beaucoup de Zola mais aussi et surtout la Bible, dans une édition protestante, et une *Histoire des martyrs anglais*. C'est la première prise de contact livresque, avec le christianisme et avec le judaïsme. Elle est très enthousiaste.

En 1936, alors qu'Hitler est au pouvoir depuis trois ans, M. Lustiger décide que son fils Aaron, qui commence ses études secondaires, doit savoir parler l'allemand. C'est ainsi. Or pour apprendre une langue, rien ne vaut un séjour au pays. Aaron, onze ans, découvre donc en même temps la langue, le protestantisme et le totalitarisme allemands non loin de Heidelberg puis de Fribourg. Le jeune Aaron refera le voyage en Allemagne en 1937.

Retour en France, études, lectures... Puis la guerre. Aaron Lustiger a quatorze ans quand les Allemands entrent à Paris. Mais, depuis fin 1939, ses parents l'ont mis en sécurité, lui et sa sœur Arlette, à Orléans. Il y est recueilli par une enseignante catholique fervente, Suzanne Combes, qui le prend en charge. Il entre au lycée Pothier et se lie d'amitié avec un compagnon de jeux, catholique lui aussi, qui l'entraîne pour la première fois dans la chapelle de la cathédrale. Aaron y retourne, invité par l'abbé Feuillate qui s'occupe alors de la JEC (Jeunesse étudiante chrétienne). Quelques mois passent et l'abbé présente l'adolescent juif à l'évêque d'Orléans, Mgr Courcoux. Ce dernier voit en lui un garçon brillant, intelligent, pétri d'une éducation et d'une culture scolaires chrétiennes, un garçon qui a le respect du savoir inculqué par ses professeurs, comme son propre père a le respect du savoir tout court, un enfant bouleversé par la guerre et qui tient de ses parents — quoique agnostiques — une certaine vision du divin, un élan vers Dieu à travers une morale fondée sur la dignité, la justice, et la charité.

Que se passe-t-il exactement à ce moment-là dans l'esprit d'Aaron Lustiger ? Nul ne sait. Toujours est-il que le 25 août 1940, sur les fonts baptismaux de la chapelle de la cathédrale d'Orléans, Aaron devient Jean-Marie. Il est désormais catholique. Trente-neuf années plus tard, il reviendra dans cette même cathédrale, comme évêque d'Orléans cette fois.

Ses parents sont comme en état de choc lorsqu'ils apprennent la nouvelle de la conversion de leur fils. Mais s'ils n'approuvent pas, ils consentent du bout des lèvres. D'autant que Jean-Marie se montre discret, il ne crie pas sa décision sur tous les toits de l'Orléanais, d'abord pour ne pas choquer ni provoquer la communauté juive qui est déjà assez heurtée en ces temps difficiles et qui ne comprendrait pas cette conversion autrement que comme un reniement, ensuite pour ne pas donner l'impression aux Orléanais qu'il s'agit d'une conversion de circonstance, destinée à être rendue publique de manière à ce que les Allemands sachent que ce Lustiger-là n'est pas juif.

Alors discrétion avant tout. Le jeune Jean-Marie intériorise son retournement de foi et, de toute façon, il n'a plus ses parents à ses côtés à qui confier quoi que ce soit. Il passe son bac et l'obtient avec succès tandis que sa mère, arrêtée par la Gestapo, est déportée à Auschwitz dans le convoi n° 48, Auschwitz d'où elle ne reviendra pas. Mais cela, Jean-Marie Lustiger ne l'apprend qu'à la Libération. Il met le cap sur la zone non occupée, quitte Orléans pour Decazeville où, un temps, il travaille comme ouvrier dans une usine. Enfin il monte à Paris libéré. Il se destine à la prêtrise mais rien ne presse. La philosophie l'attire alors ; il s'inscrit en Sorbonne et retrouve ses chers livres. L'étude et la réflexion lui vont comme un gant. Mais le manque d'action lui pèse parfois. Aussi, parallèlement à la Sorbonne et à la « catho » de la rue d'Assas où il suit des cours de théologie, il s'engage dans les rangs de la JEC pour militer sans compter. Après quoi il se décide à entrer au séminaire des carmes où il sera ordonné prêtre en 1954. Mais il ne quitte pas le monde étudiant pour autant, au contraire ; ce milieu d'intense agitation d'idées qu'il affectionne particulièrement, il va l'intégrer plus encore car Mgr Feltin, l'archevêque de Paris, lui demande d'être l'aumônier des étudiants catholiques de la capitale. Quinze ans durant, le centre Richelieu lui sert de quartier général : une activité inlassable à laquelle il se donne corps et âme jusqu'aux événements de mai 68. Après quoi il est nommé curé de l'église Sainte-Jeanne-de-Chantal dans le 16e arrondissement. Une expérience qui le marque autant qu'elle marque ses paroissiens qui n'hésitent pas à venir des quartiers périphériques pour écouter les homélies de ce curé au ton incisif, au caractère exigeant derrière un sourire avenant. En 1979, il est appelé à de plus hautes destinées, non plus à Paris mais à Orléans où on lui demande d'assurer la difficile succession de Mgr Riobé à la tête du diocèse[17].

L'histoire ne se répète pas, elle bégaie. Jean-Marie Lustiger quitte à nouveau Paris pour Orléans, comme naguère, au début d'une funeste période. Mais, cette fois, c'est avec plaisir qu'il retrouve la place Saint-Marc, un plaisir mêlé d'inquiétude. Son prédécesseur était un homme d'éclat, à la personnalité très affirmée et Jean-Marie Lustiger sait d'avance que les fidèles de Mgr Riobé étaient aussi ses supporters. Mais la tâche ne l'effraie pas. Tout au plus est-il peiné plus que choqué quand, le jour des confirmations, une bande de catholiques intégristes, spadassins de Mgr Lefebvre, fait irruption dans la cathédrale aux cris de « Dehors le juif ! ». Oui, cela provoque de la peine plus que de la fureur chez cet homme qui avait quatorze ans en 1940, à Orléans précisément.

Décidément, l'histoire bégaie. Jean-Marie Lustiger, s'il n'oublie pas, pardonne. Ils ne savent pas ce qu'ils font...

Quand, au début de février 1981, une certaine rumeur court l'Orléanais, bien peu y croient. On dit que « notre » évêque va devenir « leur » archevêque. Les gens du cru savent bien que, depuis de longs mois, on cherche un successeur à Mgr Marty qui a gagné un repos bien mérité, mais... ils ne veulent pas le savoir, c'est l'affaire des Parisiens. Mgr Lustiger est là depuis quinze mois à peine et il a déjà fait beaucoup, il déploie une activité prometteuse, il a déjà lancé un séminaire régional et un cycle de formation pour les laïcs, non, ce serait impensable qu'il parte maintenant... et puis nous sommes restés quelque seize mois sans évêque, ça ne va pas recommencer...

Pourtant, Paris semble donner quelque crédit à la rumeur. Rien d'officiel pour l'instant, assurément, mais les milieux bien informés s'autorisent à penser que... C'est alors qu'on commence à prendre ce bruit au sérieux. Certains informateurs religieux sont sûrs de leurs sources et *Le Quotidien de Paris* ne fait pas dans la dentelle qui, le premier d'entre tous, titre sur sa « une » du 31 janvier 1980 : « Le nouvel archevêque de Paris est un juif converti. »

L'affaire est lancée. La nomination, incessamment attendue, du nouveau responsable du diocèse de Paris est ramenée à la dimension quasi unique de sa conversion. Le 2 février, Jean-Marie Lustiger est officiellement nommé archevêque de Paris par le pape. La meute des journalistes met immédiatement le cap sur Orléans et s'apprête à assiéger avec les photographes la demeure du promu. Mais il n'y aura pas de siège, les professionnels sont quelque peu désemparés car c'est le nouvel archevêque lui-même qui leur ouvre la grille du jardin et les reçoit en toute simplicité. On ne peut rêver personnage public plus accessible. Pendant trente-six heures, avec une désarmante sympathie, il reçoit les médias. Dès le début, le ton est donné par Luc Rosenzweig, l'envoyé de *Libération*, qui lui lance dans la bonne humeur générale : « Vous êtes le premier archevêque ashkénaze ! », premier écho public de la première histoire juive qui a suivi l'événement : « Le pape a nommé un juif polonais à l'archevêché de Paris pour contrebalancer la toute récente élection d'un séfarade, René Sirat, comme grand rabbin de France... »

Cela ne porterait guère à conséquence si d'autres échos, plus graves, ne faisaient entendre la voix d'un Mgr Lefebvre demandant : « N'aurait-on pas pu trouver un vrai Français plutôt ? » ou d'un abbé Ducaud-Bourget s'interrogeant sournoisement : « S'il est vraiment converti, j'en suis ravi ! » C'est qu'il y a là le reflet de certaines réactions négatives entendues dans la bouche de prêtres et d'évêques un peu partout dans l'Hexagone : « Un juif ? », réactions vite exprimées, vite oubliées. Mais réactions tout de même. Il faut dire aussi qu'elles ont été quelque peu provoquées.

Nous voilà enfin au cœur de l'affaire. Dans ses premières interviews à la grande presse, Mgr Lustiger, archevêque de Paris, a dit ou laissé entendre qu'il se considérait toujours comme juif. Mais ses assertions étaient encore assez elliptiques pour ne pas susciter trop d'émoi public. C'est un long et passionnant entretien avec Gérard Fellous de l'*Agence télégraphique juive*[18] qui a véritablement déclenché les foudres des uns et des autres. En voici quelques extraits et leur nécessaire découpage n'en altère en rien la signification :

« Je n'ai pas fait ma *bar-mitzva*[19] et je n'ai aucune instruction juive. J'ai néanmoins eu la conscience d'être juif comme lorsqu'on est fils d'émigrés à Paris. Je me sais juif appartenant à une minorité persécutée, chargée d'un certain idéal, mais en même temps j'ai eu la conscience d'une mission universelle au service des hommes. J'ai eu aussi conscience d'être juif en me faisant tabasser par mes camarades auxquels je ne cachais pas mon appartenance, ne serait-ce que par mon prénom, Aaron, que j'ai toujours gardé. [...] La décision de devenir chrétien ne m'est pas apparue comme un reniement mais comme l'affirmation d'une identité juive assumée dans le christianisme. [...] Je me suis toujours considéré comme juif même si cela n'est pas l'avis des rabbins. Je suis né juif et je le resterai même si cela est inacceptable pour beaucoup. [...] Pour moi, la vocation d'Israël est que la lumière soit apportée aux goyim[20]. C'est mon espérance et je crois que le christianisme est une manière d'y parvenir. Je pense qu'en étant disciple du Christ à ma façon, j'entre dans ce dessein de Dieu, par une part de promesse réalisée. [...] Au cours des mois qui ont précédé ma nomination à Orléans, j'avais commencé à apprendre l'hébreu, seul, sur cassettes. Cela paraît-il absurde de faire son *alya*[21] ? Je pensais alors avoir achevé ce que j'avais à faire ici, j'arrivais à un tournant de ma vie et l'une des hypothèses était d'être en Israël. Je n'avais pas du reste de perspective précise. Je pensais y trouver ma place. [...] J'ai toujours tenté d'éviter d'exposer mon itinéraire personnel, surtout par respect pour la communauté juive et non par honte de mes origines. Je suis affreusement gêné par ces feux de l'actualité. »

Voilà ce qui déclencha en son temps l'ire des rabbins et un tollé dans certains milieux catholiques. Dix ans après, l'affaire semble s'être largement tassée alors que la position initiale de Mgr Lustiger n'a pas varié d'un iota. Le prélat n'a jamais oublié ses origines.

« Pour moi il n'était pas question de renier mon identité juive », déclare-t-il dans une série d'entretiens[22] tandis qu'il affirme à un grand quotidien israélien[23] tenir de façon inaliénable sa condition juive de ses parents.

C'est cette continuité entre le judaïsme et le christianisme que Jean-Marie Lustiger entend vivre à sa guise qui dérange bon nombre de croyants des deux bords. À l'époque Mgr Lustiger avait fait un énorme sacrifice, il s'était fait violence pour parler de lui-même, de ses origines, du christianisme juif, afin de clarifier d'emblée ce qui aurait pu paraître obscur à beaucoup, afin de crever tout de suite l'abcès. Il savait, ainsi que la hiérarchie catholique, que sa nomination susciterait des remous divers. Aussi avait-il pris les devants en se proclamant juif, publiquement, ce qu'il ne faisait guère auparavant, aucune nécessité ne l'exigeant. Ainsi, à la suite de l'attentat contre la synagogue de la rue Copernic, avait-il publié[24] un important article expliquant que « tuer les juifs, c'est tuer l'âme des chrétiens pour, bientôt après, les réduire eux aussi au silence de la mort », un article intitulé « Les juifs et nous chrétiens » et on ne sache pas qu'il ait jamais renié ou démenti ce titre.

En tout état de cause, l'affaire était lancée.

Elle a fait du bruit, bien que Jean-Marie Lustiger ait confié, après coup, aux informateurs religieux : « Les journalistes m'ont fait cracher des choses que je n'avais pas l'intention de dire au départ. » Le consistoire israélite s'en est trouvé dans un certain embarras. Il fallait réagir, les juifs ne parlaient que de ça, les catholiques aussi d'ailleurs, mais comment réagir sans brusquer les choses, sans trop froisser les sensibilités ? Le consistoire choisit de répondre par étapes. On fit donner d'abord l'arrière-garde en la personne de l'ex-grand rabbin de France, Jacob Kaplan, qui n'engageait officiellement que son autorité — qui est grande — en déclarant[25] : « Pour nous, on ne peut être à la fois juif et chrétien, il faut choisir. Si je le rencontre un jour, je l'appellerai " Monseigneur " et non pas " mon fils ". [...] Je n'ai jamais vu d'un bon œil ce genre de conversion surtout lorsqu'il s'agit de faire abandonner à quelqu'un le judaïsme qui constitue la religion mère. Que les missionnaires s'attaquent à ceux qui n'ont aucune croyance. Les juifs, eux, n'ont pas besoin d'être convertis. D'ailleurs je pense que la conversion de Mgr Lustiger s'explique par le fait qu'il a été élevé dans un milieu sans religion. »

Une quinzaine de jours plus tard, *Le Monde* publiait dans sa page « Idées »[26] deux articles de Meyer Jais, ancien grand rabbin de Paris, et de Robert Sommer, ancien secrétaire de la section religieuse du consistoire israélite de Paris, abondant dans le même sens. Le consistoire n'avait toujours pas réagi officiellement dans un souci de ne pas accroître inutilement une tension latente entre les deux communautés. Mais ça ne pouvait durer ainsi indéfiniment d'autant que le sujet restait d'actualité. Aussi, lors de la cérémonie d'installation du nouveau grand rabbin de France à la synagogue de la rue de la Victoire, le 5 avril 1981, René-Samuel Sirat conclut-il l'affaire du point de vue des rabbins, sans nommer Jean-Marie Lustiger mais tout en étant assez clair pour qu'il n'y ait aucun doute : « Si on peut légitimement parler d'amitié entre juifs et chrétiens, on ne saurait, sans abus de langage, parler de religion judéo-chrétienne. On est juif ou on est chrétien. Personne au monde n'a le droit de se proclamer à la fois juif et chrétien. Nos ancêtres aux XIe et XIIe siècles sont morts par milliers sur le bûcher au temps des croisades parce qu'ils avaient refusé un tel amalgame. Nos ancêtres sont morts sur les bûchers de Torquemada parce que, après avoir accepté sous la contrainte d'acquiescer au baptême forcé, ils étaient revenus à la foi pure et idéale de leurs pères... »

Point final, du moins pour le consistoire. Tout rentrait dans l'ordre, définitivement, un jour de juin 1981 où le nouveau président de la République, François Mitterrand, recevait Jean-Marie Lustiger et René-Samuel Sirat à l'Élysée. L'archevêque de Paris assura le grand rabbin de Paris qu'il n'avait jamais employé l'expression « double appartenance » et l'on n'en parla plus. L'affaire était classée. Il n'y eut par la suite qu'un impair, mais devant un auditoire si restreint que personne n'en sut rien. Un samedi matin, un rabbin de quartier crut bon de citer, en sa synagogue, un poème envoyé par un fidèle : « Un juif dans la flanelle/ ira rue des Tournelles/ S'il cherche la gloire/ On le trouvera à la Victoire/ Mais s'il vise plus haut/ Il ira à Saint-Honoré-d'Eylau. »

Mais pourquoi y a-t-il eu affaire ? Ne revenons pas sur le fond car le débat théologique demande plus ample réflexion. Restons sur le plan de la forme. Si les autorités juives ont pris la mouche, c'est aussi qu'à leurs yeux, Aaron a cru bon d'« abandonner » la religion de ses ancêtres pour se convertir au catholicisme, ce qui est une victoire du prosélytisme chrétien. Cette conversion est aussi le signe que les Évangiles sortent victorieux de leur confrontation avec l'Ancien Testament. Le jeune Lustiger avait le choix. Il a opté pour l'Église du Christ quand il aurait pu retrouver ses racines dans l'étude de la Thora. Des siècles de zèle chrétien sont ainsi spectaculairement récompensés.

D'autres juifs et convertis célèbres ont eux aussi fait leur choix. Le prêtre Jean-Pierre Altermann (1892-1959) est le pur produit de la bourgeoisie israélite française : cultivé, mélomane, esthète... Touché par la grâce, il est baptisé en 1919. L'abbé Altermann a montré qu'il avait l'étoffe véritable d'un « convertisseur », qui ramène sans violence ni contrainte les brebis égarées dans le droit chemin. Son nom demeure lié à la fondation de la Maison d'Ananie — Mission diocésaine pour les non-catholiques —, qui attira à Paris bon nombre de ceux qui voulaient rompre avec leur foi d'origine.

Comment oublier la figure de l'abbé Alexandre Glasberg (1902-1981), ce juif ukrainien qui se tint sans faillir auprès de son peuple pendant les années noires ? Ordonné prêtre en 1938, il sauvera — au péril de sa vie — des internés des camps français et des enfants juifs promis à la mort. On retrouve l'abbé plus engagé que jamais comme agent de liaison du Mossad, quand l'État d'Israël voit le jour. Il participera même à l'opération Exodus. L'abbé Glasberg s'est battu pour les siens avec un rare courage et pourtant, il s'est tenu à son premier choix sans changer de cap : la fidélité indéfectible à la foi catholique. La discrétion de Jean-Marie Lustiger — ô combien compréhensible sur le plan humain — en ce qui concerne les mois qui séparent son arrivée à Orléans (automne 1939) de son baptême (été 1940) met mal à l'aise ces juifs, nombreux, qui ont vécu clandestinement l'occupation allemande en France et qui ont dû confier leurs enfants à des organisations ou à des familles chrétiennes pour les sauver de l'extermination.

Tous ont eu présente à l'esprit, lors de l'affaire Lustiger, une autre affaire qu'on croyait enfouie : l'affaire Finaly. Rappelons-la en quelques lignes. Robert et Gérald, les deux fils d'un juif autrichien, le Dr Fritz Finaly, réfugié dans la région de Grenoble en 1939, avaient été confiés en février 1944 à la crèche Saint-Vincent-de-Paul à Meylan, avant que leur père ne soit arrêté avec sa femme par la Gestapo. En cas de malheur, il souhaitait que ses enfants soient envoyés à ses deux sœurs installées en Nouvelle-Zélande. Mlle Brun, directrice de la crèche Saint-Bruno, les recueillit pour plus de sécurité. Elle les fit baptiser — ils étaient circoncis — et, après la guerre, alors que les parents Finaly étaient morts en déportation, refuse de les donner, comme prévu, à leurs tantes néo-zélandaises. Les enfants Finaly sont ballottés de couvent en couvent, de ville en ville, de pays en pays pour échapper à la justice qui les réclame et ce, jusqu'en 1953. Après des années de péripéties rocambolesques et de scandale public, le grand rabbin Kaplan et le cardinal Gerlier facilitent le règlement spirituel et judiciaire de l'affaire. Les enfants sont libres et rejoignent leur famille en Israël. Aujourd'hui Robert Finaly est chirurgien et Gérald officier de carrière. Ils sont israéliens. Et juifs...

Les juifs de France n'ont pas oublié cette histoire ni une autre qui offre des similitudes frappantes avec l'itinéraire personnel de Jean-Marie Aaron Lustiger. C'est celle de Saül Friedlander[27]. Ce juif est né à Prague en 1932 sous le nom de Pavel Friedlander. La guerre et les pogroms le font échouer avec sa famille en 1939 à Paris. On francise son prénom. Pavel s'appelle désormais Paul. Ses parents, qui n'espèrent plus échapper aux rafles organisées par des gendarmes et des policiers français sur ordre du gouvernement français de Vichy, le confient à l'âge de dix ans à un pensionnat religieux à Montluçon. Ils seront déportés et mourront dans un camp. En octobre 1942, leur fils est baptisé en l'église Notre-Dame de Montluçon. Il s'appelle désormais Paul-Henri Ferland et n'a plus rien à craindre des antisémites. Il se destine à la prêtrise et travaille dur dans l'espoir d'entrer un jour chez les jésuites. À l'âge de quatorze ans, lors d'un entretien avec son directeur de conscience qui veut jauger au mieux sa vocation et son goût pour le sacerdoce, il a une seconde révélation après celle du christianisme : Auschwitz, les crématoires, l'holocauste, ses parents... Le puzzle se reconstitue. Il est juif, à nouveau. En 1948, à l'âge de seize ans, à la veille de passer son bac, il rejoint les rangs d'un groupe de combattants juifs qui cherchent à gagner la Palestine.

Aujourd'hui, il s'appelle Saül Friedlander et il est juif. Il est un des plus importants historiens israéliens. Une de ses thèses est consacrée aux rapports entre « Pie XII et le Troisième Reich »...

Voilà pourquoi le passé de Jean-Marie Lustiger a suscité quelque émoi. Il a ravivé trop de souvenirs mal enfouis, et pour cause. Mais il n'y a pas que cela.

Jean-Marie Lustiger a cru qu'il était encore curé de Sainte-Jeanne-de-Chantal. Il a parlé le langage du cœur et non celui des médias. Quand il dit, dans une conversation avec ses paroissiens, qu'il a accompli son judaïsme dans l'adhésion à la foi du Christ, c'est bien reçu et c'est heureux. Quand il dit la même chose aux représentants des médias, ils braquent une loupe grossissante sur sa conversion et cela explose en un titre provocateur : « L'archevêque de Paris : je suis juif ! » Il n'a pas su assez tôt que sa nouvelle fonction donnait une résonance nationale et non plus seulement paroissienne ou diocésaine à ses déclarations. Surtout, il a sous-estimé la tendance réductrice et simplificatrice des journaux qui, même lorsqu'ils s'adressent à une élite, ne s'embarrassent guère de nuances, conscients qu'ils sont que le mot « juif » est, en terme de marketing, un élément vendeur.

Bref, Mgr Lustiger aurait crié, un dimanche matin en chaire de Notre-Dame : « Vive la Pologne, messieurs ! » qu'il n'aurait pas produit plus d'effet.

C'est ainsi. Certes, si Mgr Etchegaray, archevêque de Marseille, avait été nommé en lieu et place de Mgr Lustiger, il y aurait probablement eu des remous, de la part des intégristes ou des modernistes ; c'est un phénomène inévitable dans l'Église post-conciliaire. Mais ils auraient été d'une tout autre nature... Jean-Marie Lustiger n'est pas dupe, il le sait.

Quand il quitte ses habits sacerdotaux pour ses chers costumes en velours côtelé, quand il abandonne le ton de l'homélie pour son accent de la butte Montmartre, on le retrouve mieux. Quelques mois après son entrée en fonction, il a accordé un passionnant entretien à Robert Serrou pour *Paris-Match*[28]. On l'y sent loin du tumulte, loin du tapage, serein et authentique. Il ne parle pas de sa conversion mais il évoque la manière dont elle a été reçue : « ... il y a eu, pour Paris, plusieurs choses. L'attente, le délai et le caractère tout à fait insolite de ma nomination. En fait, au-delà de ma personne, ce que je suis, mon histoire, touche des réalités collectives extrêmement profondes, difficiles à gérer. Il sera intéressant dans vingt ans, de voir si c'était seulement les remous d'un petit caillou tombé dans la mare, une petite zone d'ondes de choc qui, un instant, ont perturbé la surface de la mare ou si ma nomination, qui symbolise quelque chose de profond et qui me dépasse, a pris une autre signification pour l'histoire de l'Occident chrétien.

— Cela dépend de vous !

— En partie seulement, car, même si je mourais demain, l'événement serait le même. »

Jean-Marie Lustiger est vraiment de ces

hommes qui s'accrochent à l'essentiel, faisant peu de cas des poussières qui s'y agglutinent. C'est vrai et il a cent fois raison de le rappeler avec d'infinies précautions : l'« affaire Lustiger » telle qu'elle a éclaté n'est que l'écume de la véritable question posée par la nomination d'un juif converti à la tête de l'archevêché de Paris. Les historiens qui, dans les années 2020-2030, se pencheront sur les archives chrétiennes du XXe siècle, pourront alors nous donner la clé pour comprendre cet événement en le situant dans une perspective qui pour l'heure nous échappe, et pour cause...

LE PRÉCÉDENT MONTEFIORE

Il existe un précédent à l'affaire Lustiger. Nul besoin de remonter très loin dans le temps pour le trouver, ni de citer, comme l'ont fait les gazettes, le cas du cardinal Pietro Pierleoni, issu d'une famille de la communauté juive de Rome, converti au christianisme à l'âge de quatorze ans, consacré cardinal par le pape Honorius II, puis anti-pape de 1130 à 1138 sous le nom d'Anaclet II. Nul besoin d'aller chercher non plus dans l'Espagne d'avant l'Inquisition le rabbin de Burgos, Samuel Halevi, qui, après s'être converti, devint évêque de cette même ville sous le nom de Pablo de Santa Maria.

Non, le précédent dont je veux parler est si proche, si contemporain qu'il en est totalement méconnu, en France tout au moins. Il n'a pas pour cadre l'Hexagone mais l'Angleterre, il ne concerne pas le catholicisme romain mais l'Église anglicane. Là s'arrêtent les différences. Mais là où l'affaire se corse, c'est que le révérend Montefiore, actuel évêque de Birmingham, est le descendant d'une illustre famille juive.

Avant de parler de lui, parlons un peu de ses ancêtres car c'est surtout le nom qui a donné sa véritable dimension à l'affaire.

Sir Moses Montefiore[29], juif anglais d'origine italienne, est le fondateur de la « dynastie ». Pour constituer sa belle fortune, il a beaucoup été aidé par son beau-frère Nathan Rothschild. Mais si son nom est resté gravé dans les annales de la communauté juive britannique et dans l'histoire de l'État d'Israël, c'est en tant que philanthrope. « Il s'était épris de la Terre sainte, raconte Paul Giniewski[30]. Il en fit le pèlerinage à sept reprises. Il négocia avec Palmerston pour obtenir un protectorat britannique sur les juifs du Moyen-Orient. Il obtint même du sultan un firman pour l'achat de terres en Palestine, et établit des jardins publics, un moulin à vent, une école de filles, des fermes. En 1838, il avait soumis à Méhémet Ali un plan détaillé de colonisation. [...] Montefiore voulait renouveler l'économie stagnante du pays et expédia de jeunes Palestiniens en Angleterre pour y apprendre la filature et le tissage. Il voulait transformer Jérusalem en une ville moderne, fonda le premier quartier hors les murs et dota la capitale d'un système d'approvisionnement en eau. »

Sir Moses meurt à l'âge de cent ans en 1885, en laissant, comme on s'en doute, un souvenir inoubliable tant parmi les juifs d'Angleterre que chez ceux de Palestine. Il laisse surtout une grande partie de sa fortune à son neveu préféré, Joseph

Sebag, un courtier en bourse d'origine juive marocaine qui, en héritant, adjoint le nom de son oncle au sien propre. Traditionnellement, les Sebag-Montefiore sont doyens de la synagogue hispano-portugaise de Londres. L'autre neveu héritier de Sir Moses, Nathanaël Goldsmid, fit des études de médecine et donna naissance à une lignée d'intellectuels tandis que la branche Sebag féconda des hommes d'affaires. Aujourd'hui, la « Joseph Sebag and Co » est une des plus grosses charges d'agents de change de la City.

Charles Sebag-Montefiore a été président des doyens de la congrégation juive hispano-portugaise de Londres de 1946 à 1960. Il a donné naissance à un fils le 21 mai 1920, Hugh William, qui est aujourd'hui évêque anglican de Birmingham...

Pourquoi et comment s'est-il converti ?

Ça s'est passé en 1936. Hugh William Montefiore avait donc seize ans. Il étudiait alors sous les auspices de la célèbre école de Rugby. Il avait été élevé dans le culte de son prestigieux ancêtre et dans le respect d'une foi juive attentive mais pas excessive. À seize ans, il n'a encore jamais lu le Nouveau Testament. Sa seule éducation religieuse — mais elle n'est pas mince — consiste en des cours particuliers prodigués chaque dimanche par un professeur juif que ses parents lui envoient à Rugby.

Et, tout d'un coup, il annonce sa conversion à l'Église d'Angleterre. Sa famille, d'abord choquée par la nouvelle, n'en croit pas ses oreilles lorsque le jeune Hugh donne pour toute explication : « C'est une expérience mystique de l'ordre de celle de saint Paul... » En tout cas, la décision est prise et elle est irrévocable, le jeune homme n'en démord pas. L'affaire fait grand bruit dans ce Royaume-Uni où la communauté juive est très soudée et très attentive à l'évolution de ses membres. La conversion d'un juif à l'anglicanisme est déjà assez rare en soi, mais un Montefiore !

Rien n'y fera. Les dés sont jetés.

Après des études à St. John's College, dans le cadre prestigieux de l'université d'Oxford, Hugh Montefiore passe cinq ans, de 1940 à 1945, comme capitaine dans le « Royal Bucks Yeo », puis quitte l'uniforme pour épouser Elizabeth Patton, la fille du révérend.

Cinq ans plus tard, il est prêtre et c'est le début de son ascension dans le clergé anglican. Dès 1953, il est évêque de Newcastle, plus de Worcester, Coventry, Blackburn... Pour les chrétiens, il est surtout un évêque qui a su garder son franc-parler, un rien provocateur, doué d'une grande indépendance d'esprit, pas vraiment orthodoxe dans ses idées. Les Français diraient : « Voilà un évêque pas très catholique ! » Mais, pour les juifs anglais, il est un traître, et à double titre car il avait un double devoir : comme juif et comme Montefiore. Malgré l'avis tout à fait contraire des rabbins de la perfide Albion, il continue de se considérer comme juif, juif comme le Christ l'était. Il aime à insister sur sa judéité. Il n'est pas du tout de ces convertis fanatiques qui vont jusqu'à effacer de la pierre tombale le nom de leur famille, dans un cimetière juif. Nombre de ses anciens coreligionnaires ne lui ont rien pardonné et ils se font un devoir de le lui rappeler.

Un jour, en 1964, un des dirigeants de l'« Interuniversity Jewish Federation » (IUJF), Jeremy Rosen, l'invite, en toute bonne foi, à prendre la parole à son séminaire au Carmel College à Cambridge. Le révérend Montefiore est alors vicaire de Great St. Mary's, l'église de l'université. Cette invitation soulève un tollé. On l'annule *in extremis* et on remplace ce dangereux conférencier par un autre moins nocif, Moshe Sharett de l'Agence juive. Pourquoi ? Officiellement, l'IUJF argue qu'elle a appris, un peu tard certes, les activités missionnaires et prosélytes du révérend Montefiore parmi les étudiants juifs de Cambridge. Officieusement, les rabbins du département religieux de l'Agence juive, qui finançaient substantiellement le séminaire, avaient fait pression pour qu'on ne donne pas la parole à ce « traître ». Interrogé, Montefiore répond : « J'imagine que c'est parce que je suis né juif et que je suis devenu juif chrétien... Quant à l'accusation de prosélytisme, à la lumière des relations judéo-chrétiennes, c'est compréhensible mais néanmoins regrettable. »

Quelque temps plus tard, en 1969, il confie son amertume : « Les juifs estiment que je suis passé à l'ennemi. » Et les chrétiens ? « Le sentiment antijuif qui existe dans ce pays est vraiment surprenant... »

Il se retrouve ainsi pratiquement rejeté des deux côtés, pas par tous fort heureusement. Mais tout de même ! Il avait causé du scandale parmi les siens en les « reniant ». Mais il en fit autant parmi les nouveaux siens estimant, par exemple, que le Christ avait probablement eu des penchants homosexuels. Cela suscita une controverse dans l'Église d'Angleterre et quelque émoi dans le royaume. L'archevêque de Canterbury demanda des preuves. Les rabbins soupirèrent de soulagement : grâce à Dieu, il a dit ça en chrétien, ou sinon, vous imaginez la réaction...

L'affaire provoqua une manière de scandale. Le révérend Montefiore avait commis l'erreur que Mgr Lustiger allait commettre un peu plus tard : il avait sous-estimé les méthodes des médias qui, d'une ou deux phrases glissées dans un discours, font leurs gros titres. Mais le mal est fait et on ne lui pardonne pas dans la hiérarchie d'avoir osé spéculé ainsi sur le célibat du Christ.

En 1976, il se rappelle au bon souvenir de l'opinion publique en menant campagne contre la construction du supersonique franco-anglais Concorde accusé de faire du bruit, et en luttant pour la défense de l'environnement. Cette dernière idée fixe remonte aux années 50, époque à laquelle il aurait eu, selon ses propres dires, la seconde révélation de sa vie : la prise de conscience que le genre humain doit à Dieu de préserver la nature. Mais derrière ces aspects un peu spectaculaires jugés trop publics, se cachent l'homme de foi et l'homme d'Église, celui qu'on qualifie volontiers d'ecclésiastique d'avant-garde, l'homme de réflexion qui a publié de nombreux ouvrages parmi lesquels *Thomas et les Évangélistes, Dieu, le sexe et la guerre, Commentaire sur l'épître aux Corinthiens, Apocalypse, La Crise nucléaire, Oui aux femmes prêtres,* et bien d'autres encore...

Il s'est fait une seconde réputation en tentant d'harmoniser les relations entre les Anglais et les minorités de couleur vivant au Royaume-Uni. C'est, dit-on, une des raisons qui ont poussé le synode de l'Église d'Angeterre à nommer en 1977 le révérend Montefiore évêque de Birmingham, une ville de plus en plus cosmopolite.

On dit que sa maison à Wandsworth est toujours grande ouverte aux immigrés. Mais ce qui fait qu'on le remarque aujourd'hui encore dans les milieux ecclésiastiques, c'est la qualité de ses interventions dans les débats théologiques, une connaissance de l'intérieur de l'Ancien Testament, et pour cause...

L'évêque Montefiore ? *A man with an unconventionnal Anglican background...*

« Ma position est celle des chrétiens en terre d'Israël. » Cette petite phrase de Mgr Lustiger à l'*Agence télégraphique juive* a mis du baume au cœur des chrétiens en Israël. Lustiger, ils connaissaient. Il s'était rendu en Israël près d'une vingtaine de fois, en tant qu'aumônier, en tant que prêtre, en tant que « chrétien d'Israël ». Inutile de préciser que sa nomination à la tête du diocèse de Paris les a ravis, simplement pour le principe, pour le symbole.

Quand on les visite, on comprend que Jean-Marie Lustiger ait, un temps, pensé s'établir parmi eux. Mais il y eut Orléans, il y eut Paris...

J'ai assisté, chez les dominicains de Jérusalem, à un office en la chapelle de la maison Saint-Isaïe. On fêtait les soixante-dix ans du père Bruno Hussar, fondateur il y a fort longtemps déjà (en 1960) de cette pastorale en langue hébraïque. Si le terme « originel » prend un sens, c'est bien là, dans ces lieux sobres, où l'atmosphère est très chaleureuse, très fraternelle, sous ces voûtes blanches où le rituel semble avoir, plus qu'ailleurs, la simplicité des premiers temps. Pas un mot de français n'est prononcé par cette assemblée de francophones. Tout est dit en hébreu. Il est parlé à l'égal des autres habitants du pays. À peine une trace d'accent.

Ici mieux qu'ailleurs, on croit tout à fait comprendre ceux qui se disent à la fois juifs et chrétiens.

Les chrétiens d'Israël n'ont pas attendu le concile Vatican II pour prier dans une autre langue que le latin. En 1956, le cardinal Tisserant, alors préfet de la congrégation orientale, avait posé à Pie XII le problème des chrétiens hébréophones, ces chrétiens qui vivaient en Israël depuis 1953 et qui ne comprenaient pas que, des trois langues dans lesquelles était rédigée l'inscription de la croix du Christ, l'Église n'ait retenu pour sa prière liturgique que le grec et le latin, mais pas l'hébreu. C'est ainsi qu'ils obtinrent l'autorisation de « célébrer la messe des catéchumènes en hébreu classique ». Six ans avant le grand chambardement du concile !

La décision fut assez mal accueillie par les juifs israéliens. Aujourd'hui, un quart de siècle après, le père Marcel Dubois, supérieur du couvent dominicain de Saint-Isaïe, est aussi responsable du département de philosophie à l'université hébraïque de Jérusalem...

Nombre de ces chrétiens qui disent la messe en hébreu sont des juifs convertis au christianisme. Écoutons l'un d'eux.

Appelons-la Dora. C'est une amie de longue date, à qui je voue une sincère admiration et à qui, je dois l'avouer, j'ai pensé en premier lorsque j'ai projeté d'écrire ce livre. À ceux qui la questionnent — et ils sont nombreux ! — elle se présente généralement comme une chrétienne d'Israël, ou plutôt une fille d'Israël qui a rencontré Jésus, qui a reconnu le Christ en lui et qui a entendu son appel. « Depuis, dit-elle, ma vie a été une marche souvent lente, traînarde, et claudicante mais incessante — à la suite. »

Elle est née pendant la Première Guerre mondiale dans une famille juive du sud de la Russie qui, comme tant d'autres, a dû fuir après la Révolution. C'était une famille assimilée, riche, de culture européenne...

« Nous avions un certain sens des traditions. Mais, étant sans cesse réfugiée et bringuebalée, je n'ai pas eu le temps d'avoir une pratique. Dans mon enfance déjà, Dieu était pour moi une réalité. J'étais croyante et j'avais une prédisposition pour toutes les choses éminemment spirituelles. J'ai quitté la Russie à l'âge de cinq ans et cinq ans après j'étais en France, après diverses pérégrinations en Europe centrale.

— À ce moment-là ta famille pratiquait-elle encore la religion juive ?

— Nous faisions le *seder*[31], nous respections le *Kippour*[32]. Nous avions un sens très poussé de l'identité juive.

— Mais pour toi, à l'âge de dix ans, ça se traduisait comment ?

— Être juive pour moi, c'était redoutable. En Allemagne, j'avais senti que je n'étais pas comme les autres enfants, je me savais marquée d'un signe dont je distinguais mal la signification. Des gamins m'avaient jeté des pierres en me traitant de " juive maudite ". Plus tard en France, en fréquentant l'école laïque, j'ai découvert l'existence de Jésus. Pas l'Église, pas la religion, mais la personnalité de Jésus.

— Comment ça !

— Il m'attirait. Il faut bien comprendre qu'une conversion, c'est une rencontre avec quelqu'un de vivant. C'est une expérience qu'on n'oublie pas. Il y a un avant et un après.

— Et pour toi, ça s'est produit à quinze ans...

— C'est ça. C'est difficile à expliquer. Je cherchais une nourriture spirituelle. Personne n'avait le temps de m'en donner, on était des réfugiés, il y avait d'autres problèmes à l'époque. Mais il y avait aussi cet environnement chrétien qui faisait que je me débattais, j'étais intérieurement torturée. C'était douloureux. Je me suis dit : décide-toi, mais dans une église. J'avais peur d'y aller, je n'y étais jamais allée, j'y suis allée.

— Tu avais rencontré le Christ, mais que savais-tu du christianisme alors ?

— Il faut dire qu'avant, j'avais été en convalescence, après une sérieuse maladie, dans une maison d'étudiants laïques. J'avais trouvé à la bibliothèque les Évangiles et la vie de sainte Thérèse de Lisieux. Ces lectures furent mon apothéose, l'aboutissement et le début de mon cheminement.

— Tu entres donc dans une église pour la première fois...

— C'était au Vésinet. Je ne me souviens de rien d'autre. C'est très flou. Tout ce que je sais, c'est que, quand je suis rentrée à la maison, je me suis agenouillée à même le sol, pour la première fois de ma vie. J'ai cru. Tout a basculé à ce moment-là.

— Tout, c'est-à-dire ?

— Toutes les valeurs dans lesquelles je croyais étaient changées. Ce qui m'attirait avant ne présentait plus guère d'intérêt à mes yeux. Je comprenais que Jésus était un être divin, à la fois l'amour, la prière et la paix. Je ne sais pas ce qui s'est passé dans l'église. Rien, en fait. Tout était en moi. Toute ma vie a été alors engagée par ça.

— Mais ton nouvel engagement s'est manifesté d'une manière progressive ou brutale ?

— Je suis retournée à l'église plus d'un an après que j'ai connu un prêtre pour la première fois. Mais si ça a été progressif, c'est aussi qu'il y a eu obstacle. Mon père a très mal pris ma conversion. Il a déchiré mes livres, il m'a interdit de fréquenter mes amies chrétiennes. Il était fanatiquement contre, comme tout juif et surtout comme tout juif russe, si tu vois ce que je veux dire. Pour lui, cela signifiait que je vendais mon âme, rien de moins.

— Comment s'est passé ton baptême ?

— Dans le secret. J'ai eu la chance de tomber sur un prêtre converti, un ancien juif[33]. Il s'est vite rendu compte que c'était sérieux. Il m'a instruite. Il a pris la responsabilité de me baptiser bien que je fusse mineure. Mais il ne fallait pas que ça se sache avant que j'atteigne ma majorité. J'avais alors dix-sept ans. Ma mère a appris ma conversion à ma majorité. Mon père, lui, ne l'a sue en fait qu'au moment de l'occupation allemande. En vérité, il ne voulait pas le savoir, il préférait me savoir morte plutôt que chrétienne. Mais enfin, lui comme elle, ils devaient bien nourrir quelques doutes en me voyant partir en catimini tous les dimanches matin...

— On peut tout de même penser que le contexte de l'Occupation a joué dans la violence de leur réaction...

— Vis-à-vis des lois nazies, j'étais dans le même danger qu'eux. Je m'étais de toute façon déclarée aux autorités comme étant juive. Je ne voulais pas laisser tomber ma famille dans ces circonstances, c'était hors de question. Des amis chrétiens nous ont cachés, à Grenoble et dans le Midi. Ça a un peu modifié les idées de mon père vis-à-vis d'eux.

— Mais toi, comment avais-tu réagi à leur réaction ?

— Pour moi, devenir chrétienne, ça n'a absolument pas signifié l'abandon de mon identité juive. Au contraire, j'ai vraiment senti à quel point je devais assumer mon identité juive dans le christianisme. Je devais être et rester — à ce moment-là plus que jamais — une fille d'Israël.

— Il n'y a donc pas eu rupture ?

— Pas du tout de rupture. De plus chez nous, on n'était pas sioniste. Ce n'est qu'en 1952 que j'ai eu l'idée de venir habiter ici.

— Mais tu acceptes les implications du mot “ conversion ” ?

— Non, il est faux en ce qui concerne les juifs qui deviennent chrétiens. Il n'y a pas retournement mais continuation. On ne m'a demandé aucune abjuration, juste de dire que Jésus était le Messie.

— Mais n'est-ce pas justement une manière d'abjuration vis-à-vis de la *halacha*, la " loi juive ", qui, elle, ne dit pas du tout ça ?

— Toute ma vie a été guidée par des lumières intérieures. Je voulais être dans l'aventure du peuple juif, n'être pas coupée de lui. J'avais et j'ai une double identité juive et chrétienne. Je me suis convertie parce qu'il y avait une lumière. Personne ne possède la vérité en entier...

— Les déclarations de Mgr Lustiger ont dû te plaire...

— Il a dit ce que nous disons depuis des années. Ce qu'il a dit nous a fait très plaisir, nous, c'est-à-dire les fidèles de l'Église de langue hébraïque, une Église qui réunit surtout des juifs convertis au christianisme, des hommes et des femmes issus de mariages mixtes, des chrétiens très proches d'Israël... Pour nous, ce qui est évident, c'est que devenir chrétien ne nous coupe pas de nos racines juives. Jésus est le Messie d'Israël, c'est ce que je réponds en général quand on me pose la question.

— Mais est-ce que cette réponse te satisfait, toi, vraiment ?

— Écoute, à quinze ans je cherchais Dieu très très fort. J'avais toujours cru en lui. Et puis, soudainement, je me sens attirée par Jésus que je ne connais pas. Il se manifeste en moi d'une manière irréfutable et je m'accomplis en lui. Voilà ce qui s'est passé. Je n'ai pas douté, dès ma conversion. C'était un roc. Et depuis, j'ai toujours essayé d'être un pont entre les deux religions. Toute ma vie est dictée par ce qui me semble la volonté de Dieu. Les juifs m'ont tellement sentie semblable à eux que je n'ai pas eu de problème à rester parmi eux. Il n'y a guère que les juifs religieux... ça n'a pas dû leur faire plaisir. Généralement, on me reproche d'avoir fait ça par intérêt et pour fuir le destin juif. Tu te rends compte ! On me dit ça, à moi ! Non seulement je me suis assumée comme juive pendant l'Occupation, alors que j'étais déjà chrétienne, non seulement je pars vivre en Israël, mais en plus dans les pires des conditions puisque je n'ai pas eu le statut de nouvelle immigrante mais celui d'étrangère !...

— Tu es en contact, ici à Jérusalem, avec des juifs, des chrétiens, des musulmans, quotidiennement. Comment crois-tu que les conversions soient perçues, du moins celles qui partent du judaïsme vers le christianisme ?

— La conversion, on ne peut comprendre ça que comme un appel d'un troisième interlocuteur qui vient d'en haut. Car le contexte n'explique pas tout. Ça ne peut s'expliquer que parce qu'il y a quelqu'un qui est le Dieu vivant. Autrement, ce n'est pas explicable. Les amis, les livres, ça peut aider mais pas tenir. Mon appel pour m'installer à Jérusalem, je le vois dans la même foulée, dans le même cheminement. Ce genre de choses, si on ne le suit pas, on se mutile. Si j'avais résisté à ces appels, j'en serais morte. Je suis une intuitive.

— C'est quoi une chrétienne d'Israël ?

— C'est une fille d'Israël qui a reçu Jésus. Quand je parle des juifs, je dis nous, quand je parle des chrétiens aussi. Nous avons une mémoire et une espérance communes. Tous les juifs devenus chrétiens sont les meilleurs amis d'Israël. Très peu de juifs l'admettent, mais c'est vrai. Au fond, nous vivons d'une manière très forte le fait d'être une minorité en Israël et dans l'Église. Nous avons un double rôle : essayer par de multiples petites gouttes de faire comprendre qu'on est chrétien tout en restant juif. Nous sommes un peu des pionniers. Et, par ailleurs, nous voulons aider l'Église à retrouver son fondement, son langage juifs.

— Pourquoi pries-tu Jésus en hébreu ?

— On n'est pas complètement chez soi dans une Église en latin. On a besoin d'une Église en hébreu pour se sentir à l'aise. C'est aussi cela l'instinct grégaire des juifs, même des convertis. En fait, je préférerais appeler ça fidélité aux racines.

— On se connaît depuis longtemps mais tu ne m'en as jamais dit autant qu'aujourd'hui sur ta vie intérieure et pourtant, tu es toujours discrète sur toi-même. Alors, pourquoi ?

— Pour la gloire de Dieu. »

Ça ressemblait à un point final, une bonne « chute ». Je voulais pourtant essayer d'aller plus loin. Dora était au téléphone, probablement en communication avec un de ces groupes de pèlerins de passage à qui elle fait connaître les réalités israéliennes. En l'attendant, je feuilletais des brochures, des livres qui se trouvaient là. Je tombai sur ces lignes :

« Lire la Bible en hébreu, langue brute, pure, absolue comme le feu et le glaive.

« Méditer la Bible sur cette terre qui, à jamais, porte l'empreinte de la Parole.

« Écouter la Bible parmi le Peuple qui l'a reçue... »

Après cela, je n'avais plus de questions à

poser, soudainement. Ou alors j'en avais trop. En tout cas, je me tus.

Il n'est pas tous les jours aisé d'être un juif converti à Jésus, en Israël. Ça reste assez mal vu. Car elle est vivace, cette crainte du convertisseur ; elle est compréhensible, eu égard aux siècles de prosélytisme chrétien qui ont assombri et parfois ensanglanté l'histoire du peuple juif. Mais, en général, on préfère ne pas parler de tout ça. Parfois, on est bien obligé et l'on se rend compte alors que la plaie n'est pas cicatrisée comme on le croyait. L'« affaire Daniel », est encore dans toutes les mémoires des « nouveaux chrétiens » vivant en Israël. Elle date pourtant des années 60. Mais elle reste très présente dans l'esprit de ceux qui se disent judéo-chrétiens en Israël et que la loi du pays tient pour des goyim.

Oswald Rufeisen est né en Pologne dans une famille juive traditionnelle en 1922. Dès l'âge de douze ans, il milite dans un groupe sioniste de Vilno (Lituanie) qui prépare à la vie au kibboutz en Palestine. Vient la guerre. Il gagne la Résistance antinazie dont il devient un membre très actif. Lors d'une rafle, il dupe les Allemands, se fait passer pour interprète et parvient à sauver ainsi nombre de ses coreligionnaires promis à l'exécution. Mais la Gestapo a vite fait de le confondre. Il est arrêté, emprisonné, condamné à mort. Il s'évade et réussit à rejoindre l'Armée rouge qui le décore pour sa conduite héroïque. Mais, avant de gagner les rangs des partisans soviétiques en 1943-1944, il s'est caché, quinze mois durant, dans un couvent. Là, le juif

Rufeisen a rencontré le Christ, là il a demandé le baptême.

Vient la libération de l'Europe. Oswald Rufeisen entre chez les carmes où il est ordonné prêtre en 1952. Mais le sacerdoce ne lui a pas fait oublier ses amours premières. Sioniste il fut, sioniste il demeure. En 1948 éclate la guerre d'indépendance d'Israël. Il veut y aller mais les autorités polonaises l'en empêchent dans un premier temps, puis acceptent moyennant sept ans de travail en Pologne suivis de la renonciation à la nationalité polonaise.

1959. Il arrive enfin en Israël, la terre tant promise. Il s'appelle frère Daniel, mais les Israéliens d'origine polonaise apprécient comme il se doit Oswald Rufeisen. L'image du héros est toujours là, la guerre n'est pas si loin. C'est décidé, le père Daniel veut rester en Israël. Il veut devenir israélien. Pour ce faire, il demande à bénéficier de la loi du retour, comme tout juif. Il s'est peut-être converti, certes, mais à ses yeux il n'a fait qu'accomplir son judaïsme dans le Christ et, de toute façon, il est juif puisque de mère juive. Le jeune État d'Israël, lui, ne l'entend pas du tout de cette oreille et lui demande d'engager le long et délicat processus de naturalisation, comme le ferait n'importe quel étranger, n'importe quel goy.

L'affaire Daniel éclate.

Elle va défrayer la chronique pendant de longs mois. Elle ravive le débat séculaire : qui est juif ? Autrement dit : qui ne l'est pas ? Le père Daniel se souvient qu'il a été résistant. À nouveau il résiste, et de toutes ses forces, armé de sa puissante détermination, de cette volonté qui ne l'a jamais fait plier. Au-delà de la question de procédure, c'est pour lui affaire de principe. Pour les autres aussi d'ailleurs. Le parti travailliste et le parti national religieux y trouvent le prétexte d'une nouvelle querelle tandis que l'opinion publique se passionne de plus en plus pour l'issue de cette histoire.

Finalement, en 1962, l'affaire est portée devant la Cour suprême de l'État d'Israël. Le chroniqueur judiciaire du *Jerusalem Post* commence ainsi son compte rendu d'audience : « La Haute Cour de Justice a été hier le théâtre d'un symposium sur la loi juive, l'histoire et la sociologie... » La question posée aux juges est simple dans son énoncé : le père Daniel peut-il bénéficier de la loi du retour ? Mais elle est si complexe dans ses implications !... Les juges savent que leur décision est très attendue. Tout le monde ne parle que de ça. De son monastère carmélite du Mont-Carmel, le père Daniel a même interpellé le ministre de l'Intérieur Moshe Shapiro, lui demandant les raisons pour lesquelles il ne voulait pas lui délivrer un état civil de « catholique de nationalité juive ».

À la Cour suprême, tout se joue entre quelques hommes. D'un côté, il y a les cinq juges : MM. Silberg, Berinson, Cohn, Landau et Many. De l'autre, il y a l'avocat général Zvi Bar-Niv qui défend les thèses du ministère de l'Intérieur et enfin Shalom Yaron, associé au député de gauche (parti Mapam), Kushnir, pour plaider en faveur du père Daniel.

L'avocat général est un homme rusé. Il fait valoir que le ministre Shapiro veut bien accorder la naturalisation au requérant mais qu'il n'est pas question de lui faire bénéficier de la loi du retour.

Pour se faire mieux comprendre, il cite des commentateurs prestitieux du Talmud, Theodor Herzl, Ben Gourion et d'autres, et va même jusqu'à exhumer une jurisprudence... britannique dans une affaire opposant le fisc anglais à un citoyen britannique qui avait fait un legs au Fonds national juif ! Enfin et surtout, il cite à dessein un ouvrage de droit dû à... M. Silberg, le président de la Haute Cour. Il a aussi l'habileté de ne pas s'en tenir à une stricte perspective religieuse. En ce temps-là, Ben Gourion est Premier ministre... L'avocat général fait valoir que l'apostat, ce n'est pas seulement l'homme qui abandonne la foi juive pour une autre foi, c'est aussi l'homme qui quitte la communauté juive, la nation juive : « Il ne suffit pas au requérant de dire qu'il se sent juif. Le judaïsme n'est pas une fraternité basée sur un simple sentiment. »

Quand l'avocat du père Daniel a la parole, il fait d'abord valoir, comme on s'y attend, ses « états de service », comme membre de la communauté juive de Vilno, comme militant sioniste, comme activiste antinazi, comme héros de la résistance à l'oppresseur... Il est aussi habile que son confrère, utilisant pratiquement les mêmes sources que lui, citant pratiquement les mêmes références que lui et allant, lui aussi, jusqu'à invoquer des déclarations du Premier ministre Ben Gourion, mais pas les mêmes bien entendu, puisqu'elles spécifient, celles-là, que « l'État d'Israël ne sera pas un État de loi juive mais un État de droit ».

Les audiences sont publiques. De nombreux journalistes sont là qui enregistrent faits et gestes. Sur les bancs, on trouve aussi des représentants du ministère de l'Intérieur intéressés au premier chef par l'issue des débats : le grand rabbin Kook, des dignitaires de l'Église catholique, des protestants, des messianiques, des hébreux chrétiens et même des sœurs qui prient pour le succès du père Daniel. Une atmosphère éminemment spirituelle flotte dans ces lieux d'ordinaire réservés à des joutes plus platement juridiques.

On est en novembre 1962. En décembre, la Cour rejette la requête du père Daniel par quatre voix contre une. C'est une unanimité de façade car les juges ont âprement discuté entre eux et ils ne sont pas d'accord sur diverses interprétations, loin s'en faut. Mais, en tout état de cause, frère Daniel ne peut bénéficier de cette loi du retour votée le 5 juillet 1950 qui stipule :

1. Tout juif a le droit d'émigrer en Israël.
2. Le ministère de l'Immigration (c'est-à-dire de l'Intérieur) est délégué pour faire respecter cette loi.

Le père Daniel fait appel. Appel rejeté. En 1963, il est naturalisé israélien. Depuis, il vit au couvent des carmes Stella Maris à Haïfa.

L'issue de l'affaire Daniel a été bien accueillie par les juifs d'Israël. Ils ne pouvaient d'ailleurs en imaginer d'autre à moins de remises en cause fondamentales absolument impensables, même et surtout aujourd'hui. Les chrétiens, eux, en ont été blessés. Cela dit...

Comme le note excellemment le père Riquet à ce sujet : « Quand on se rappelle précisément ce que fut, pendant plus de mille ans, la condition humiliée et combien restreinte des juifs dans la chrétienté, les chrétiens seraient mal venus de se scandaliser des réserves et des méfiances de la communauté juive orthodoxe à l'égard des convertis du judaïsme au christianisme et, plus encore, à l'endroit des convertisseurs et des missionnaires. La présence et l'action de ceux-ci en Israël provoquent des réactions qu'il faut comprendre et excuser[34]. »

Depuis l'affaire, la position du père Daniel n'a semble-t-il pas varié. Ainsi qu'il l'a lui-même écrit dans un article paru dans la revue *Esprit* (septembre 1966), il se considère comme « membre du peuple juif, chrétien de confession, intégré dans ce pays qui est ma patrie ». C'est ainsi, et aucune décision juridique n'y fera rien.

L'Histoire joue parfois de ces tours...

Un jour de l'année 1965, à l'aéroport de Tel-Aviv, un homme trapu portant bouc et lunettes, le père Daniel, attend un hôte important, un prélat qui a participé à Vatican II. Le voilà qui arrive. Le père Daniel va à sa rencontre. Les deux hommes se parlent naturellement en polonais. Retrouvailles, souvenirs. Ils sont passés tous deux par le même couvent de carmes en Pologne, sensiblement à la même époque. Ils ont participé à la Résistance antinazie, tous deux, en même temps, en Pologne aussi. C'est ensuite que leurs chemins ont bifurqué.

Daniel Rufeisen, prêtre, a choisi d'exercer son sacerdoce en Israël et d'y assumer une identité bien complexe. Karol Wojtyla, lui, après avoir été archevêque de Cracovie, est devenu pape sous le nom de Jean-Paul II.

On ne dira jamais assez à quel point les « histoires juives » font partie du patrimoine culturel juif. Elles sont un reflet, elles sont un symbole. Elles se transmettent de génération en génération et valent bien des discours. Il en existe sur les convertis. Au hasard de cette enquête, j'en ai entendu deux particulièrement grinçantes.

Après vingt ans d'absence, Rachel, fille de Mosche et Sarah tailleurs dans le Marais, rend visite à ses parents. Elle arrive rue des Écouffes dans une Rolls conduite par un chauffeur. Elle porte un manteau de vison et des bijoux de prix. Elle monte l'escalier branlant et sonne. Son père ouvre la porte.

« Rachel ! Ça fait vingt ans ! Tu aurais pu donner des nouvelles au moins ! »

Rachel est fêtée par ses parents qui la pressent de questions.

« Ça a l'air de bien marcher pour toi. Tu t'es mariée ?

— Oui... avec une femme.

— Quoi ? Mais tu es folle !... Sarah, tu entends ?

— J'entends... Ah, ma fille, qu'est-ce que tu as fait ?... Elle est juive au moins ?

— Euh, oui...

— Mais qu'est-ce que tu fais dans la vie ?

— Eh bien... je me suis faite prostituée...

— Quoi ! Dehors de chez moi, et ne reviens plus ! »

Rachel éclate en sanglots, remet son vison et s'en va. Alors que la voiture va démarrer, son père, penché à la fenêtre de son appartement, est ébloui par la Rolls, le chauffeur, l'apparat... Il est dubitatif. Il se ravise.

« Rachel, ma fille, crie-t-il dans la rue des

Écouffes, qu'est-ce que tu m'as dit que tu étais devenue ?

— Prostituée, papa !

— Ah bon, remonte... Ça va... j'avais mal entendu... j'avais compris protestante... »

Autre histoire, de la même veine.

Un cancre, le jeune Salomon Lévy, ramène régulièrement à son père un carnet de notes exécrable de l'école. Chaque mois, c'est la même scène.

Le père : « Mais, c'est inimaginable d'être nul comme toi ! C'est à s'arracher les cheveux ! Moi, à ton âge, j'avais d'excellentes notes !... »

Le fils : « Mais papa, je ne sais pas pourquoi... »

Après quelques mois de ces scènes interminables, le jeune Salomon dit à son père : « Je sais pourquoi : le professeur est antisémite ! » Le père est bouleversé par tant d'injustice. La mort dans l'âme, il décide de convertir son fils au catholicisme et fait en sorte que ça se sache. Un mois plus tard, le carnet de notes de Salomon est toujours aussi nul. Son père s'arrache les cheveux :

« Mais, enfin, je ne comprends pas ! Moi, à ton âge, j'avais d'excellentes notes, j'étais le meilleur...

— Oh, de toute façon, répond le fils, vous, les juifs, vous vous croyez toujours plus forts que les autres... »

Chez les juifs, il ne fait pas bon se convertir à une autre religion. Aux convertis, on réserve généralement un vocabulaire peu amène :

traître, renégat, juif honteux, déserteur... Cette réaction n'a, la plupart du temps, rien à voir avec le niveau de croyance ou de pratique religieuse de la famille du converti. C'est un juif qui quitte son peuple et cela seul suffit pour le mépriser. Il faut tout de même savoir que les juifs religieux enterrent « par contumace » ceux des leurs qui renient le judaïsme pour embrasser une autre religion. Il y a effectivement prise de deuil. Il s'agit d'une mort spirituelle. C'est comme si le converti en question avait renié Dieu. Ceux qui disent alors le *kaddich* lors des funérailles le disent aussi et avant tout pour eux-mêmes car c'est leur descendance qu'on tue par ce geste de « trahison ». Dans ce *kaddich* où il est dit que la mort organique est moins dramatique que la mort spirituelle, on constate aussi la faillite du père avec tout ce que cela suppose.

MARIE-FRÉDÉRIQUE HANNOUN DANS L'ATTENTE D'UN AUTRE APPEL

« Ah ! vous devriez rencontrer Marie-Frédérique... Elle est tout à fait passionnante. Et puis elle a dû passer par tant d'épreuves pour en arriver là... » Le prêtre qui me parlait ainsi fut convaincant puisque, peu après, je me rendais à Boulogne-Billancourt, dans un modernissime immeuble à peine achevé pour y rencontrer Marie-Frédérique Hannoun, une juive d'Afrique du Nord convertie au christianisme. C'est une jeune femme grande et rousse aux cheveux courts qui m'a ouvert la porte. La mise très soignée, pas la moindre trace de cet accent qu'on dit pied-noir, très vive, le débit rapide et le sens de la repartie. Tandis qu'elle prépare le café, je remarque sur la table de la cuisine une boîte de *matzot*, cette galette que les juifs mangent à l'époque de Pâques à l'exclusion du pain. Elle remarque mon air étonné. « Vous voyez, dit-elle, je n'ai pas tout perdu... quand même... »

Un père juif de Constantine, une mère oranaise mais d'origine catholique bien que née Ghanassia. Lui graveur sur bijoux, et commerçant, elle femme au foyer. Lui, assez libre penseur mais fermement juif et fier de l'être, pro-israélien et sioniste. Ils habitent Boulogne eux aussi, depuis qu'ils ont quitté l'Algérie. Quant à Frédérique — Marie-Frédérique depuis son baptême —, elle est née en 1955 à Alger où elle a vécu sept ans, c'est-à-dire jusqu'à l'indépendance de l'Algérie. Aujourd'hui, elle est juriste dans un organisme qui dépend de la Chambre des notaires à Paris. Mais demain... Qui sait, peut-être entrera-t-elle dans les ordres. Elle y pense.

« Vous avez grandi dans quelle ambiance ?

— Dans un milieu agnostique. Vers quatorze ans, je ne pouvais plus m'en satisfaire. Je croyais en Dieu et mon père était très " juif ", très fier et conscient de ses origines, mais c'était insuffisant. Alors je me suis mise à lire, énormément. À l'époque on parlait beaucoup d'orientalisme. Pendant les vacances, je lisais des textes sur le bouddhisme zen.

— Un milieu agnostique, m'avez-vous dit...

— C'est-à-dire que, chez nous, on n'était pas pratiquant mais on était très juif à travers le sionisme. Sioniste, je l'étais aussi et, parallèlement, je m'affirmais juive. De plus mon nom n'autorisait guère de doute. À quinze ans, pour des raisons de qualité d'études, j'ai été dans une institution catholique. Je dis tout de suite très haut et très fort que cela ne m'a absolument pas influencée dans mes choix ultérieurs. Je m'affirmais alors et plus que jamais comme juive. Ce n'était pas une réalité religieuse mais raciale. Mon père ayant la personnalité la plus forte, l'" origine " de ma mère ne me posait pas de problèmes.

— Mais comment pouviez-vous être juive puisque votre mère, elle-même, ne l'était pas ?

— Je ne me posais pas de problèmes non plus vis-à-vis de la stricte loi juive. Pour moi, c'était du juridisme. D'autant que ma mère était une sioniste fervente. Je me considérais comme juive, voilà tout, et en Algérie et même en France, cela avait été mon milieu.

— Alors qu'est-ce qui vous a fait chercher ailleurs ?

— Vers l'âge de dix-sept ans, j'ai été intéressée, par pure curiosité, par l'islam. Ça venait après le bouddhisme, Gershom Scholem et Edmond Fleg. Vers dix-huit ans, j'ai donc tout naturellement lu les Évangiles. C'était normal. Ça m'a plu. Puis à Pâques, je les ai relus. Ce jour-là, ça m'a parlé, mais cette fois autrement que sur le plan intellectuel. C'est difficilement explicable. C'est de l'ordre de la conviction intérieure... Ça a fait tilt en moi. Je me suis dit : c'est ça que je cherche, c'est ça la vérité. Je cherchais à laisser s'exprimer en moi une réalité qui, au travers des Évangiles, pouvait s'exprimer. C'était la certitude d'avoir trouvé quelque chose de vivant et qui vous remplit. Ça a été tellement fort sur le moment !... J'ai vraiment vécu intérieurement et intimement l'expérience de la mort et de la résurrection. D'ailleurs, c'était Pâques.

— Quelle a été votre démarche alors ?

— J'ai cherché une explication rationnelle. Car j'ai eu peur tout d'abord. D'un côté, c'était tellement fort que je ne pouvais pas ne pas y adhérer. D'un autre côté, j'en craignais les conséquences, dans ma famille entre autres. Je me suis alors demandé si on pouvait être chrétien sans être baptisé. En tout cas, la Révélation que j'avais eue impliquait un changement de vie, un bouleversement. J'ai donc eu la trouille. J'étais alors en seconde année de droit à l'université de Nanterre.

— Est-ce que vous avez eu une attitude défensive ou au contraire avez-vous pris votre " problème " à bras-le-corps ?

— À ce moment-là, j'ai beaucoup réfléchi, beaucoup digéré mes pensées et mes lectures. J'ai longtemps eu ce dilemme en moi : adhérer en connaissance de cause. Mais je n'avais personne à qui me confier. Ce fut une traversée du désert qui a duré deux ou trois ans. J'ai voulu aller jusqu'au bout. J'ai pensé que s'il y avait vraiment eu Révélation, je m'en sortirais. Il fallait que je m'en sorte. Je suis allée à Sainte-Jeanne-de-Chantal qui était l'église la plus proche. C'était un mercredi, jour du catéchisme des enfants. J'ai dit : je voudrais rencontrer des gens à qui parler de ma recherche. Deux dames qui s'occupaient du catéchisme m'ont conseillé de prendre rendez-vous avec un prêtre. Il fallait téléphoner... Ça me paraissait compliqué d'expliquer cela par téléphone... J'ai laissé tomber. On était en juin, il y avait les examens, je les ai ratés, évidemment.

— Mais saviez-vous alors que le curé de Sainte-Jeanne-de-Chantal s'appelait Lustiger et qu'il était lui-même un juif converti ?

— Non, pensez-vous ! ou sinon ça m'aurait encouragée. D'autant que j'étais décidée à franchir le pas qui mène à l'église avec un petit " e ", le bâtiment. Peu avant, je m'étais souvenue du collège religieux où j'avais suivi mes études. J'étais retournée voir la directrice et elle m'avait aiguillée sur deux prêtres. Ce fut une rencontre très importante. Ils m'avaient dit : avec ce qui vous arrive, vous avez besoin de beaucoup prier. Aussi étais-je décidée. À la rentrée de septembre, j'avais du temps de libre. Je me promenais beaucoup et un jour je passai par hasard sur le parvis de l'église Notre-Dame-d'Auteuil. J'entrai et je priai.

— Ça a été naturel ?

— Assez naturel. Il faut vous dire que, quand j'avais six ans, je ne sais pas pourquoi, un jour je me suis signée. Mon père en avait été grandement scandalisé. Cette épisode m'a beaucoup marquée. Quand on fait une expérience à travers les Évangiles, on fait la découverte du sacré, c'est-à-dire de la certitude qu'il y a quelqu'un au-delà de tout, quelqu'un devant qui on éprouve un énorme besoin de se prosterner. C'est un débordement intérieur qui demande à s'exprimer extérieurement. Tout est en jeu là-dedans. Tout est en jeu là-dedans. Me signer est venu naturellement en moi.

— Comment avez-vous été accueillie à l'église d'Auteuil ?

— Comme dit Mgr Marty, c'est une église polycopiante. On trouve des affichettes partout. L'accueil est très bien fait. J'y ai donc rapidement rencontré le père Müller. Après quelques entretiens, il m'a mise en contact avec une religieuse. En fin de compte, j'ai eu de la chance parce que au cours de mon itinéraire j'ai rencontré des gens formidables. La religieuse elle-même m'a dit : je n'ai rien à vous apprendre... Il est vrai que j'avais beaucoup lu entre-temps.

— Pourquoi avoir frappé à la porte de l'Église catholique plutôt que protestante ou orthodoxe ?

— Justement, à ce moment-là, je me suis dit : les Évangiles, c'est le Christ, mais plusieurs Églises. Effectivement, pourquoi l'Église catholique et pas la protestante ou l'orthodoxe ?... J'ai estimé que, vivant en France, pays catholique, il était plus pratique, plus simple d'aller à l'Église catholique. Si j'avais vécu en Allemagne, j'aurais probablement frappé à la porte de l'Église protestante. Mais rassurez-vous, ça s'est approfondi depuis.

— Comment ?

— Tout d'abord, pendant huit mois, j'ai vu régulièrement cette religieuse, une fois par semaine. Et je me suis à nouveau posé la question de savoir si on pouvait être chrétien sans être baptisé. J'ai rencontré des amis, des futurs convertis qui se posaient la même question. J'avais adhéré à la foi mais je n'avais pas le sens du sacrement. Je n'étais pas sûre qu'il faille légitimer cela par le baptême. Mais mon exigence d'authenticité me forçait à aller jusqu'au bout. J'ai donc dit au père Müller que je voulais être baptisée. À l'époque, il y avait peu de demandes ; ce fut donc assez informel. Pour compléter ma formation, j'ai quand même suivi les cours de René Dufay au centre Jean-Bart. J'ai été baptisée à la Pentecôte, en mai 1978. J'avais vraiment l'impression de vivre quelque chose d'exceptionnel. Ça s'est passé à la messe de onze heures du matin. Il y avait beaucoup de monde, les gens ont été merveilleux, certains m'ont apporté des fleurs. C'était pour la matérialisation et l'extériorisation d'une relation d'amour avec une personne qui est le Christ.

— Comment a réagi votre famille à l'annonce de votre conversion ?

— Très mal. Ça a été affreux. J'étais alors en quatrième année de droit. Je n'avais rien dit à mon père car, indépendamment du problème de fond que soulevait ma conversion, sa réaction prévue m'aurait tout de suite posé des problèmes matériels, j'aurais dû tout de suite quitter la maison. Je ne lui ai donc rien dit. Ma mère, elle, savait.

— Ce devait être pour vous une position pour le moins inconfortable ?

— Plutôt difficile. Je ne pouvais pas aller à la messe le dimanche. Heureusement que, depuis Vatican II, il y avait des messes le samedi soir. De plus, je faisais partie d'un groupe de prière qui se réunissait le soir. Je devais inventer de fausses sorties avec des camarades de faculté. C'était assez pénible. Finalement, j'ai été confirmée en juin 1979. Peu avant, j'avais déménagé. Un jour, mon père me téléphone à mon nouveau domicile : il avait trouvé dans mon ancienne chambre un bout de papier relatif à la cérémonie de l'appel. Il était affolé. J'ai essayé de dédramatiser. Rien à faire. À partir de ce morceau de papier, il avait remonté la filière du catéchuménat jusqu'au père Dufay. Il voulait savoir si j'avais été baptisée. Je présume qu'au centre Jean-Bart, on a dû l'envoyer sur les roses. Finalement, je lui ai tout dit.

— Le choc a dû être terrible, non ?

— Pire que ça encore. Je suis passée par tous les stades, tout ce qu'on peut imaginer. Il m'a dit des choses comme : qui a pu te forcer à faire cela ? Qui t'a embobinée ? Comment peux-tu me faire ça ? Bref, il a vécu ma conversion comme un reniement. Je le reniais, lui et ce qu'il était : un juif. Quelque chose a été brisé en lui avec ma conversion. Aujourd'hui, entre nous, on ne parle plus de christianisme, sauf exception, lors de l'attentat contre le pape par exemple.

— Comment expliquez-vous la réaction de votre père ?

— Il faut dire que, quand il a appris la nouvelle, la France était à l'heure d'*Holocauste*, le feuilleton télévisé américain. Il pensait que je m'étais convertie à cause du film, à cause des horreurs qu'on avait fait subir aux juifs. S'il avait été un juif croyant et pratiquant, on aurait pu discuter. Mais il était incapable d'une pensée spirituelle. Par contre, je suis persuadée qu'il aurait admis que je me convertisse, par exemple, par intérêt social.

— Votre pratique religieuse est-elle aussi intense aujourd'hui qu'avant ?

— Je pratique moins qu'au début. Avant,

j'avais besoin de communier. Pour moi, c'était vital, la messe tous les matins. Après, ça a été rendu plus difficile par mon emploi du temps. Tout d'abord, ça m'a manqué. Ça m'a aussi obligée à réfléchir car, la messe quotidienne, ça peut vite devenir une routine, un automatisme. Je me suis demandé si être catholique, c'était se rendre régulièrement à la messe. J'ai approfondi ma foi et j'ai essayé de la vivre tous les jours. Moins d'eucharistie, plus de partage. Je me suis rendu compte de mon évolution depuis mon baptême : ça a été tout d'abord quelque chose d'intellectuel, puis de serein et enfin quelque chose de vécu dans tous les instants de ma vie, quelque chose qui s'est dépassionné. En ce sens, je pratique moins aujourd'hui qu'avant mais sûrement plus en profondeur.

— N'avez-vous pas ressenti une différence de culture quand vous avez embrassé la foi catholique ?

— Dans ma conversion, rien n'est social. Il ne faut y voir aucune volonté d'intégration à la société française. La marginalisation ne me fait pas peur. Je suis devenue catholique parce que c'était un besoin. Je me rends compte qu'on est toujours un converti. Un baptisé à l'âge adulte n'est jamais un catholique comme un autre. Baptisée à vingt-trois ans, je me sens très " vieille catholique " de cœur. Je voulais être catholique comme tous les autres. En plus, je n'ai ni le type ni l'accent juif ou pied-noir. Au niveau de l'exigence intérieure, je sais que je me suis convertie au nom de quelqu'un et de quelque chose. Dans ma conception des choses, il y a certaines vérités. Ce faisant, j'ai des exigences. Je suis toujours convertie parce que je suis toujours en état de conversion, je me remets toujours en question et je porte sur l'Église et les catholiques un œil critique.

— À moins que ce ne soit un œil juif...

— C'est cela. Maintenant, je suis tout à fait consciente que je ne serai jamais une catholique comme les autres à cause de mon œil critique, à cause de mon recul. En moi, il y a la catholique solidaire de ce qui se passe dans l'Église et il y a aussi celle qui, jusqu'à vingt-trois ans, a vécu autre chose. J'ai toujours ce double regard, catholique et critique. Il y a en moi la juive qui juge l'Église et la catholique qui est de l'Église. C'est éminemment inconfortable. Mais avec un peu de distance et d'humour, on y arrive.

— Mais considérez-vous que vous avez été marquée par une culture juive ?

— Il y a la conscience juive et elle est douloureuse. On ne peut pas avoir été juif et rayer cela d'un coup de crayon. La personne de Jésus-Christ porte dans son humanité toute cette souffrance consciente du judaïsme qu'on peut éprouver. L'existence juive pose, pour moi, le problème du peuple juif persécuté et l'Église antisémite m'a aussi posé problème. Mais, en se convertissant, on épouse une personne, le Christ, avant d'épouser l'Église. Les actes et les faits de l'Église passent un peu après, ils passent à côté. Le désir de conversion à la personne du Christ est plus fort que tout ça.

— Mais aujourd'hui encore, est-ce que les manifestations d'antisémitisme vous touchent ?

— Quand il y a eu l'attentat de la rue Copernic, j'ai défilé pour crier mon indignation contre le racisme et l'antisémitisme. Avec mon frère — qui s'est aussi converti, comme moi — on était les deux seuls de la famille. Je suis judéo-chrétienne. Le malheur, c'est que si les chrétiens l'admettent, les juifs le refusent. Popeck me fait rire et ce n'est pas un hasard. Quand on a baigné dans une ambiance juive même " athée ", on ne peut pas s'en défaire. C'est cela, la culture juive : cette atmosphère, ce milieu dans lequel on grandit. Mais ce qui n'est pas admissible dans ce milieu, c'est la réaction de rejet du juif vis-à-vis du converti, du " renégat ". Toute la vérité de notre être est dans l'Ancien et le Nouveau Testament. Je crois aussi qu'on a à découvrir cette vérité-là. Je ne possède pas la Vérité même si j'adhère à une personne qui, elle, a la Vérité. Chaque croyant quel qu'il soit m'apporte quelque chose.

— Si vous vous mariez, épouserez-vous forcément un chrétien ?

— C'est probable. Mais vous faites bien de formuler la question comme une hypothèse.

— Pourquoi... le mariage n'est-il pas de vos objectifs ?

— Je pense plutôt à une vocation religieuse. Je suis très contemplative, très portée à la prière et à la méditation. Mais je suis aussi une femme du XXe siècle. Alors j'attends un appel. Le problème de la vocation religieuse, je me le pose depuis que j'ai rencontré le Christ. Si c'est la Vérité, il faut l'embrasser à fond, jusqu'au bout. En général, les convertis n'aiment pas les demi-mesures.

— Avec du recul, à quoi attribuez-vous votre conversion ?

— À rien de rationnel, rien de raisonnable. Tout était contre moi : milieu, éducation... Il a fallu que ce soit quelque chose de très fort, un appel. Je sais que c'est insatisfaisant comme explication pour les gens qui ne l'ont pas vécu. C'est une relation d'amour qui ne s'explique pas : parce que c'était lui, parce que c'était moi, comme disait Montaigne.

— ... Oui, mais ce mot s'adressait à La Boétie, non au Christ, et il s'agissait d'une relation d'amitié !

— C'est pareil. C'est inexplicable. C'est une expérience intérieure. Jusqu'au dernier moment, on peut dire non. Après, quand on a dit oui, on passe par des périodes de doute terribles. On se culpabilise vis-à-vis de ses parents. Pourquoi leur ai-je fait ça ? Ils attendent que je me marie. Si je deviens religieuse, ce sera affreux pour eux. Ils ne sont même pas au courant de ce " projet ".

— Et s'ils lisent notre entretien dans mon livre ?

— Ça ne risque pas.

— Le doute, c'est éprouvant ?

— Certes, mais après on sort renforcé, à chaque fois. C'est une foi qui s'épure, quelque chose qui s'affirme, se construit, se travaille. Le christianisme est une religion d'amour quand vous avez face à face des données de même valeur. Mais il faut savoir faire souffrir au nom de sa foi. Quand il y a des options de vie à prendre, il faut savoir blesser.

— Jusqu'à entrer dans les ordres ?

— Si je dois le faire, je le ferai. J'attends.

— Quoi ?

— Un autre appel. Je sais que l'être à qui je me suis donnée par le baptême et la confirmation ne peut faire moins, en toute camaraderie, que de me faire signe. Mais il ne faudrait pas que j'attende trop... Il va falloir peut-être aider le Ciel, essayer de décanter la sitation en procédant à un sérieux examen de vie. Je ne suis pas pressée. Je veux que ce soit quelque chose d'authentique. Ce sera, en quelque sorte, une seconde conversion. La foi, ce n'est vraiment pas confortable à vivre. Au fond, c'est un combat.

— Dans votre chambre, et au-dessus de votre bureau, j'ai vu des crucifix...

— De temps en temps, on a besoin de signes. Mais en fait, peu importent le lieu, le cadre, les signes. Je prie beaucoup dans le métro.

— Des regrets ?

— Par rapport au passé, aucun. Pour ce qui est de l'avenir, une certaine peur, mais une peur sereine... Si le Christ me demande autre chose, je le ferai. Le croyant est un possédé, mais un possédé de Dieu. Je sais qu'il peut m'arriver n'importe quoi. Je peux tout laisser tomber sur un appel, en vingt-quatre heures. Parce que c'est très fort et que ça correspond à une Vérité. »

L'ABBÉ CHICOIX ET LA BONNE NOUVELLE

Il est frappant de constater la proportion de convertis issus d'un mariage « mixte ». En dégager la signification justifierait un autre livre et les psychologues ne seraient certainement pas les derniers à y prendre la parole. Les sociologues aussi, bien entendu. Tant il est vrai que l'explication de la foi ne requiert pas que des facteurs spirituels.

Cet éclairage multiple éclate particulièrement dans le témoignage de l'abbé Chicoix, un Dijonnais de soixante-quatre ans qui était chargé depuis 1958 du catéchuménat dans le diocèse de Dijon et qui était délégué de l'évêché aux relations avec le monde juif dijonnais, après avoir été, naguère, six années durant, prêtre-ouvrier puis aumônier de l'ACO[35] et de la JOC[36]. Après avoir été surtout, dans un lointain passé, juif. Un père catholique, fils de mineur de Decazeville, mais catholique sociologique, assez opposé à une éducation religieuse de ses enfants et entré en maçonnerie peu avant sa mort alors que son fils Jacques est âgé de sept ans et demi. Une mère juive de souche française, née Lattès, branche florentine, qui s'emploiera tout de même à élever le jeune Jacques dans la religion de ses ancêtres juifs italiens et alsaciens.

« Aviez-vous reçu une éducation religieuse ?

— En fait, je n'ai jamais à proprement parler perdu la foi juive. Mais ma mère et ma grand-mère avaient tenu à respecter la volonté dernière de mon père. Pratiquement, je ne faisais que les accompagner à la synagogue deux fois par an et je les entendais me dire " Que Dieu nous protège ". Au long de mon adolescence, après avoir fait le coup de poing avec mes petits camarades de l'école communale (comme tous les petits juifs qui apprennent ce qu'ils sont à ce moment-là, à l'époque des premières communions des catholiques), j'ai voulu officiellement me solidariser avec le monde juif bien que je n'aie pas été circoncis. J'ai dû prendre cette décision et le dire vers l'âge de quatorze ou quinze ans. Quand j'ai eu fait tout ce qu'il fallait pour cela, je me suis dit, en sortant de la synagogue où je venais de faire ma *bar-mitzva,* que je ne croyais pas en un Dieu personnel. Je me souviens pertinemment, maintenant encore, avoir explicitement prononcé ces mots en parlant tout seul. En fait, ma religion, c'était la République française reçue avec l'enthousiasme des instituteurs formés avant la guerre de 1914. Jeune homme, je me sentais vaguement isolé et j'avais comme la nostalgie d'une famille spirituelle, comme les catholiques semblaient en avoir une. Ce souvenir par la suite m'est revenu et il me venait parfois cette idée : si j'étais vraiment croyant, il me semble que j'aimerais prier.

— Il en fut ainsi jusqu'à la Seconde Guerre mondiale qui a marqué, je crois, le tournant principal dans votre vie spirituelle ?

— La guerre, ce fut pour moi la captivité. Je considérais 1939 comme une croisade, “ une croisade sans croix ” contre le nazisme. Ayant été emmené en captivité avec les armées de l'Est encerclées dans les Vosges (c'était une condition de l'armistice de juin 1940), j'ai dû changer de camp après un refus de travail et trois tentatives d'évasion. Je me suis retrouvé à Kobjercyn, un camp d'internés résistants. C'était dur mais le malheur m'avait rendu plus combatif qu'abattu. Mais je suis aussi passé par des moments d'isolement et de détresse. Et dans ces moments-là, on lit beaucoup, toutes sortes de choses.

— Vous avez lu quoi ?

— Différentes choses jusqu'à ce qu'un jour je me souvienne d'avoir lu les Évangiles. Je voulais les relire mais je ne les avais pas sous la main. Un camarade m'a prêté le Nouveau Testament. Et là...

— Qu'est-ce qui s'est passé ?

— J'ai été saisi par l'impact de l'Incarnation de Dieu dans l'homme Jésus. Cette phrase ne me satisfait pas, mais toute autre formulation me semblerait non seulement plus maladroite mais fausse... En tout cas, cette lecture et la réflexion qui s'est ensuivie pendant une semaine m'ont conduit à une conclusion inéluctable : la décision de me faire baptiser dès mon retour en France. De plus, le camarade de captivité qui m'avait prêté le livre m'avait parlé. C'est alors que j'ai trouvé mon judaïsme dans mon christianisme... réellement.

— Pourquoi vouliez-vous attendre le retour en France ?

— Au camp, je ne connaissais personne... Quand j'étais en relation avec un camarade pratiquant, et qu'il apprenait que je n'étais pas baptisé, il évitait toute allusion à un sujet religieux. Je crois que, si j'avais trouvé sur mon chemin des chrétiens qui m'aient annoncé plus tôt l'Évangile, je me serais converti bien plus tôt.

— Alors que s'est-il passé ?

— Il y a eu une circonstance providentielle. Le camarade qui m'avait prêté le livre est venu me le demander. Et pour la première fois, il a eu l'idée de me parler. Avec la brusquerie des timides, il m'a demandé : " Mais tu n'es pas baptisé ? " Je lui ai répondu non moins brusquement : "Non, mais je le serai en rentrant... " Deux minutes après, les choses étaient engagées. Il était entendu qu'il allait me mettre, aussitôt après notre libération, en contact avec un prêtre.

— Comment s'est passé votre retour en France ?

— Après un mois d'instruction religieuse, j'étais baptisé. J'avais tout à découvrir car je ne connaissais que le Christ mais il n'y eut aucune difficulté à entrer dans tous les mystères : j'avais adhéré à un ensemble. Même la présence réelle, qui était pour moi tout ce qu'il y a de plus inattendu, ne faisait pas de difficultés. Il n'y avait pas à démontrer mais à expliquer. Jusqu'au jour de mon baptême, j'ai vécu la vie chrétienne normale. Pourtant, je n'y étais pas entré à fond. La messe me laissait froid. Au contraire, le jour de mon baptême, je commençai à voir toutes choses du dedans. Je communiai ce jour-là pour la première fois et depuis je n'ai pas manqué de communier tous les jours. J'ai été confirmé un an plus tard. Pendant ce laps de temps qui sépare le baptême de la confirmation, je me suis posé une grave question : celle de mon avenir. Cette année-là se passa dans une semi-conscience. J'usais de phrases telles que : " Le fait que quelqu'un puisse être prêtre, ça me dépasse... " ou : " En ce qui me concerne, je ne suis pas appelé... " Puis soudain, un jour : " Je suis appelé... " J'en parle à mon directeur de conscience, je lui communique ma joie d'avoir trouvé la voie.

— Il n'y a pas eu de doute ?

— Il y a eu une épreuve. Quinze jours plus tard, avant de m'engager explicitement auprès de mon directeur, je me souviens qu'en lavant mon linge, il y eut brusquement un trou noir en moi tandis que je me disais : tu es en train de faire la plus grande gaffe de ta vie... Tu n'as pas la vocation... Je suis donc allé voir mon directeur qui m'a sagement conseillé de mettre mes objections par écrit. Ce que j'ai fait consciencieusement. Plus tard, il me dira qu'en lisant mes réponses négatives à une vocation, il y voyait sans équivoque les marques d'une vocation réelle. Quelque temps après, comme donnée par la grâce de la confirmation, j'eus la certitude. Aussi, je confirmai ma vocation. Désormais, c'était fini, j'étais dans la joie complète. Mon désir de sacerdoce était directement missionnaire, au camp je faisais déjà du témoignage direct. Précisément, j'appris l'existence de la Mission de France...

— Pour vous, le message chrétien est dans l'Évangile et l'Évangile, c'est quoi ?

— La Bonne Nouvelle !

— Avec le recul, à quoi attribuez-vous votre conversion et, partant, votre vocation ?

— J'ai de plus en plus (si l'on peut dire, car tout mot est traître) la conviction de n'être entré dans l'Église qu'exclusivement à cause d'un “ toucher ” du Christ me saisissant au centre de ce “ signe ” de l'Incarnation divine. J'ai eu et j'ai toujours à me battre en moi-même et à l'extérieur devant les problèmes historiques de la chrétienté dont je n'aurai jamais le passé. Mais à côté du contenu de la “ Nouvelle ” !... »

LE PÈRE HRUBY FACE À L'ENSEIGNEMENT DU MÉPRIS

Il ne se paie pas de mots. C'est un sincère. Quand il parle, c'est pour signifier quelque chose, ce qui n'exclut certes pas un indéniable sens de l'humour. Grand et enveloppé, le père Kurt Hruby a conservé l'accent de là-bas. C'est un juif autrichien converti au christianisme, prêtre de surcroît. Converti ? « Je n'aime pas trop ce mot, la réalité n'est pas aussi simple... », dit-il en grattant sa fine barbe blanche, taillée avec raffinement. « Je prépare le terrain, c'est une option de vie et il faut des siècles pour effacer des siècles », ajoute-t-il en passant la main dans ses cheveux gris peignés avec grand soin.

Le père Hruby est un homme très occupé. De tous les religieux à l'emploi du temps de ministre, il est le seul qui dise : « Je travaille pour la postérité, pas pour le présent. » Son but : la reconnaissance du fait juif par l'Église. Aujourd'hui, il enseigne l'hébreu rabbinique à l'Institut catholique — la « catho » — de la rue d'Assas à Paris. Il est aussi titulaire de la section « Connaissance du judaïsme » dans le cadre de l'Institut œcuménique, responsable d'une collection de livres en allemand intitulée « Connaissance du judaïsme » et d'une revue spécialisée de la fondation suisse « Église-Judaïsme ». Enfin, en plus des paroisses auxquelles il se consacre, il s'occupe du « Centre d'études des cahiers sioniens » et plus particulièrement de la bibliothèque qu'il alimente et qu'il ouvre à tous les chercheurs. Un îlot de solitude à deux pas de la « catho ». C'est là que je l'ai rencontré, dans cette grande bâtisse si anachronique dans une rue Notre-Dame-des-Champs corrompue par le béton des promoteurs. La fenêtre donne sur le jardin, le jardin donne sur le tumulte.

« Je ne sais à peu près rien de vous, père Hruby, sinon que vous êtes né en 1921 en Basse-Autriche, que vos élèves parisiens sont étourdis par votre érudition et qu'en Israël des rabbins m'ont dit à votre sujet : enfin un prêtre qui connaît le judaïsme...

— Je suis né dans une famille juive autrichienne tout à fait traditionnelle, du moins du côté de ma mère. Mon père, lui, venait d'une famille chrétienne mais il était opposé à toute pratique religieuse. Il était violoniste. Un mariage mixte, donc. Ma mère voulait sortir un peu du cadre familial et d'une communauté qui offrait assez peu d'options. Tout en étant attachée à un certain genre de vie, elle manquait d'informations juives. Néanmoins, elle était restée très juive dans ses sentiments. Étant donné l'époque et le milieu, vous imaginez aisément la réaction de sa famille à son mariage. Ce n'est d'ailleurs pas un hasard si, au début de son mariage, elle s'est installée chez ses beaux-parents. C'est là que je suis né. La réconciliation est venue un an après quand ma grand-mère juive est tombée gravement malade. Nous sommes allés à son chevet et nous y sommes restés. J'ai donc grandi dans ce milieu très juif. Mais même issu de ce mariage réprouvé, j'étais absolument considéré comme juif par la famille. Jusqu'à la mort de ma grand-mère, j'assistais au chabatt. J'avais sept ans. Après, le mobile d'une vie juive avait disparu. Néanmoins, je commençai alors à apprendre l'hébreu grâce à notre voisin, qui était l'officiant de la communauté.

— Quelle était l'ambiance générale, alors, en Autriche ?

— Elle était assez empoisonnée par la montée du nazisme. Une de mes tantes paternelles avait épousé un des tout premiers membres du Parti national-socialiste en Autriche. De plus, la plupart des amis non juifs de mon père se détachaient de lui. Ils le pressaient de quitter ma mère. Lui, par réaction, se rapprochait des juifs d'autant que, dès 1933, nous accueillions à la maison des réfugiés juifs d'Allemagne.

— 1938, c'était quoi à vos yeux ?

— Ce n'était pas tant les accords de Munich que la période de mon baccalauréat. Surtout, je me souviens que ma mère voulait soustraire mon père à l'emprise du nazisme. On préparait alors le fameux plébiscite. Mon père est donc parti en Tchécoslovaquie dans sa famille maternelle, puis il a gagné la Suisse. Nous, nous étions restés dans ma ville natale où il y avait une forte tradition antisémite et pangermaniste. Mais je n'avais pas de papiers juifs. Officiellement, j'étais catholique. C'était écrit sur mon passeport. C'est pourquoi je n'ai jamais pu faire ma *bar-mitzva*, je n'étais pas membre de la communauté.

— Cela vous a rendu service, mais jusqu'à quand ?

— Jusqu'à l'âge de dix-huit ans. C'était en 1938 et notre situation était devenue intenable. Avec ma mère, nous avons liquidé la maison et nous avons gagné Vienne. Ce n'était qu'une étape. Avec des amis, nous avons tenté de nous rendre en Suisse. La Gestapo nous a cueillis à la frontière. Nous avons essayé à nouveau, avec succès, mais cette fois ce sont les autorités helvétiques qui nous ont légalement livrés à la police. Retour à Vienne donc, après une rapide entrevue avec mon père. Là, par des relations juives, je réussis à me faire admettre dans un transport pour la Palestine, bien que mon passeport ne portât pas le " J " désignant les juifs. Paradoxalement, pour ma mère, ce ne fut pas possible. Je suis parti le 4 novembre 1938. Le 10 novembre, c'était la nuit de Cristal...

— Pourquoi la Palestine ?

— C'était mon seul recours pour quitter l'Europe nazie. C'est ainsi que je me suis retrouvé à Natanya.

— Et vos parents ?

— Mon père en avait assez de la Suisse. Il avait regagné Vienne où il avait retrouvé ma mère. Elle, elle n'avait qu'une idée en tête : le soustraire aux effets néfastes de leur mariage. Par amour pour lui, elle poussait au divorce. Le chef nazi de l'arrondissement refusait en disant à mon père : " Jusqu'à présent, la juive était bonne pour vous, alors gardez-la ! " Ça a été très compliqué mais le divorce a finalement été prononcé. Ma mère, n'étant plus protégée par son mariage avec un catholique, se retrouvait sur une liste de déportation et on l'interna dans un camp à Presbourg. Grâce à des pots-de-vin, mon père put la faire sortir illégalement pendant plusieurs mois. En 1940, elle put enfin partir. Dès son arrivée en Palestine, elle fut à nouveau internée dans un camp, par les Anglais cette fois ; c'était près de Haïfa.

— Et vous, pendant ce temps-là, qu'aviez-vous fait ?

— Marqué par mes antécédents et mon éducation juives, j'étais entré dès 1938 dans un kibboutz religieux. Les conditions étaient très dures. Malgré un désir profond d'intégration, je n'y ai pas réussi. Bien entendu, j'étais considéré comme juif puisque ma mère l'était. Mais une chose est de voir la pratique (synagogue de temps en temps, chabatt...), une autre est de pratiquer véritablement. Bref, je n'ai pas pu m'accommoder de ces juifs allemands religieux. De plus, nous étions écrasés de travail, je n'avais plus le temps d'étudier le judaïsme. J'y suis resté en tout un an et demi.

— À quoi imputez-vous cet échec ?

— Aux circonstances. Depuis mon enfance, j'étais croyant.

— Qu'avez-vous donc fait alors ?

— Je suis allé à Jérusalem. J'ai travaillé dans un hôtel qui était tenu par une famille de juifs autrichiens que je connaissais de Vienne. Le métier m'était familier car mon grand-père paternel était lui-même hôtelier jadis. J'y suis resté un an, ma mère m'y a rejoint. C'est alors que je me suis mis à fréquenter régulièrement les milieux chrétiens.

— Comment cela s'est-il fait ?

— Il faut dire que ma situation avait changé. En 1942, un ami journaliste m'avait fait entrer au bureau de Jérusalem de l'agence France-Presse (qui s'appelait encore, à l'époque, l'agence Havas) parce que je parlais bien le français. J'y suis resté six ans. Six années durant lesquelles, parallèlement à mon activité de journaliste, je me rapprochais petit à petit de l'Église. Quand on est jeune, on est assez exigeant. Or, moi, je ne pouvais me contenter d'une vision juive qui aurait été superficielle. Et puis, il y avait eu l'échec de ce kibboutz religieux qui a dû m'éloigner un peu plus du judaïsme pratiquant. Je me suis mis à beaucoup étudier. Tout le côté antijuif véhiculé par l'Église m'est apparu alors comme une fatalité historique plus que comme une nécessité historique. Pendant ces années jérusalémites, j'ai consacré mes loisirs aux études juives. J'ai suivi des cours du soir dans une *Yechiva*[37]. Cela m'a donné une base dont je suis extrêmement reconnaissant. Je ne considère pas les choses de seconde main, je lis les textes moi-même.

— Pourquoi la *Yechiva* ?

— Je ne nie pas que j'ai toujours eu conscience que le véritable but de mes études à la *Yechiva* était un approfondissement de l'héritage du judaïsme. Pour moi, c'était un programme de véritable connaissance du judaïsme. Car si on prétend parler du judaïsme, il faut savoir de quoi on parle, connaître les textes, ou sinon on se tait. J'ai le plus grand respect de toute expérience mystique mais, en ce qui me concerne, c'est un monde dans lequel je n'ai jamais essayé d'effectuer des recherches. Je crois que la clarification des idées vient avec une étude progressive. C'est ainsi, en tout cas, par l'étude, que j'ai entièrement clarifié ma véritable attitude à l'égard du judaïsme. Par le milieu de ma mère, j'avais un grand sens de la valeur de l'étude, de la connaissance des sources.

— L'étude, soit, mais pourquoi la *Yechiva* plutôt que ?...

— La *Yechiva*, c'était une occasion. Je l'ai saisie. Je n'aurais pu la saisir nulle part ailleurs mieux qu'à Jérusalem. La question de l'orientation définitive a été le fait de l'interpellation des événements. Appelez ça hasard ou Providence ou ce que vous voulez, peu importe, toujours est-il que j'ai été placé dans une certaine situation pour acquérir un certain bagage. J'ai alors pris conscience de l'immense part de responsabilité de l'antijudaïsme théologique dans les événements qui ont abouti à l'holocauste. L'antisémitisme nazi est une forme sécularisée d'un enseignement théologique, ce que l'historien Jules Isaac a appelé l'enseignement du mépris. Cette responsabilité-là est indéniable et n'enlève rien à un certain dévouement chrétien pour sauver des juifs pendant l'Occupation.

— Vous aviez su ce qui s'était passé en Europe ?

— Oui. La disparition d'une majeure partie de ma famille et des interrogations sur les responsabilités chrétiennes avaient fait mûrir en moi l'idée de me consacrer à un travail de redressement.

— C'est-à-dire ?

— J'étais réaliste. Je me suis dit : il est plus logique et efficace de lutter contre ces maux de l'intérieur que de l'extérieur. Si j'étais resté à l'extérieur de l'Église, on m'aurait dit : de quoi vous mêlez-vous ?

— Et la foi là-dedans, la foi dans le Christ ?

— Ça, c'est l'autre partie de mon choix. Mon adhésion à la foi chrétienne est venue par l'étude. Comme je vous l'ai dit, je suis sceptique sur le " réveil " d'incroyants qui deviennent très croyants. Cela dit, la même réalité spirituelle peut se manifester de différentes manières. Comme dit saint Thomas, tout dépend de la nature de celui qui reçoit. C'est pourquoi chaque fois qu'il est question de cela, il faut faire la part de la subjectivité.

— L'étude donc...

— Elle fut essentielle dans ma découverte de la foi chrétienne. Mais, dans l'étude, il y a une limite qu'il ne faut pas dépasser. L'homme, dans son approche de Dieu, peut aller jusqu'à un certain plafond. Lequel ? C'est inexprimable. Dans la foi, il y a une partie d'inexprimable et une partie d'acceptation. On ne peut arriver au terme par la seule connaissance.

— Revenons à Israël, ou plutôt à la Palestine.

— En 1942, nous avions reçu une lettre de la Croix-Rouge nous signalant que mon père avait refait sa vie. Pendant plusieurs années, ma mère n'a parlé que de le retrouver pour le " reprendre ". Je suis donc rentré avec elle en Autriche, peu avant la création de l'État d'Israël. Dans l'ouest du pays, j'ai commencé à travailler pour les forces d'occupation françaises grâce à mon bilinguisme. Puis, grâce à l'université d'Innsbruck, j'ai obtenu une bourse pour étudier à l'université de Louvain en Belgique et y poursuivre des études de théologie. Là, j'ai rattrapé mon retard dans l'étude du judaïsme scientifique. J'ai été adopté par le diocèse de Liège et par son ancien évêque. C'est là que j'ai été ordonné prêtre, il y a vingt-cinq ans. J'ai hésité un peu, puis j'ai franchi le pas pour exercer une action aussi efficace que possible afin d'améliorer les relations avec le judaïsme à l'intérieur de l'Église.

— Qu'est-ce qui vous a fait hésiter !

— Le côté " ministère ", les engagements et les responsabilités que supposait la prêtrise. N'oubliez pas que cela se passait il y a vingt-cinq ans, donc avant le concile Vatican II. Le prêtre était alors un être très à part, marginalisé. Il subissait nombre de restrictions sociales. Le fait de ne pouvoir me marier, c'est-à-dire de renoncer à avoir des enfants, m'a aussi fait hésiter.

— Mais qu'est-ce qui vous a fait franchir le pas, véritablement ?

— Il m'a semblé que cela valait la peine, toutes ces exigences, dans la perspective d'un rapprochement judéo-chrétien qui est le mien. Cela dit, j'ai appris à me méfier d'une certaine terminologie un peu trop facile. Pour qu'il puisse y avoir un vrai dialogue, il est indispensable qu'à l'intérieur même du christianisme un changement d'attitude soit définitivement acquis. Or, il ne faut pas croire qu'en vingt ans on va remonter une pente vieille de dix-neuf siècles. Je ne voudrais pas qu'une rencontre soit marquée par une inégalité des positions de départ. L'aboutissement de l'effort actuel serait qu'on arrive, dans le monde chrétien, à une vraie reconnaissance du fait de l'existence du peuple juif en conformité avec son patrimoine propre, comme une nécessité. Cette position n'est pas acquise. Elle ne peut pas l'être à ce niveau-là. Notre théologie est trop marquée par l'antagonisme séculaire. Il ne faut pas brûler les étapes.

— Le font-ils, ceux qui se déclarent judéo-chrétiens ?

— Je me refuse à réduire le christianisme à une expression du judaïsme. Certes, il n'en est pas moins essentiel de considérer la perspective de continuité. Je sais, on cite souvent " Je ne suis pas venu pour abolir mais accomplir[38]... ", je sais, mais il faut faire attention avec ça. D'abord, il n'y a pas que les Évangiles, il y a aussi les affirmations pauliniennes. C'est trop long à expliquer mais... gardons-nous de simplifier.

— Qu'avez-vous pensé de la nomination de Jean-Marie Lustiger à l'archevêché de Paris ?

— J'étais étudiant avec lui à la " catho ", naguère. Du point de vue de l'Église, jusqu'à Jean XXIII, le droit canon comportait un paragraphe qui barrait l'épiscopat aux gens d'origine juive. Il n'existe plus. Cela dit, jusqu'à maintenant je n'ai jamais connu un prêtre polonais qui ne soit antisémite. Voilà pourquoi la nomination de Lustiger par Wojtyla m'a surpris et réjoui. Elle m'a réjoui aussi parce qu'au niveau du diocèse de Paris, malgré les déclarations de Mgr Marty après l'attentat à la bombe contre la synagogue de la rue Copernic, il y avait un blocage. Marty était de l'ancienne école... Lustiger, lui, devra être très prudent à cause de ses origines.

— L'accueil réservé à sa nomination vous a-t-il choqué ?

— De la presse, je ne m'attends à rien d'autre. Mgr Lefebvre a dit, lui : " N'aurait-on pas pu trouver un vrai Français ?... " Vous imaginez tout ce qui est sous-jacent.

— Mais, à votre avis, qu'a voulu dire Mgr Lustiger lors de ses déclarations fracassantes ?

— En disant qu'il était juif, il a voulu dire que le fait qu'il soit entré dans l'Église ne signifiait pas pour autant une coupure avec ses affinités juives. Ça a été mal compris. Mais le grand rabbin Sirat n'aurait peut-être pas dû enfoncer le clou lors de son discours d'inauguration à la synagogue de la Victoire. Ça a créé des tensions. Pour ma part, j'estime que la définition même de l'appartenance à la communauté juive appartient à cette seule communauté. Si, en fonction d'une évolution séculaire, elle arrive à être persuadée que, pour un homme d'origine juive, le fait de se rattacher à la communauté chrétienne est une rupture avec le judaïsme, alors il faut accepter. Nous n'avons pas le droit de contester cela, rien ni personne ne nous y autorisent. Je peux, personnellement, me sentir solidaire de cette communauté juive. Mais jamais je n'aurai la prétention de me reconnaître comme membre de cette communauté, ce serait absurbe. Ou alors, si on le pense, on le dit pour soi-même, mais pas en public, pas officiellement, ça n'aurait aucun sens. On n'annule pas l'Histoire.

— À moins que l'Église n'y mette du sien, d'ailleurs comment pourrait-elle ?

— Le point de départ de tout cela et c'est ce qui me paraît le plus important, c'est que la seule chose qui pourra modifier quoi que ce soit dans ce domaine — ce n'est pas encore acquis, loin de là — c'est la reconnaissance du fait juif comme une dimension nécessaire de ce que la théologie chrétienne appelle le plan du salut ou la démarche de Dieu avec l'humanité ou... le terme est *ad libitum*. Mais cette reconnaissance du fait juif par les Églises depuis et après le Nouveau Testament — et plus seulement avant l'avènement du christianisme — ne se fera sûrement pas de mon vivant ni du vôtre, bien que vous soyez notablement plus jeune que moi...

— Vous n'êtes pas très optimiste...

— L'idée de dialogue signifie que les deux interlocuteurs sont à niveau égal, ce qui n'est pas le cas. On ne décrète pas un tel changement. Il faut qu'il soit préparé. Un tel travail demande des siècles... Il faut des siècles pour effacer, pour réparer des siècles. Et il se trouve que c'est plus particulièrement un public du troisième âge, marqué par des expériences personnelles, qui s'intéresse au rapprochement judéo-chrétien. Je travaille pour la postérité, pas pour le présent. Je prépare le terrain, c'est une option de vie. »

Les musulmans convertis au christianisme existent, je ne les ai pas rencontrés. C'est que l'entreprise est malaisée. Ceux que j'ai pu voir ou apercevoir n'ont pas voulu parler. Ils fuyaient tous. Ils étaient pourtant tous fiers de leur foi nouvelle. Je ne pouvais comprendre qu'ils se défilent. Excédé, j'en ai pris un à partie :

« Pourquoi ne voulez-vous pas me raconter ?...

— Vous avez vécu dans un pays musulman, vous devriez comprendre... »

Effectivement. Là plus qu'ailleurs, on n'échappe pas à ses origines. On y considère qu'il est normal, parfois logique, peut-être bizarre, de venir à l'islam quand on est un Occidental chrétien. Mais parcourir le même itinéraire dans le sens inverse est impensable. Pour bon nombre, c'est criminel. Une telle réaction n'a rien d'anachronique et elle est également partagée dans tous les islams.

De nos jours, en Afrique du Nord, on désigne avec une condescendance mêlée de mépris les non-musulmans par le terme *gaori*. Mais aux musulmans convertis à une autre religion, on réserve un terme plus péjoratif encore : *m'tourni*, mot venu du français et signifiant : celui qui (re)tourne sa veste. Comme s'il ne s'agissait que d'une opinion, renversée à la faveur d'un but intéressé, matériel et ponctuel. Au nord de l'Afrique, il ne fait pas bon être *m'tourni*. On y comprend d'autant plus mal les *m'tournis* même anciens, tels que les chrétiens de Kabylie, qu'aux yeux des autochtones, le christianisme et le colonialisme ne font qu'un face à un islam et à un nationalisme qui n'ont fait qu'un du temps de l'impérialisme français. Eu égard à l'importance fondamentale de l'islam dans la cellule familiale et dans la vie de la cité, on imagine les déchirements et les renoncements radicaux de celui qui choisit d'être un « infidèle », celui qui se place de lui-même hors de la *umma*, la communauté.

Ce n'est pas un hasard si, en 1981, en Islam chiite, à Téhéran, lorsque l'imam Khomeiny décide de vouer ses ennemis aux gémonies, il fait descendre des milliers de manifestants dans la rue, des milliers de personnes déchaînées qui, dans le vocabulaire de l'imprécation, placent les « apostats » entre les « chefs de gangs » et les « monarchistes[39] ». Ce n'est pas un hasard si, toujours en 1981, en Islam sunnite, au Caire, le ministre des Biens religieux, le cheikh Zacharia El-Berry, peut publier un livre sur *Les Droits de l'homme* en Islam, où il écrit que « l'assassinat du converti de l'islam à une autre confession ne va pas à l'encontre de la liberté de la religion[40] », ce qui est une apologie à peine déguisée du crime pour motifs religieux. Du VIIe au XIe siècle, quand l'islam était conquérant, déserter la religion revenait à déserter la nation en guerre contre les infidèles. Aujourd'hui encore. Quitter l'islam, c'est tout quitter. Aujourd'hui comme avant.

Tout quitter mais pour trouver quoi ? Autre chose et avant tout de nouvelles réponses à de vieux doutes. L'Église n'est plus colonialiste ? Nombre de travailleurs immigrés travaillant en France viennent d'une Afrique du Nord maraboutique. La référence au saint joue encore beaucoup à leurs yeux. C'est un animisme qui permet des rapprochements plus aisés, même si cet élément intervient d'abord au niveau onirique.

L'immigré en France peut rencontrer le Christ ; il est plus libre de ressentir et d'analyser la rupture souvent constatée entre le Dieu du Coran et l'homme. Parfois, se trouvant dans une difficulté matérielle extrême, il interroge son Dieu pour comprendre son adversité, n'obtient pas de réponse et se met à prier le Christ ou la Vierge et là... Un spécialiste des relations avec ces musulmans en rupture d'islam et en instance de chrétienté m'a dit : « S'ils se tournent plus volontiers vers le Dieu des chrétiens plutôt que vers le Dieu des juifs, c'est que le christianisme est la religion dominante en France. Cela dit, on rencontre aussi le musulman qui a fait son pèlerinage à La Mecque, qui y a découvert l'existence de Dieu et qui, de retour en Occident, conclut que ce Dieu n'est autre que le Christ. La dernière dimension est prophétique, c'est celle de la Révélation. Mais elle échappe à la sociologie. Sans même parler du niveau de la foi, il semble que ces gens utilisent un discours qui nous échappe. »

Le jeune Malik Oussekine, victime des manifestations lycéennes de décembre 1986, voulait devenir prêtre. Il avait fait part de sa résolution à un père jésuite, aumônier des étudiants du 17e arrondissement. Malik, qui était musulman, était rentré en contact avec le père Desjobert par le biais du Service national des vocations. Pour le père, cette foi nouvelle qui couvait était aussi marquée par le désir de s'intégrer à une France majoritairement catholique[41].

LE PÈRE JEAN-MOHAMMED, TÉMOIN

Nombreux sont à Paris les gens du sérail qui ont, peu ou prou, connu le père Jean-Mohammed Abd el-Jalil. Il n'est que de s'intéresser à l'islam quand on est chrétien, pour voir se profiler la petite silhouette avenante du père Jean, conférencier à ses heures.

Je n'ai, hélas, pu le rencontrer. Il est mort en novembre 1979, emporté par un cancer de la langue. Je ne pouvais me résoudre à cette disparition, on m'avait trop parlé de ce musulman marocain converti au catholicisme, franciscain de surcroît. J'ai donc enquêté. Je suis parti sur les traces du père Jean, au Maroc d'abord, puis à l'Institut catholique, chez les franciscains de la rue Marie-Rose... J'ai écouté ceux qui furent ses amis, j'ai retrouvé des documents d'archives peu connus dans lesquels il s'exprime plus avant sur les motifs de sa conversion.

Le fruit de cette enquête, c'est une manière de dossier sur un converti vraiment pas comme les autres, d'autant plus attirant qu'on ne quitte pas l'islam sans douleur, d'autant plus attachant qu'il s'appelait Jean-Mohammed et que son histoire, c'est aussi une leçon de courage, de foi et de sincérité.

Sa vie tout d'abord, en quelques lignes. Mohammed Abd el-Jalil est né à Fez le 17 avril 1904, dans une vieille famille fassie traditionnelle pour ne pas dire traditionaliste. Autrement dit : islam d'abord. Des gens humbles et respectés. Dès l'âge de dix ans, le jeune Mohammed peut prétendre au titre de *Hadj* puisqu'il a déjà accompli un pèlerinage à La Mecque. C'est un élève brillant sinon doué, qui sait vite se faire remarquer par le maréchal Lyautey lui-même. Ce dernier le fera nommer secrétaire du *Makhzen*[42].

Il réussit brillamment son baccalauréat en 1924 puis, grâce à une bourse, entre au lycée Gouraud, à Rabat. À sa demande, il est ensuite admis à l'école Charles-de-Foucauld, toujours à Rabat, une école tenue par les franciscains, ordre alors dominant au Maroc. Il y réussit la seconde partie de son bac, devenant ainsi le premier Marocain à avoir réussi cet examen-sésame aux études supérieures.

Ces lauriers ne l'empêchent pas d'être un bon musulman, de pratiquer avec assiduité même lorsqu'il se rend en France pour poursuivre des études de littérature arabe en Sorbonne. Mais il n'en entretient pas moins une correspondance suivie avec le directeur de l'école Charles-de-Foucauld ; autant de lettres où l'on voit le jeune Mohammed découvrir la civilisation occidentale en même temps que le christianisme, s'étonner, s'interroger, se mettre en doute.

En avril 1928, quelques jours avant de fêter ses vingt-quatre ans, il reçoit le baptême à Fontenay-sous-Bois, au collège séraphique de la Province de France des franciscains. La rupture avec sa famille est brutale, déchirante, sans appel.

Les siens, à Fez, font célébrer des funérailles islamiques pour ce fils perdu. Pour eux, il est mort. Mohammed, dorénavant Jean-Mohammed, veut aller jusqu'au bout : converti, il entre chez les franciscains et reçoit le sacerdoce en 1935.

C'est alors que commence sa seconde vie, tout entière tournée vers la foi et la connaissance. Il enseigne la langue arabe, la civilisation arabe, l'islam et quand il quitte ses élèves, c'est pour retrouver les auditeurs fidèles à ses conférences ou pour donner un article à une revue ou encore pour mettre la dernière main à un livre. Il aime la France sans conteste, mais marocain il fut, marocain il reste, même dans un exil obligé puisqu'il ne peut rentrer au Maroc sous peine d'être trucidé en place publique. Jean-Mohammed n'en suit pas moins les soubresauts de l'indépendance marocaine, soutenant de son mieux le roi Mohammed V qu'il admire.

Quinze ans après une opération à Villejuif, le mal inéluctable le frappe à nouveau.

Voilà, brièvement racontée, sa vie. Pour en savoir plus, j'ai consulté des documents relatifs à ses idées en général, à sa conversion en particulier. Pour ne pas briser le rythme de ce livre, j'ai extrait des passages de ses ouvrages, des morceaux choisis reproduits ci-dessous et qui sont présentés sous la forme de questions et de réponses :

« Qu'est-ce qui vous a poussé à vous convertir ?

— Pour qu'un musulman s'intéresse à une autre religion, il faut que quelque chose le provoque à réfléchir car le musulman est tellement convaincu de sa foi, de sa religion, qu'il n'éprouve pas le besoin de s'intéresser à une autre religion. Il a des jugements sur les religions, en particulier sur le judaïsme et le christianisme. Devenir chrétien, c'est pour lui revenir en arrière, comme pour un chrétien revenir au judaïsme. Il faut donc que quelque chose attire la curiosité du musulman : et ce quelque chose doit dépasser la simple curiosité intellectuelle, il doit toucher à la vie. Pour moi, c'est ce qui s'est passé. [...] Je suis allé étudier le christianisme dans sa citadelle, à l'Institut catholique. Je lui étais non seulement opposé mais hostile ; c'était donc pour trouver de nouveaux arguments afin de le combattre, un peu comme saint Paul quoi ! C'est la rencontre de laïcs, notamment parmi les professeurs, de laïcs qui pratiquaient vraiment leur christianisme, qui m'a amené à me poser cette question : " N'y a-t-il pas pour moi quelque chose, dans le christianisme, qui pourrait davantage transformer ma vie que ne le fait l'islam ? " [...] La grande vertu que je remarquais chez ces laïcs, c'est la charité : se rendre utile aux autres, être soucieux d'autrui, voilà ce qui me frappait chez eux. Puis je vins à me poser une seconde question : " Pourquoi cette religion est-elle forte ? " Je me suis donc mis à étudier pendant trois ans pour essayer d'éclaircir ce problème, tout en continuant à fréquenter les franciscains. Ce qui a contribué le plus à ma conversion, ce sont les prières. On priait beaucoup pour moi, et l'on faisait aussi prier.

— Un homme vous a beaucoup marqué, Lyautey...

— Alors que je n'étais pas décidé à devenir chrétien, Dieu s'est servi de moi par quelqu'un de très grand. Il suffit que je vous le nomme : le maréchal Lyautey. Je le connaissais très bien. En effet, il avait l'habitude chaque année de venir dans chaque classe des lycées du Maroc.

— Vous l'avez revu par la suite ?

Lorsque je vins en France continuer mes études en 1925, il venait d'être limogé ; on n'a pas été très chic pour cet homme qui fit tant de bien au Maroc et au service de son pays. Souvent il m'invitait à dîner le soir chez lui pour parler du Maroc.

— Comment avez-vous décidé de vous convertir au catholicisme ?

— Je me disais en moi-même : " Qu'est-ce qui t'arrête donc ? " Puisque rien ne m'arrêtait plus, pourquoi donc, en effet, attendre plus longtemps ? Et c'est une nuit de Noël, que je passais au couvent des franciscains de Mons-en-Barœul, chez qui j'avais été fort bien reçu, que je pris cette décision : à la fin de la messe de minuit, en quittant la chapelle, je fis le signe de la croix et la génuflexion. Émoi parmi les pères : " Ça y est, il va se convertir ! " Et, de fait, j'allais devenir chrétien. Je fus baptisé dans la chapelle de Fontenay par Mgr Leprêtre, alors provincial, et j'y suis revenu célébrer ma première messe. Comme vous pouvez le voir, cette conversion est le fruit de la grâce de Dieu, de mon désir loyal de chercher vraiment la vérité et aussi des très nombreuses prières faites à mon intention.

— Malgré l'évangélisation directe pratiquée par les franciscains au Maroc, il y a eu, il y a assez peu de conversions ?

— Les conversions sont rares. Elles existent, remarquez, je connais personnellement des convertis mais dont la conversion reste pour ainsi dire clandestine. Pourquoi ? Parce que la distinction du spirituel et du temporel n'est pas encore faite au Maroc : si vous êtes marocain, vous êtes automatiquement musulman, on ne conçoit pas encore qu'il puisse en être autrement ; toute la vie sociale et culturelle est liée étroitement à la religion musulmane. Pour un Marocain, changer de religion, c'est pratiquement renier sa patrie. Vous voyez donc l'immense obstacle aux conversions[43].

— Comment, à votre avis, les chrétiens perçoivent-ils cela !

— [...] Il y a cet apparent scandale de la difficulté, de l'impossibilité, entend-on dire parfois, de la conversion des musulmans. [...] Les quelques cas de conversion — même s'ils n'inspirent aux " chrétiens " ni défiance ni scepticisme, même s'ils témoignent d'un désir prouvé d'une vie d'amour avec Dieu dans la consécration totale à son service — ces quelques cas n'enlèvent pas des horizons de l'Église la vision des masses humaines barricadées dans l'islam. [...] Le christianisme est une religion ou bien reprise, adaptée et continuée par l'islam ou bien abrogée, corrigée et dépassée par lui. Pour les musulmans, se convertir au christianisme est un non-sens ; c'est une régression. Même les jeunes ou moins jeunes " rationalisés " conçoivent qu'un musulman cesse de croire en Allah (pourvu qu'il ne le crie pas sur les toits) mais non qu'il rebrousse chemin vers une religion désuète[44].

— Encore faudrait-il s'entendre sur les mots et leur sens : se convertir, c'est quoi pour vous ?

— Se convertir, c'est rencontrer le Christ vivant dans son Église, le Christ qui est lui-même le dogme à croire, la morale à pratiquer, la liturgie à célébrer. [...] La conversion ne se présente d'ailleurs pas comme une rupture totale et inconditionnée avec le passé sinon dans ce qu'il avait d'opposé au dessein de Dieu. Un juif ne se convertit même pas : il s'accomplit ; ce qui doit mourir en lui, c'est son interprétation temporelle du messianisme. Entre les autres religions et le christianisme, il n'y a pas continuité ; mais s'il y a rupture, il y a aussi greffe divine de la sève humaine.

— Mais qu'est-ce qui est déterminant dans une conversion ?

— Dans toute conversion, décision personnelle d'adulte, il faut reconnaître l'action de Dieu qui sollicite, conduit et fait aboutir, il faut tenir compte de l'impondérable grâce. Les motifs rationnels ne suffisent pas à déterminer la conversion : on n'est plus contre, mais on ne se sent pas encore pour ; on n'a plus de raisons de ne pas croire, mais on ne " croit " pas encore. Et, d'autre part, on croit sans avoir répondu à toutes les questions ni résolu tous les problèmes. Même une intervention extraordinaire peut avoir besoin de temps pour mûrir son fruit. La " conversion " de saint Paul inaugurée soudainement par l'apparition contraignante sur le chemin de Damas ne s'est achevée que trois jours après, jours sûrement de luttes intérieures où le jeune Paul ne voyant rien ne voulut ni manger ni boire et au bout desquels il s'est décidé à se mettre en prière. Le voilà enfin qui prie, disent les Actes des Apôtres (IX, 11)[45]. »

Ainsi parlait le père Jean-Mohammed Abd el-Jalil. Les écrits restent, les paroles... J'ai quand même voulu en fixer quelques-unes, après avoir rencontré des témoins de la vie du père Jean-Mohammed. L'un d'entre eux me semblait particulièrement bien placé pour faire mieux comprendre l'itinéraire de ce musulman qui s'était fait catholique. Il s'agit d'un franciscain, le père Christian Eugène, archiviste de la Province de France. Il parle à la fois en historien et en ami du père Jean-Mohammed puisqu'ils ont fait leurs études ensemble et qu'ils se sont fréquentés de 1930 à sa mort.

« J'ai entendu, il y a peu, un témoignage surprenant, père Christian, c'est celui d'un homme qui a connu le père Jean-Mohammed à la fin de sa vie et qui affirme que le père Jean-Mohammed n'excluait pas de revenir à l'islam ; c'est une idée qu'ont reprise aussi les journaux marocains quand ils ont écrit qu'en revenant une fois sur sa terre natale, Jean-Mohammed était revenu à sa religion d'origine...

— Personnellement, l'idée que le père Jean-Mohammed ait voulu à la fin de sa vie revenir à l'islam m'apparaît comme totalement fausse. Son frère, l'ancien ministre de l'Istiqlal Omar Abd el-Jalil, lui avait proposé à un certain moment d'aller quelque temps au Maroc car sa santé était faible, il avait eu une dépression nerveuse. Mais il n'a jamais été question de retour à l'islam. Un membre de l'Istiqlal a cru bon d'écrire qu'il rentrait au Maroc pour des raisons religieuses mais c'est une fausse interprétation.

— Sa foi dans le Christ était-elle restée intacte ?

— Il était un chrétien fervent. Il avait foi dans l'Église. Cela dit, il a toujours été un patriote marocain. Il est resté marocain toute sa vie, refusant les facilités qu'on lui proposait pour être naturalisé français. Ça, il y tenait beaucoup. Et, contrairement à ce que disent certains, il n'a pas été enterré au Maroc mais, ici, chez nous, au couvent des franciscains. Chez nous, religieux, on est enterré où on meurt. Le père Jean repose dans notre caveau.

— Quels rapports entretenait-il avec le Maroc ?

— Dans les premiers temps de sa conversion, s'il était retourné au Maroc, il se serait fait assassiner. Pour lui, ça ne faisait aucun doute. Par la suite, c'est devenu différent du fait qu'il était professeur, connu et reconnu. L'ambassade marocaine à Paris l'invitait. Mais, de toute façon, il est toujours resté en contact avec des membres de sa famille. Et pourtant... son père avait fait célébrer ses funérailles musulmanes quand il s'est converti...

— Pensez-vous que l'influence du maréchal Lyautey ait été déterminante ?

— Le rôle du maréchal a été très important dans la formation du jeune Mohammed. Mais c'est Mohammed qui, de son plein gré, a voulu entrer chez les franciscains à Charles-de-Foucauld à Rabat, au lieu d'aller au lycée. Pourtant, il était à ce moment-là très opposé au christianisme, comme tout musulman pratiquant qui ne connaissait du christianisme que ce qu'en disait le Coran.

— Certains m'ont dit qu'il avait conservé des habitudes musulmanes, les ablutions par exemple...

— Je ne crois pas qu'il ait gardé des habitudes musulmanes. Il était simplement toujours très croyant. Il considérait que ce qu'il avait appris dans l'islam lui servait dans le christianisme.

— Est-ce qu'il parlait facilement de sa conversion ?

— Non, il n'en parlait pas volontiers, il trouvait cela trop intime.

— Comment s'est-elle faite ?

— Pas brutalement. Il a d'abord effectué deux voyages en France, il a pris goût à la vie française. Mais ni Massignon ni Lyautey ne l'ont converti. À Charles-de-Foucauld, à Rabat, le directeur s'était pris d'une grande amitié pour lui sans jamais se permettre le moindre prosélytisme, c'est contraire à nos principes. Plus tard, quand Jean est venu à Paris, il est resté en relation épistolaire avec lui. Il lui posait des questions : le père Étienne lui répondait toujours.

— Alors, quel fut le catalyseur ?

— En octobre 1925, quand Jean a poursuivi des études supérieures en France, on lui a donné une chambre au couvent des franciscains. Il était alors et toujours farouchement opposé au christianisme. Mais très vite, le père Étienne a compris que cette situation était fausse. Il fallait que Jean soit quelque part chez lui et non plus au couvent. Il lui a fait connaître sa famille à Châlons-sur-Marne. Et comme un jour, à Viroflay, une dame catholique pratiquante offrait d'héberger un étudiant, nous l'y avons envoyé. Très vite, elle l'a considéré comme son fils. Ils ont eu nombre de conversations sur la religion. Mais Jean était toujours aussi virulent à l'endroit du christianisme. Un jour, n'y tenant plus, la dame lui a dit : " Vous n'y connaissez rien, vous n'avez même pas lu les textes, taisez-vous !... " C'est ainsi que, par réaction, il s'est mis à lire les Évangiles. Très vite, il a dit y avoir découvert des prolongements de l'islam. Dans cette lecture qui lui faisait plaisir, il trouvait un plus à la lecture du Coran. C'était le début de son cheminement. On était en 1927. Le 7 avril 1928, il reçoit le baptême. Entre ces deux dates, il a dévoré les quatre Évangiles, il a assisté le dimanche aux conférences de Notre-Dame données par le père Samson, il a lu énormément de livres.

— Soit pour la conversion, mais la vocation ?

— C'était un esprit franc et entier. Il lui fallait aller jusqu'au bout. Il avait de toute façon la vocation religieuse et sacerdotale, il devait aller jusqu'au bout de sa conversion. Il n'a pas été envoûté, c'est lui qui l'a voulue et personne d'autre ne l'y a poussé. Mais il est toujours resté profondément marocain. C'était un musulman converti profondément imprégné de sa formation musulmane. Il a été heureux de trouver le Christ, le complément de ce qui manquait à l'islam. Pour lui, ça a été un plein épanouissement. Il n'est retourné au Maroc qu'une fois et cela aussi est significatif. Il a montré aux chrétiens ce qu'était l'islam et en même temps ce qui était déficient dans l'islam.

— Aussi la thèse d'un retour à l'islam du père Jean-Mohammed vers la fin de sa vie, est-elle...

— Totalement aberrante. Mais sans indiscrétion, qui vous a dit cela ?

— Un chrétien converti à l'islam.

— Que ne l'avez-vous dit avant ! Tout s'explique ! Non, rassurez-vous, le père Jean-Mohammed est mort dans la paix du Christ. »

Telle est l'histoire du père Jean-Mohammed Abd el-Jalil. Tel est le dossier de son itinéraire spirituel. Au moment de le refermer, j'ai trouvé un très vieil article paru dans la revue *Les Missions franciscaines*, numéro de mai-juin 1935. Il est intitulé « Les musulmans sont-ils inconvertissables ? » et raconte l'histoire d'un travailleur émigré musulman qui a rencontré le Christ en France. Elle est présentée comme une histoire vraie.

Surtout, l'article est signé F. Testis, pseudonyme du frère Jean-Mohammed qui devait être ordonné prêtre le 7 juillet suivant.

Testis, le témoin en latin. Témoin non seulement des faits par lui rapportés mais de ce que les musulmans sont convertissables.

Quelle belle épitaphe !

À lire le témoignage du père Christian Eugène sur la découverte du Christ par le jeune

Mohammed Abd el-Jalil, on ne peut s'empêcher de constater une certaine réaction de défense qui pourrait se résumer ainsi : non, ce n'est pas nous, les franciscains, qui l'avons converti ; il est venu nous trouver, nous ne sommes pas allés le chercher.

C'est une réaction compréhensible eu égard au contexte missionnaire du Maroc colonial. Mais le procès de prosélytisme, que l'on ne manqua pas d'intenter alors, n'est en rien anachronique. Un récent fait divers lui a donné une nouvelle actualité. Il ne s'est pas déroulé il y a un demi-siècle au Maroc, mais en 1980, en France.

L'affaire a éclaté quand une famille d'Algériens s'est installée un soir de juin 1980 dans la chapelle de l'institution Saint-Vaast, à Béthune dans le Nord, pour y entamer une grève de la faim. Que voulaient les Moualek ? Qu'on leur rende leur fils. Selon eux, des bénédictins avaient fait pression sur leur jeune Mahrez pour qu'il se convertisse au catholicisme et, forts de sa conversion, ils l'auraient soustrait à l'autorité toute musulmane de ses parents en le gardant dans leur abbaye.

L'affaire est en réalité un peu plus complexe. M. Moualek, propriétaire du restaurent « Djurdura » à Lille, vit en France depuis une trentaine d'années. Il militait au Parti communiste français avant que l'Algérie ne conquière sont indépendance. C'est un musulman croyant et pratiquant. Quand son fils Mahrez, quelque peu gauchisant, arrive en fin d'études secondaires, M. Moualek le place à l'institut catholique Saint-Vaast. Il ne le regrette pas puisque le jeune homme y obtient son baccalauréat.

À vingt-deux ans, Mahrez Moualek est étudiant en première année de médecine. Il part en vacances en Algérie et y « épouse » une cousine kabyle. À son retour en France il disparaît. Il marche toute une nuit et se présente aux aurores à la porte de l'abbaye bénédictine de Wisques, non loin de Saint-Omer. Pourquoi là plutôt qu'ailleurs ? Parce que naguère un de ses professeurs, le père Camiers, lui en avait parlé. Toujours est-il que, par un petit matin de septembre 1979, le père Louis Leloir accueille ce jeune homme un peu déboussolé en son abbaye.

Le discours que lui tient Mahrez se résumerait en ces termes : j'ai été marié contre mon gré en Algérie, je veux entrer dans les ordres.

Et depuis, plus de nouvelles jusqu'à la spectaculaire grève de la faim de la famille Moualek. L'affaire fait du bruit dans la région. Pour couper court aux plus malveillantes des rumeurs, colportées à dessein par la *vox populi*, le père Leloir diffuse un communiqué établissant sa version des événements :

« Il est exact que, le 13 avril 1980, Mahrez Moualek a reçu le baptême et a été confirmé après avis de plusieurs personnalités compétentes pour juger son cas et qui se sont donné la peine de l'examiner soigneusement. Mahrez Moualek demandait le baptême depuis trois années. Il n'a subi aucune pression pour l'amener à ce désir. Mahrez est non seulement majeur mais il est tout à fait sain d'esprit et d'une intelligence au-dessus de la moyenne. Personne ne l'a jamais empêché de réintégrer le toit paternel ou de revoir ses parents... Mahrez n'a passé que trois nuits au monastère, l'une en juin, l'autre en décembre 1979 et la dernière en janvier 1980. Dans un désir de paix et de charité, l'abbaye préfère ne pas en dire davantage et accueillir avec patience les calomnies et le chantage dont elle est l'objet[46].

Pour asseoir plus encore l'autorité de sa version, le père Leloir rend publique une lettre de Mahrez en date du 8 mars dans laquelle il révèle qu'au cours de ses vacances en Algérie, à Taouris-Makrane, ses parents avaient organisé une cérémonie religieuse visant à lui faire épouser une cousine musulmane presque à son insu ou, tout au moins, à le mettre devant le fait accompli du mariage.

Les parents Moualek ne l'entendent évidemment pas de cette oreille. Ils arguent tout d'abord que leur fils a disparu en même temps que quelque soixante-dix mille francs dans la caisse du restaurant familial, ce qui donne une autre dimension à l'affaire. Puis ils rappellent que Mahrez a abandonné sa femme et son domicile conjugal, argument difficilement plaidable dans la mesure où Mahrez récuse le mariage, à ses yeux nul et non avenu. Enfin, ils prennent l'affaire par son côté le plus sensible, celui de la conversion. Ils font intervenir l'évêque de Constantine qui leur écrit, dans une lettre, que le baptême d'un musulman ne peut intervenir qu'après une longue maturation de plusieurs années, et vont même jusqu'à brandir la loi Debré[47]. Au reporter de *Libération* qui l'interroge[48]. M. Moualek confie : « Je ne comprends pas que mon fils ait pu trahir sa religion... »

C'est là le nœud du conflit.

Il échappe à toute juridiction temporelle, en

particulier au parquet de Béthune auprès de qui les grévistes de la faim, soutenus par l'Amicale des Algériens en Europe, déposent une triple plainte pour abandon du domicile conjugal, non-respect de la loi Debré et détournement de fonds...

Là-haut, le Grand Juge, lui, a déjà tranché qui laisse Mahrez Moualek face à sa conscience et à sa foi nouvelle.

DE LA CONVERSION AU MEURTRE

Je désespérais de jamais rencontrer un musulman converti au christianisme qui me raconte, de vive voix, son cheminement. Finalement, ça s'est fait, mais d'une manière un peu particulière. Les circonstances étaient inhabituelles, pour ne pas dire uniques.

Nous n'avons pas parlé directement mais par l'intermédiaire de tierces personnes qui se tenaient autour de nous. Pourtant, nous nous faisions face, lui et moi. Une dizaine de mètres seulement nous séparaient. Il était dans le box des accusés, entre deux gendarmes. Moi, j'étais sur le banc de la presse entre deux confrères.

C'était la cour d'assises.

Ce mardi 9 juin 1981, l'audience n'a pas commencé. Elle se fait un peu attendre. Les gens de robe finissent leur dessert. Khalifa el-Gafsi, lui, lève les yeux au ciel, avise les lambris du palais de Justice de Paris, puis dévisage les jurés et éclate en sanglots, la tête dans les bras, les bras sur l'accoudoir du box. D'un geste de contenance, les gendarmes grattent leur moustache.

Khalifa el-Gafsi, un cuisinier tunisien de quarante-quatre ans, comparaît pour avoir assassiné son fils de plusieurs coups de couteau. Il a, pour lui, son avocat, un farouche et talentueux adversaire de la peine de mort, Me Robert Badinter, qui s'apprêtait à devenir Garde des Sceaux. Il a contre lui un avocat général non moins talentueux et qui ne passe pas pour un tendre, M. Dorwling-Carter. Au pire, il risque sa tête, au mieux une très forte peine de réclusion. Mais même s'il espère, il sait qu'il ne priera pas dans une petite église de France avant longtemps. Car Khalifa el-Gafsi est un nouveau chrétien.

Ouvrons son dossier. Il commence par un succinct procès-verbal d'interrogatoire : « ... Vous êtes entré dans l'Église en 1962, vous étiez attiré par la religion catholique. Vos catéchumènes, les époux Roger, relayés par le Dr Bareillier, vous ont donné l'occasion de faire connaissance de votre femme Pepita en 1963. Vous avez reçu le baptême en sa présence sous le prénom de Jean... Votre directeur de catéchisme était l'abbé Mari... »

Suit la lecture à haute voix du réquisitoire du Procureur de la République : « ... Sa femme avait été obligée de le quitter le 1er septembre 1979 en raison de violences qu'il lui infligeait, suite à leur divergence d'opinion sur la façon d'éduquer et d'élever les enfants, notamment dans le domaine religieux... Elle indiquait avoir également très mal supporté l'influence de la famille El-Gafsi sur son époux, qui avait fait circoncire un de ses fils sans son accord... [...] En 1961, très désemparé sur le plan personnel, il s'était confié à un prêtre qui l'avait dirigé vers des cours de catéchisme. Il a ainsi abjuré l'islamisme, espérant sans doute une meilleure intégration dans le monde où il vivait et peut-être aussi en raison de son mariage avec une chrétienne... Pendant les vacances 1977, il avait été humilié par sa famille qui lui reprochait de s'être converti et d'avoir épousé une catholique... »

Khalifa el-Gafsi semble accablé. En fait, il bout. Il se retient d'intervenir sans cesse, ou plus exactement, son avocat l'en empêche, comme si chacun des jugements de valeur abusivement présentés comme des faits était faux. Certes, il ne nie pas avoir poignardé son fils à plusieurs reprises, dans la rue, devant des témoins. Mais il veut expliquer, raisonner, se départissant rarement d'un faux air de l'acteur Jacques Duby et la ressemblance est plus que frappante. Les magistrats lui demandent d'abord de dire pourquoi il n'avait jamais dévoilé à ses parents sa conversion, son mariage, le baptême de ses enfants.

« Je ne voulais pas faire de la peine à mes parents, mais je voulais aussi vivre ma vie. C'est pourquoi je leur ai caché cela. Eux, me croyant toujours musulman, ont circoncis le petit quand il est venu passer les vacances en Tunisie. Il faut dire qu'ils rentraient juste de La Mecque et qu'ils étaient encore sous le coup, dans la ferveur du pèlerinage. Moi, je voulais que mes enfants soient élevés dans la tradition française. Les traditions espagnole et tunisienne, à côté, c'est zéro... Chez mes parents à Monastir, je ressentais un malaise, je me sentais mal dans ma peau. Mais je ne disais rien de cette gêne. Eux croyaient me faire un grand honneur en faisant circoncire mon fils. Ça m'a rendu fou mais je n'ai rien dit, je n'ai rien osé dire à mon père. C'est mon frère qui a tenu le gosse pendant la cérémonie. J'aime bien les gens religieux mais je n'aime pas les fanatiques. C'est pourquoi je n'aime pas mon frère Moncef... »

Un interprète est là qui se tient près de l'accusé, prêt à intervenir. Mais il ne parlera pas, car El-Gafsi s'exprime très clairement en français, malgré l'accent, malgré l'émotion, malgré la tension. La Cour fait lire une lettre de l'abbé Dejeux d'Alger, un témoin de moralité qui s'est fait excuser étant donné la distance : « ... La circoncision n'entraînait pas un reniement du catholicisme de votre part. Votre épouse aurait dû être plus réaliste devant ce fait accompli... »

El-Gafsi hausse les épaules. Il semble dire : à quoi bon maintenant... Il reprend la parole alors qu'on le questionne sur son retournement de foi.

« Une scène m'a beaucoup marqué dans mon village en Tunisie. Un jour, quand j'avais quinze ans, un groupe de musulmans pieux a pris à partie un Tunisien qui venait de parler avec un prêtre catholique, et ils l'ont lapidé en pleine rue, jusqu'au sang. J'étais musulman pratiquant, mais je ne pouvais accepter cela [...]. Plus tard, une fois en France, j'ai voulu y rester. Je voulais embrasser la religion catholique. Un jour, je suis entré dans une église. Il y avait là un prêtre. Je lui ai parlé. Il m'a envoyé à l'abbé Mari. C'est lui qui m'a aidé à connaître la religion catholique. »

L'avocat général Dorwling-Carter : « Vous avez demandé le baptême dans le seul but de vous marier ?

— Non, ma décision de me convertir avait été prise bien avant.

— Pourquoi ?

— Ça ne s'explique pas. J'aime ce pays, j'aime ces gens, j'aime leur religion...

— Est-ce tout ?

— Non. Quand j'étais terrassier à Évreux, j'ai été accueilli par une famille de Français catholiques pratiquants. Ils ont été formidables. Pour moi, c'était l'image idéale du couple. J'ai voulu devenir comme eux.

— Pour vous intégrer à la société française ? insiste l'avocat général.

— Non, pas uniquement », répond un El-Gafsi un peu désemparé, un peu perdu, qui n'a même plus la présence d'esprit de répondre que la meilleure manière de s'intégrer dans ladite société n'est certainement pas d'épouser une bonne espagnole.

« Alors quoi ?

— Ça ne s'explique pas, ces choses-là, reconnaît El-Gafsi, en baissant les yeux. C'est à l'intérieur... »

Par la suite, retrouvant ses forces, El-Gafsi reprend la parole avec véhémence. Il ne parle plus, il éructe.

« En Tunisie, si les enfants renient la religion, on les renie, on les rejette comme des ordures ! Alors j'ai gardé mon secret pour moi ! »

Il a tué certes, mais sa femme prenait ses enfants en le quittant et dans son esprit « fanatisme musulman et fanatisme espagnol, c'est kif-kif ! ». Alors il n'a pas supporté, il s'est laissé emporter et...

Dix fois, il se traite de bourricot. Dix fois, il lance à la tête de l'avocat général médusé : « Vous ne savez pas ce qu'est un pays musulman ! » Il s'accroche, se bat bec et ongles. On met en doute l'authenticité de sa foi dans le Christ, certes. Mais c'est sa tête plus que son âme qui est en jeu.

L'avocat général réclame la réclusion criminelle à perpétuité, étant donné les circonstances. Ce sera vingt ans.

II

Ils ont choisi le judaïsme

La liberté et l'indépendance ne s'octroient pas, elles se conquièrent. De même la qualité de juif. Le candidat à la conversion sait qu'on ne lui donnera rien mais qu'il lui faudra tout arracher. La réputation des rabbins est ainsi faite et ils y concourent objectivement : chez les juifs, on ne recrute pas. Il s'ensuit un parcours du combattant, une véritable course d'obstacles, proposée à ceux qui, malgré tout, s'accrochent à leur volonté de conversion.

Jean-Paul Sartre, dans ses *Réflexions sur la question juive*, parodie Beaumarchais en écrivant : « À en juger par les qualités qu'on exige d'un Juif pour l'assimiler à un " vrai " Français, combien de Français seraient dignes d'être juifs dans leur propre pays ? » À notre tour, nous pourrions parodier Sartre et nous demander : à en juger par les qualités exigées d'un candidat à la conversion au judaïsme, combien de juifs seraient dignes d'être des juifs convertis ?

C'est à peine une boutade.

Pour devenir juif — dans une perspective orthodoxe s'entend — il n'y a ni voie royale ni porte étroite. Il y a la conversion, un point c'est tout. Le processus est clair, défini, invariable. Ainsi me l'ont exposé tant des hauts responsables du consistoire israélite à Paris[1] que des rabbins orthodoxes de Jérusalem.

Quand un candidat se présente, la réaction première du rabbin est de le décourager et ce n'est pas un geste de pure forme. Il lui fait savoir d'emblée que le judaïsme n'est pas favorable aux conversions et l'engage à analyser les causes de sa défection chrétienne. C'est déjà une manière de jauger la « sincérité de croyant » de l'impétrant et d'évaluer ses connaissances bibliques et théologiques. Cette conversation agit comme un tamis. Elle permet bien souvent d'éliminer déjà les conversions de convenance et les conversions intéressées. Dès les premiers mots, le rabbin — qui n'est pas né de la dernière pluie — décèle si le candidat cherche une vérité ou pas. Bien souvent, il cherche une vérité et croit l'avoir trouvée dans le judaïsme, parfois mêlée au sionisme.

Les rabbins s'emploient donc à repousser — délicatement, mais pas toujours — le candidat à la conversion, à lui faire analyser en profondeur les raisons qui lui font quitter sa confession d'origine. Cette valse-hésitation qui fait revenir le postulant vers un rabbin accueillant certes, mais qui ne veut pas de lui en tant que juif, peut durer des semaines, des mois, des années. C'est affaire de personnalité. Le caractère, le tempérament et, *last but not least,* la foi du candidat varient. En revanche, ce qui ne varie pas, c'est l'infinie exigence du rabbin. C'est une règle. Cette rigueur d'âme peut ainsi repousser l'échéance de la conversion de plusieurs années. Nombre de convertis en conçoivent un grand ressentiment. Mais le rabbinat ne faillira jamais et, dans sa logique, c'est heureux.

Il faut bien comprendre qu'il se place, lui-même, dans une situation de responsabilité accrue. Le tribunal rabbinique qui statue sur les demandes de conversion engage sa responsabilité, son crédit moral et spirituel, son autorité, son magistère pour faire naître un nouveau juif. Il ne *doit* pas se tromper même s'il *peut* se tromper. Il veut d'abord à tout prix éviter les ruses d'une conversion d'opportunité : mariage, recherche d'honneurs ou d'avantages matériels — c'est un cas de figure qui n'est pas écarté. Surtout, le consistoire se défend d'être une usine à conversions. C'est pourquoi il prend le temps de se consacrer à chaque cas retenu.

Et son sens de la responsabilité va encore plus loin qu'on ne le pense. Il ne s'agit pas seulement de s'assurer que cette conversion ne sert que Dieu ; il faut aussi faire en sorte que cette nouvelle foi juive résiste au temps car si elle faillit, les trois rabbins du *Beth Din*[2] sont complices de cette faillite.

Toujours dans les préliminaires, il lui faut également être persuadé qu'il y a authenticité du changement d'identité. Car la conversion n'est pas seulement retournement ou bouleversement de la foi, elle est d'abord, dans l'optique juive, une « naturalisation juive », l'adhésion à l'histoire juive. Un changement de peuple donc de destin, la réintégration du passé abrahamique... Comme le dit certain rabbin de Jérusalem connu pour son érudition et son éloquence : « Le converti a 3 600 ans de passé à rattraper, c'est pourquoi on est rigoureux avec lui dans notre exigence de la pratique et de l'étude. » Ce même rabbin, pour prévenir tout échec de la conversion et s'assurer de l'authenticité du changement d'identité, n'hésite pas à solliciter l'opinion de psychologues après leur avoir soumis certains cas : d'abord pour empêcher qu'un problème psychique ne se juxtapose au problème spirituel chez le futur juif ; ensuite pour éviter les séquelles graves que ne manquerait d'entraîner une conversion mal faite ou pratiquée à mauvais escient (traumatismes, névroses...).

Tous les candidats ne savent pas toujours jusqu'où va les entraîner leur nouvel état. Ils n'ont jamais été juifs avant, et pour cause. Ils ne savent pas encore ce que c'est qu'être juif dans la vie quotidienne, pratiquement, mais aussi ce que c'est qu'être considéré comme juif par les autres. Ainsi David Walker, un *bobby* londonien d'origine anglicane converti au judaïsme orthodoxe, a dû se résigner à écarter toute promotion professionnelle, étant dans l'impossibilité de travailler du vendredi à la tombée de la nuit jusqu'au samedi soir, fin du chabatt. Il s'est fait une raison, sublimant cette stagnation sociale dans une joie sans cesse plus élevée dans la lecture de la Thora[3].

C'est là un dénouement heureux mais tous ne le sont pas. C'est aussi pour les prévenir que les rabbins se montrent sévères. Ils veulent surtout bien faire comprendre au futur juif qu'il ne va pas changer d'idées, de religion *stricto sensu*. Ni de catéchisme. Le changement d'identité va bien plus loin, atteignant une dimension qui englobe tout l'être. Ils veulent dépasser le simple langage confessionnel, trop simplificateur à leur goût, qui consiste à donner l'illusion qu'en passant du christianisme au judaïsme, on change de religion. Le judaïsme, c'est aussi une religion mais pas uniquement une religion. Il a ses exigences et elles sont grandes. Pour préparer le converti à cette idée, le rabbin se fait aussi exigeant que la loi juive.

Souvent, à l'issue de ces multiples entretiens préliminaires qui peuvent s'étaler sur des périodes fort longues, il arrive que le postulant jette l'éponge. Il abandonne. En cours de route. Ce qui lui fait parfois baisser les bras, c'est de constater l'énorme et flagrant contraste, pour ne pas dire déséquilibre, entre le haut niveau de connaissance et de pratique requis pour devenir juif et le bas niveau du juif moyen qui s'est uniquement donné la peine de naître d'une mère juive. C'est décourageant pour le néophyte mais c'est ainsi : un juif né d'une mère juive reste juif aussi longtemps qu'il ne « trahit » pas en se convertissant. Personne ne peut lui contester sa qualité de juif et surtout pas les rabbins. C'est affaire de conscience entre le juif et lui-même, le rabbin n'intervenant que comme un guide. Comme me l'a dit l'un d'eux : « Il existe des juifs athées, des juifs pratiquants, des juifs enrhumés... Ils sont tous également juifs. Ils deviennent des renégats et perdent leur qualité de juif quand ils adhèrent à une autre histoire que l'histoire juive. »

Cette réalité est souvent dure à accepter pour le converti soumis à la « course d'obstacles ».

S'il l'admet tout de même en son for intérieur et si le rabbin n'a pas réussi à lui faire réintégrer sa confession d'origine, si le candidat persiste, il entre dans un cycle de formation, de pratique et d'intégration à la communauté. Le judaïsme étant plus collectif qu'individuel — la participation religieuse à la cellule familiale est plus importante que la présence à la synagogue — on lui fait assister à des chabatt en famille. Il suit des cours d'instruction religieuse et d'hébreu biblique. À l'issue de ce processus, après une série d'enquêtes minutieuses de la commission des conversions du consistoire, le tribunal rabbinique statue sur son cas. Si sa réponse est positive, la conversion est entérinée lors d'une cérémonie religieuse en présence d'un rabbin : c'est le bain rituel et la circoncision.

Dès lors, il est juif. À moins d'un reniement ultérieur, nul ne peut lui contester la qualité de juif.

JUIVE À LA FORCE DU POIGNET

Je me trouvais chez une dame d'origine française et catholique, à Jérusalem. Depuis une heure, elle me racontait, à contrecœur et sur mon insistance, comment elle en était arrivée à se convertir au judaïsme. Il était bien entendu que cet entretien n'avait d'autre but que de m'instruire et de pousser plus avant ma connaissance du phénomène.

Mais je sentais bien que je n'avais pu, malgré tout, vaincre ses réticences. Il y avait plus qu'un blocage. On savait tous deux qu'on n'irait pas plus loin. Elle jugeait elle-même son itinéraire spirituel sans grand intérêt tout en assurant qu'il ne s'agissait pas là de fausse modestie. Peut-être lut-elle sur mon visage mon désappointement ? Soudain, elle me dit : « Je connais la personne que vous devriez rencontrer. Je vais vous la présenter, elle n'habite pas loin d'ici. Vous allez voir, vous ne serez pas déçu. Sa conversion, c'est une vraie histoire pleine de rebondissements... »

Sitôt dit, sitôt fait. Elle lui téléphone. Dix minutes plus tard, elle était parmi nous.

Appelons-la Rachel. Pour des raisons toutes diplomatiques vis-à-vis de ses employeurs jérusalémites, elle n'aime pas trop que l'on sache son vrai nom. Petite, blonde, très vive, un regard extrêmement pétillant, elle semble avoir un tempérament inversement proportionnel à son milieu d'origine. Une mère issue d'Alsace, un père issu de Belgique, une famille protestante membre de l'Église réformée de France, croyante et pratiquante, et l'on peut imaginer ce que cela pouvait signifier en 1947 — date de la naissance de Rachel qui s'appelait alors Marie-France dans une ville du Nord, à Aumont. Son grand-père faisait partie du conseil presbytéral. Il était l'ancien, le sage, celui qui remplaçait le pasteur en son absence.

Qu'il est long l'itinéraire de ce Nord parpaillot à la Jérusalem juive...

« Je ne me suis jamais sentie chez moi en tant que protestante. Pendant toute mon enfance, j'ai essayé de croire en Jésus, je n'ai pas réussi. Je ne faisais pas de différence entre croire en Jésus et croire en Dieu. Et j'étais malheureuse car je voulais croire en Dieu. À onze ans, chez les éclaireurs, on chantait Jésus ressuscité. Je me suis dit : je n'y crois pas à ce Jésus, je n'ai rien à faire ici. Je l'ai dit tout haut. Le chef de camp m'a préparé un citron pressé en pensant que ça me ferait de l'effet, en croyant que c'était peut-être le médicament le plus approprié pour ma " maladie ".

— Ça vous a choquée ?

— Je n'en attendais pas moins. De retour du camp, je m'en suis ouverte au pasteur. Je lui ai raconté mon incrédulité et mes croyances.

— Et après, ça s'est estompé...

— À seize ans, j'aurais dû être confirmée. J'ai refusé. On a retardé la confirmation. Finalement, le pasteur m'a eue. Il m'a confirmée quand même en arguant que Thomas lui aussi doutait...

— Vous continuiez à croire, mais de quelle manière ?

— Je ne suis pas du tout du genre mystique. Après mon bac, je suis allée dans l'Aisne faire des études d'éducatrice spécialisée. Cette année-là — nous étions en 1966 — le message biblique était un verset qui disait : " ... que chacun de vous mette au service des autres le don qu'il a reçu[4] ". J'ai donc choisi l'éducation spécialisée. Malgré mes doutes, je voulais vivre selon la loi de l'Évangile. J'avais même pensé être un jour missionnaire... J'ai donc travaillé dans une maison d'enfants chrétiens pendant un an. C'est là que j'ai rencontré l'homme que j'allais épouser, protestant lui aussi. Il avait également des problèmes de foi. Ensemble, nous avons quitté l'Aisne pour monter à Paris. J'ai alors été éducatrice dans les bidonvilles d'Aubervilliers, au Foyer protestant. J'ai fait de l'éducation auprès des jeunes immigrés.

— Vous vous êtes mariés quand ?

— En plein pendant les événements : c'était le 12 mai 1968 à l'église protestante d'Aubervilliers. Tous les gosses étaient là. Mais la cérémonie n'a pas été sans mal. Deux ou trois jours avant, on avait été voir le pasteur. Nous n'étions pas d'accord avec la liturgie du mariage : je promets de... je promets de... je promets d'élever mes enfants dans la connaissance de Jésus-Christ. Ça, on ne voulait pas. Le pasteur nous a pris pour des hérétiques. Finalement, après d'âpres discussions, il n'a pas changé la liturgie mais il l'a contournée. Pour la seconde fois, j'étais eue par un pasteur.

— Décidément, on a l'impression qu'il s'agit à chaque fois d'un match ou d'une partie de cartes entre vous et...

— En quelque sorte.

— Tout ça ne me dit pas comment le judaïsme est entré dans votre univers...

— Nous y voilà. Quand je suis tombée enceinte, j'ai dû rester alitée pendant huit mois. Il y avait des problèmes. J'ai mis à profit ce temps qui n'en finissait plus pour lire. Toute ma bibliothèque, puis celle de mon mari. Quand je me suis trouvée à court, il m'a acheté *La Voix de la Thora* d'Élie Munk.

— Pourquoi ce livre-là et pas un autre ?

— Comme ça. C'est un hasard. Toujours est-il que ce livre m'a ouvert des horizons nouveaux. À mon mari aussi. On s'est mis à acheter de nombreux livres avec des commentaires juifs de la Bible. C'est alors et alors seulement que j'ai commencé à faire la différence entre Dieu et Jésus et à comprendre que si je ne croyais pas en Jésus je pouvais néanmoins croire en Dieu.

— Mais cette connaissance nouvelle, ces nouveaux horizons, avaient-ils une influence sur votre vie quotidienne ?

— On s'est mis progressivement à manger kascher, à respecter le chabatt.

— Pourquoi ?

— Parce que ça se tenait, parce que ça nous semblait " logique " mais le terme est impropre. En hébreu on dit *egyoni*[5], je ne trouve pas le mot adéquat en français... vous voyez, j'ai déjà oublié...

— Mais vous n'étiez pas juifs ! Alors, à quoi cela correspondait-il ?

— C'est vrai, mais le chabatt nous permettait de retrouver un rythme naturel que nous avions perdu. Certes, notre chabatt n'était pas très conforme, c'était celui des livres, c'était un chabatt inventé, reconstitué, mais ça, nous ne l'avons compris qu'après. Pour cela, nous n'avions pas la tradition de nos parents derrière nous et ça nous faisait cruellement défaut. Nous devions tout réinventer nous-mêmes. Par la suite, avec l'expérience, nous avons su faire un chabatt plus traditionnel, plus orthodoxe.

— C'était une situation plutôt singulière, vous l'avouerez...

— Petit à petit, nous nous sommes rendu compte que nous vivions comme des juifs sans être encore des juifs tout en ne sachant pas pourquoi. De plus, nous ne fréquentions absolument aucun juif.

— Ça a duré longtemps ?

— Disons... un bon moment. On a finalement rencontré un juif déjudaïsé qui nous a fait entrer dans un mouvement œcuménique judéo-chrétien. Là, on nous a expliqué qu'en tant que protestants, nous luttions mieux contre l'antisémitisme. Je me suis mis alors à ressortir ma croix huguenote. Mais, au bout de six mois, ça m'avait passé. Un soir, à la sortie d'une conférence, j'ai entendu un vieux monsieur dire à un autre : " Le prochain cours, chez moi... " J'ai violé ma timidité et je lui ai demandé : " On peut venir ? " On y est allés. C'était un juif pieux qui étudiait ses racines et qui donnait des cours de pensée juive. Il essayait de rapprocher les juifs de leurs propres racines. C'est grâce à lui et à sa femme que nous avons découvert l'âme juive. Ils étaient capables de raconter des histoires hassidiques pendant des heures. Ils nous ont donné l'adresse du rabbin Gugenheim[6] quand nous nous sommes décidés à nous convertir. C'est ce même couple qui nous a initiés à la procédure pour devenir juifs, mais seulement quand nous le lui avons demandé.

— Vous avez connu d'autres juifs après ? Comment ça s'est passé ?

— Quand on a vu les juifs du boulevard Poissonnière, on a eu un choc. Nous, on avait mis le peuple hébreu sur un piédestal. On l'avait un peu idéalisé. Alors vous imaginez la surprise quand on a connu ou rencontré ces juifs qui vendent des costumes cintrés sur les Grands Boulevards !... Le rabbin Gugenheim ne voulait pas de nous. Il nous mettait régulièrement à la porte. On lui disait : on veut se convertir, on est juifs déjà, on respecte le chabatt... Il nous répondait invariablement : mais non, mais non, vous n'êtes pas juifs... C'était un dialogue de sourds. Par contre, les types aux allures de maquereaux et les filles outrageusement fardées du boulevard Poissonnière étaient juifs à ses yeux parce que de mère juive ! On acceptait leurs enfants aux jardins d'enfants juifs, mais on refusait le nôtre. Ça me révoltait.

— Avouez quand même qu'il est difficile pour un rabbin d'accepter que des gens décident d'être juifs, tout d'un coup !

— On n'a jamais décidé d'être juifs. Cela dit, quand on a rencontré le peuple juif à Paris, on a eu un sursaut. On s'est dit : mais qu'est-ce qu'on va faire chez ces gens-là ? J'avais l'impression de m'être fait piéger par Dieu. Il n'était pas question de conversion parce que je me sentais juive, donc je faisais partie de ce peuple. Mais je ne comprenais pas pourquoi j'étais née chez les protestants. C'était dur...

— Vous n'avez pas eu le réflexe d'aller voir un peu du côté de votre Église...

— Si, si, absolument. Je suis retournée à Aumont visiter mon pasteur. Je lui ai dit : aidez-moi, je suis en train de devenir juive... Il m'a répondu : ce qui est important, c'est que Jésus a apporté un message d'amour et que peut-être il a fait l'erreur d'afficher qu'il était le chemin et la vérité au lieu d'" un chemin vers la vérité ". Ça m'a surprise et déçue en même temps. Je n'y croyais plus. J'étais brisée. Après ce voyage dans ma ville natale, j'ai décidé de faire grève de tout.

— Vous vous êtes tout de même convertie. Alors, ça s'est passé comment ?

— Mon histoire, c'est l'histoire de la sortie

d'Égypte. S'il y a eu conversion, ce n'est pas par une décision mûrement réfléchie mais par un cheminement qu'on m'a fait faire avec " un bras étendu ", " une main forte ", l'empoignade par Dieu selon le mot du professeur Neher. C'est aussi l'histoire de Jonas qui essaie de se défiler et qui n'y arrive pas. J'ai donc été empoignée par Dieu et je suis retournée voir le rabbin Gugenheim avec mon mari qui était dans le même état que moi. Le rabbin était toujours aussi froid vis-à-vis de nous. Pas de progrès, rien. Il nous en a fait voir de toutes les couleurs. Il nous repoussait sans cesse.

— Vous saviez pourquoi ?

— Bien sûr ! Il voulait voir si on tenait le coup, si on s'accrochait au bastingage. Je lui avais envoyé des lettres dont quelques-unes étaient particulièrement virulentes. Après deux ans de tergiversations, il nous a enfin indiqué un rabbin séfarade du Marais qui nous a donné des cours d'hébreu et d'instruction religieuse. Ça a duré deux ans ainsi.

— Quel a été le détonateur ?

— Un concours à la radio.

— Quoi ?

— Absolument. Un jour, à l'émission juive du dimanche matin à la radio, il y avait un concours organisé par Victor Malka. Le thème en était le judaïsme face au monde moderne. J'ai écrit un texte d'une trentaine de pages dactylographiées et je l'ai envoyé au rabbin Gugenheim en lui demandant de le transmettre au grand rabbin Schilli qui était membre du jury. J'y écrivais tout ce que je pensais du judaïsme. J'ai gagné le concours. Une goy avait gagné le concours ! Vous imaginez ma joie ! J'avais un sentiment très fort. Pour moi, ça me prouvait que j'étais juive. Je suis persuadée que cet épisode a plus ou moins décidé le rabbin Gugenheim.

— Vous n'aviez donc jamais perdu espoir ?

— Si. Peu avant, on avait été faire un tour du côté de la synagogue de la rue Copernic, en désespoir de cause. Mais ça ne nous paraissait pas très sérieux, alors on a vite laissé tomber.

— Comment s'est passée la conversion proprement dite ?

— Le rabbin Gugenheim nous a donc téléphoné peu avant *Pourim*[7]. On a pris rendez-vous pour les circoncisions de mon mari et de mon fils. Ça s'est fait sans problème. Peu avant *Pessah*[8], c'était cicatrisé. Puis nous sommes allés au *mikveh*[9]. Enfin nous étions juifs, enfin !...

— Tout s'est bien passé lors du rituel ?

— Pas vraiment. Avant les bénédictions, le rabbin m'a fait déclarer que c'était librement que je me trouvais là. Je comprenais ce qu'il voulait dire. Or moi, je n'étais pas là librement mais à cause de cette fameuse " main forte " et du fameux " bras étendu ". Mais j'ai préféré ne pas insister. Là, dans l'eau, je me suis dit que ce n'était pas le moment d'engager une discussion théologique ou une quelconque polémique. J'étais trop près de l'instant attendu pour le remettre à plus tard. Huit jours après la conversion, on s'est mariés religieusement rue Vauquelin devant le rabbin Gugenheim. On avait enfin notre *ketouba*[10]. Après, nous nous sommes rendus à l'Agence juive.

— Pourquoi, vous étiez aussi sionistes ?

— Avant la conversion, mon mari voulait émigrer au Canada ; après, il a voulu se rendre en Canaan... Ce fut donc Israël. J'ai d'abord fait un voyage éclair en Terre sainte, un voyage exploratoire. Quand j'ai vu Jérusalem, j'ai dit : ce sera là et pas ailleurs. Je suis rentrée à Paris et j'ai dit à mon mari : dans trois mois, on fait les valises.

— Et aujourd'hui, vous habitez donc Jérusalem...

— Depuis quatre ans. Mon mari travaille dans l'informatique, moi je suis guide. Un guide pas tout à fait comme les autres puisque je refuse de conduire les groupes de touristes pendant le chabatt. La religion que je vis aujourd'hui est plus vivante qu'à Paris. Elle est plus authentique aussi. À Paris, c'était parfois de l'exotisme, vous savez, le vin d'Israël sur la table...

— Et vos parents dans cette histoire ?

— Je n'ai jamais eu tellement de contacts avec eux. On s'écrit tous les six mois. Je sais que mon père prie encore chaque semaine pour que je retrouve la foi en Jésus. Moi, je ne regrette pas de m'être fait avoir. Je me suis trouvée. Je suis ici chez moi. Ce n'est pas simplement un cheminement, c'est une route qu'on m'a fait faire, " on " c'est-à-dire je-suis-l'Éternel-ton-Dieu-qui-t'a-fait-sortir-d'Égypte. Le désert, je sais ce que c'est.

— C'est quoi ?

— C'est quand je n'étais plus protestante mais que les juifs ne voulaient pas de moi en tant que juive. Maintenant, quand je relis le passé, je pense que j'ai toujours été juive.

— Est-ce que ce ne serait pas par hasard une reconstruction tout à fait subjective ?

— Non, pas du tout. Mon mari a eu l'impression d'être autre, moi pas. Il y a de fortes chances que ma mère soit juive.

— Pardon ?

— C'est ce qu'on a dit à mon frère en Alsace quand il est allé leur dire que je m'étais convertie et que je vivais en Israël... Dans la famille de ma mère, on a fait des recherches généalogiques et on a découvert alors des noms et des prénoms juifs. Elle était orpheline toute petite. Ma mère a une sœur qui s'est convertie de secte protestante en secte protestante. Il y a quelque chose de juif qui essaie d'émerger au travers de cette recherche. Il y a là une origine juive quelque part, très loin. J'ai eu la chance de trouver.

— Et le rabbin Gugenheim, vous l'avez revu ?

— Nous avons, après notre conversion, conservé d'excellents rapports avec lui. Nous sommes longtemps restés en contact. Il appelait ça le service après-vente... »

Pour me faire mieux comprendre, Rachel me propose de jeter un œil à sa correspondance de l'époque. J'accepte volontiers.

Nous prenons l'autobus pour nous rendre chez elle, dans un des nouveaux quartiers qui essaiment à la sortie de la ville. Elle m'avait prévenu : « C'est le plus beau coup d'œil sur Jérusalem ! » Effectivement, quel panorama ! Je comprends déjà mieux qu'elle ait dit naguère : ce sera là et nulle part ailleurs !

Dans son appartement, nous nous installons dans la cuisine. À côté, son jeune fils, coiffé de la calotte, des franges de *taleth*[11] dépassant de sa chemise, regarde un film américain à la télévision, affalé à plat ventre sur le canapé du salon.

Elle me montre sur un double des extraits

d'une lettre envoyée à une amie : « Octobre 1972... Nous sommes allés voir le rabbin Gugenheim. Il nous a dit que son devoir était de chercher à nous décourager... Et surtout il ne veut pas nous considérer comme des juifs ignorants de leur foi... »

D'un autre paquet de missives, elle choisit quelques feuilles déjà jaunies par le temps ; elle relit attentivement, un mince sourire à la commissure des lèvres, une autre lettre, du moins sa copie, adressée celle-là au rabbin Gugenheim en mars 1973 : « Je vous prie de m'excuser si je me montre méchante, mais je ne peux pas vous donner du " Hé bonjour M. Gugenheim, que vous me semblez gentil, que vous me semblez compréhensif " pour que vous nous lâchiez le fromage de la conversion alors que j'ai cette triste et pénible impression que le judaïsme dont vous nous donnez l'image a complètement oublié ce que c'était d'être étranger... »

Je parcours encore ces lignes régulières mais pleines d'amour et de passion, écrites sur un ton emporté mais toujours sincère avec, parfois, un joli brin de plume : « ... c'est tout à fait vrai que nous avons été fort influencés par nos amitiés juives. Mais je ne crois pas que ce soit ce sentiment d'amitié qui nous ait poussés. Ce qui nous a amenés chez vous, c'est la découverte du judaïsme que toutes ces amitiés nous ont appris à aimer... »

Autant de pages écrites au plus noir de la solitude, au plus clair du désert. Elle les a redécouvertes avec le mince recul du temps tandis que je les découvrais. J'avais encore quelques questions. Elle s'en doutait.

« Je vois, j'ai compris, dit-elle. J'ai oublié de

reconnaître qu'on ne supprime pas une culture, comme ça, en deux coups de cuillère à pot, sa propre culture, sous prétexte de conversion...

— Mais encore... il y a une autre question qui me turlupine. Pourquoi aussi peu de réserve ? Et croyez bien que ce n'est pas une critique, au contraire. Mais d'habitude, je dois forcer l'intimité des gens...

— C'est pour montrer à ceux qui veulent se convertir au judaïsme, à ceux qui le veulent vraiment et de tout leur être, qu'ils ne doivent pas se décourager, jamais. S'ils ont la foi, ils seront juifs, un jour ou l'autre. Malgré les difficultés et Dieu sait s'il y en a ! »

Il se fait tard. Je prends congé alors qu'il y a encore tant et tant à dire. Sur le seuil de sa maison, elle me salue chaleureusement. Elle est rayonnante. Je n'ai jamais vu un regard empli de telles lueurs d'espoir.

LE JUIF DU GRAND SÉMINAIRE DE SOISSONS

Nous avions rendez-vous, Nathan et moi, chez une amie commune qui avait servi d'intermédiaire, à Jérusalem, dans la vieille ville. Mais nous ne voulions pas rester, pas déranger. Sitôt en bas de la maison, nous nous sommes retrouvés côte à côte, étrangers l'un à l'autre, indécis et muets. Où aller ?

« Que diriez-vous d'un des cafés alentour ? proposai-je pour tuer le silence.

— Non, non, ce n'est pas possible, ce sont tous des cafés arabes. Question de *cacherout*[12]... »

Nous avons donc marché un peu au hasard, là où nous ont portés nos pas, tout en faisant enfin connaissance. Nous nous sommes retrouvés dans un jardin d'enfants. Assis sur de grosses pierres, l'un près de l'autre, nous avons échangé les premières questions et réponses très lentement, comme pour mieux nous deviner au préalable.

Une fine calotte blanche en tricot à liséré bleu, une barbe noire capricieuse, des yeux très bleus et très profonds, une voix douce mais des phrases courtes et abruptes. C'est Nathan Ben-Har, jadis Pierre Bénard. Jadis, c'était il y a quelques années pour l'état civil, mais pour lui ça fait des siècles. Il est né dans l'Oise, à une cinquantaine de kilomètres de Paris, en 1943 dans une famille catholique peu pratiquante quelque peu influencée par le patriarche, militant communiste. Pierre se destinait néanmoins à la prêtrise. Au grand séminaire de Soissons, on l'appelait « le juif ». C'était le début de l'engrenage.

« Je me souviens du catéchisme quand j'avais sept ou huit ans. Le prêtre nous enseignait toutes ces histoires de David et Goliath, toutes ces choses épiques. Dès le début donc, l'Ancien Testament m'a marqué. De toute façon, dès le début, j'étais croyant.

— Suffisamment pour penser exercer un jour un ministère dans l'Église ?

— J'étais enfant de chœur. En sixième, pendant une session au petit séminaire de Pont-Saint-Maxence, j'ai décidé que je serais prêtre quand je serais grand.

— L'Ancien Testament vous a donc beaucoup marqué dès le début...

— Oui, en cinquième, ma seconde année d'enseignement secondaire y était consacrée. Tous les ans, jusqu'en première, je remportais le prix d'instruction religieuse. J'adorais ça, ça me passionnait. C'est alors qu'on a refait l'enseignement de l'Ancien Testament mais en plus approfondi. On a eu un professeur très brillant, l'actuel vicaire général du diocèse de Beauvais. Il m'a beaucoup marqué. Mais, pour moi, il n'était alors pas question de juifs. En classe de philo, c'est moi qui faisais les cours d'instruction religieuse. Cette année-là, en participant à un camp scout pendant des vacances autour du Mont-Blanc, j'ai rencontré un jeune juif. C'était la première fois. Il s'appelait Stéphane.

— Il était pratiquant ?

— Non, mais il parlait l'hébreu. Nous avons tout de suite sympathisé. J'ai décidé alors que j'apprendrais l'hébreu pour mieux comprendre la Bible. Ça me paraissait être la moindre des choses, pour être plus près des textes.

— Vous aviez le temps ?

— Je préparais mon bac par correspondance. J'allais prendre des cours d'hébreu à Paris, rue Servandoni. C'était de l'*ivrit*[13], mais enfin... Je voulais toujours être prêtre, plus que jamais. J'ai rencontré d'autres juifs et je me suis senti tout de suite très à l'aise avec eux. Ça m'a donné envie de connaître Israël.

— Vous y êtes allé quand pour la première fois ?

— En 1966, dans un kibboutz avec mon ami Stéphane. Un an après éclatait la guerre des Six-Jours. En mettant la radio à Paris j'ai entendu un jour le *chofar*[14] sonner au mur des Lamentations.

J'avais l'impression que j'avais déjà entendu ça. Ça m'a fait un drôle d'effet. J'ai vécu cette guerre comme un engagement personnel. D'ailleurs dès le début du conflit, je m'étais inscrit comme volontaire auprès de l'ambassade d'Israël à Paris. Mais ce fut une guerre éclair et ils n'ont pas eu recours aux volontaires. L'été d'après, nous avons décidé d'aller à nouveau travailler dans un kibboutz, pour deux mois cette fois.

— Et la vocation là-dedans ?

— Je suis entré au grand séminaire de Soissons en 1968. En y arrivant, j'ai été salué par un " Shalom ! " retentissant lancé par un professeur d'écriture sainte qui effectuait chaque année des pèlerinages en Israël et qui savait que j'y allais moi aussi, assez souvent. Nous sommes devenus tout de suite très amis. C'est là, à Soissons, que mon identité juive s'est dégagée. Je me suis mis vite en position de défendre l'écriture juive des textes. J'ai insisté pour qu'on ait des cours d'hébreu, j'ai bataillé et ça a finalement été accepté par les évêques.

— C'est comme ça que vous vous êtes taillé une réputation au séminaire ?

— Pendant deux ans, j'ai eu une prise de position très juive par rapport aux textes. Je m'étais tellement singularisé qu'on m'avait surnommé " le juif ". Certains séminaristes me haïssaient. Ils sortaient de la chapelle quand j'y entrais. Nous n'avons vécu mai 68 qu'après. La province a toujours du retard sur la capitale. La conséquence principale des événements de mai a été l'éclatement des structures du grand séminaire[15]. Il a fermé. Il y a eu dispersion. Le conseil des professeurs a décidé que je devais entrer au grand séminaire de Reims pour y poursuivre mon second cycle, c'est-à-dire la partie purement théologique de mes études. Moi, je n'étais pas très d'accord. Certes, j'avais fait mon service militaire. Mais j'exigeais de passer une année complète en Israël pour mettre les choses au point, pour faire un bilan personnel, pour savoir enfin où j'en étais. Je suis donc parti en Israël, j'ai travaillé dans deux kibboutzim en un an dont Neve Shalom[16]. J'écrivais régulièrement à l'évêque pour lui faire mon rapport. À mon retour en France, je lui ai dit que je décidais de rester à Neve Shalom tout en restant chrétien.

— Mais vous n'aviez pas un métier en tête ?

— Je voulais être l'imprimeur du kibboutz. Je suis donc rentré en France pour apprendre le métier dans une imprimerie. Quand j'ai eu fini mon stage, je suis retourné en Israël pour travailler. C'est à ce moment-là que je me suis complètement identifié avec le pays mais ça restait bancal parce que je n'étais pas juif. Plus ça allait, plus ça empirait. J'étais très bien mais foncièrement incomplet. J'ai décidé alors d'étudier tout en continuant à avoir une pratique religieuse chrétienne.

— Où avez-vous étudié ?

— À Jérusalem, j'ai assisté à des cours de Manitou[17]. Au quatrième, je me suis dit : c'est ça, j'y suis ! Il donnait un enseignement qui correspondait exactement à ce que je cherchais. Les choses se sont mises en place quand je l'ai entendu parler. Il disait ce que je voulais entendre depuis quatre ans. Je me suis dit : c'est lui mon maître ! Je l'ai donc rencontré chez lui. Je lui ai raconté tout ce qui m'était arrivé. Il m'a simplement répondu : “ Tu sais ce qui te reste à faire... ” C'était exact. Je n'attendais que cette confirmation. Là, j'ai su que je serais juif.

— Où vous êtes-vous converti ?

— Je devais rentrer en France pour aller à l'école Estienne. Avant mon départ, Manitou m'avait donné une lettre pour le rabbin Ernest Gugenheim. J'ai donc constitué un dossier de processus de conversion.

— Comment vous a-t-on accueilli au consistoire ?

— Plutôt froidement. Mais je m'y attendais, on m'avait prévenu. Comme j'habitais pas loin de la rue des Rosiers, j'avais été voir le rabbin Rottenberg pour qu'il me donne des cours. Son accueil a été plus que froid. Il m'a tout de même dit : “ Je n'enseigne pas à des non-juifs mais enfin, tu peux t'asseoir au fond de la salle et écouter. ” Je ne me le suis pas fait dire deux fois. J'ai décidé alors de m'accrocher et de ne pas lâcher le morceau.

— C'est-à-dire ?

— J'ai passé le chabatt dans une famille ultra-orthodoxe à Paris, j'ai beaucoup étudié. Je suis même allé à la *Yechiva* des étudiants de Strasbourg pendant quinze jours pour apprendre. De retour à Paris, je suis allé à nouveau visiter le rabbin Gugenheim. Après examen de mon cas, j'ai été convoqué par le tribunal rabbinique qui m'a accepté. Il y a eu la circoncision... J'étais juif. Ouf ! C'était fait ! C'est alors que je me suis dit : c'est maintenant que tout commence. Je me suis dit aussi : attention, maintenant tu es responsable de tes actes. À mon retour en Israël, je suis allé à un dîner de chabatt chez Manitou. J'y ai rencontré une jeune fille, Dina, que j'ai épousée.

— Vos parents étaient au courant de toutes vos pérégrinations ?

— En partie. Sur le coup, ils ont très mal pris ma conversion. Je les avais quittés séminariste, je revenais juif, religieux et marié avec une juive. Mon père croyait que j'avais fait tout cela dans le but unique de me marier. Par intérêt ponctuel donc. Ils ont été très réticents à ma conversion, au début tout au moins. Par la suite, ils sont devenus compréhensifs. Ma mère connaît très bien, maintenant, les règles de la *cacherout* et elle sait quand changer la vaisselle. Il faut bien, c'est indispensable pour que j'aille chez eux en vacances ou pour que j'y envoie mon fils.

— Vous habitez Israël depuis combien de temps ?

— Je suis monté en juillet 1973.

— Et aujourd'hui ?

— Aujourd'hui, je suis imprimeur, juif pratiquant ainsi que ma femme, nous avons deux enfants, *barouh hachem*[18].

— La France vous manque ?

— Non, pas vraiment, pas du tout même. Quand il m'arrive d'y retourner, je me sens dépassé sur un seul point : les mots nouveaux, les nouvelles expressions dans le vent. J'ai parfois l'impression d'avoir oublié mon français.

— À quoi attribuez-vous votre conversion ?

— La grâce de Dieu, je ne sais pas ce que c'est. Pourquoi cette conversion et pourquoi moi ? Alors ça...

— En regard de votre haute culture chrétienne, ça ne vous a pas posé de problèmes ?

— Je suis un apostat, et alors ? Ça ne m'a pas posé de problèmes. Certes, il y a eu des crises, mais maintenant je suis serein. Par rapport à mon identité, je suis entièrement en accord avec moi-même et c'est bien là l'essentiel. »

Les heures passaient, il faisait froid, la nuit tombait sur les murailles de la cité. Nous avons marché silencieusement en méditant le mot de Carlo Occioli sur le chabatt dans son livre *Le Tournant de Dieu* : « Un peuple amoureux d'un jour... »

Soudain, nous étions dans Mea Shearim. Un vent mauvais balayait les rues. Des femmes en perruque, des hommes en chapeau et redingote arpentaient la rue principale d'un pas rapide. Nous convînmes que les Hassidim — hormis le groupuscule *Natorei Karta* — n'étaient ni ces sauvages ni ces fanatiques médiévaux ainsi décrits généralement avec légèreté, mais plutôt des hommes pieux, gardiens d'une certaine orthodoxie et qui avaient contre eux une allure pour le moins anachronique. Nous croisâmes des enfants à papillotes. Soudain, il changea de sujet et me dit : « Mes enfants connaissent mes origines : j'ai voulu qu'il en soit ainsi. »

UN RETOUR AUX ORIGINES, PEUT-ÊTRE...

J'avais trouvé la trace de Françoise Le Davay grâce à cette confrérie informelle qui lie les anciens de « Langues-O », jadis étudiants en arabe, hébreu... Quelques-uns m'avaient beaucoup parlé d'une de leurs anciennes condisciples qui s'était convertie au judaïsme mais ils ne savaient trop si elle venait du catholicisme ou de l'islam...

C'était déjà intéressant. Finalement, un matin à Paris, près de la place Gambetta, j'ai gravi les quatre étages d'un vieil immeuble et au bout de ces longues marches, j'ai vu une porte dont un tympan arborait fièrement une magnifique *mezouza*[19] en bois. Pas de doute, c'était bien là. Je n'avais pas cherché en vain.

C'est une jeune femme douce, timide, réservée avec un faux air de l'actrice Marie-José Nat, qui m'a ouvert. Nous nous sommes assis près de la fenêtre autour de son bureau. Une pile de copies était là en attente : elle est professeur titulaire d'hébreu au CNTE[20]. D'emblée, elle me prévint : « Vous savez... je ne suis pas sûre d'y arriver... Je n'ai pas l'habitude de raconter ça... »

Une fois qu'elle m'eut dit qu'elle était née en 1939 à Tiznit dans le Sud marocain, d'une mère musulmane et d'un père chrétien et breton, officier français au Maroc, que ses parents s'étaient séparés en 1941, que l'homme avait pris avec lui les enfants nés de ce mariage « mixte » et qu'il les avait ramenés en France pour les faire baptiser, les élever dans le christianisme, les envoyer dans une école religieuse...

« J'ai toujours été croyante. Mais à l'âge de la rébellion qu'on situe généralement aux alentours de dix-huit ans, il y a eu une rupture, pas seulement avec la religion mais avec l'éducation en bloc. Quelques années auparavant, j'avais ressenti, un jour dans une église, une espèce de malaise. Je me demandais ce que j'y faisais, mais sans plus et sans conséquence immédiate car je n'avais pas d'appui intellectuel propre. À dix-huit ans, j'ai pu me libérer de cela.

— Pourquoi ce rejet ?

— Je trouvais que le catholicisme était tout en façade. De plus, une certaine division entre la foi et la vie quotidienne me gênait infiniment. Je ne me sentais pas d'identité chrétienne mais je croyais toujours en Dieu. Seulement je ne pratiquais plus. J'avais toujours la foi mais je ne savais plus comment la vivre et l'exprimer. J'étais insatisfaite dans l'Église et les exemples que j'avais autour de moi ne m'engageaient guère à y rester. J'habitais alors à Versailles où j'allais au lycée.

— Après le bac, vous avez un peu changé de milieu...

— Effectivement, j'ai commencé des études de philosophie et d'histoire à la Sorbonne. Mais j'ai vite abandonné en cours de route car je me suis mariée et j'ai eu un enfant.

— Votre mari était catholique ?

— Catholique comme moi, c'est-à-dire qu'il avait la foi mais qu'il ne pratiquait plus. Cependant, nous avons tenu à faire baptiser notre fils et nous avons voulu qu'il aille au catéchisme jusqu'à la communion pour qu'il ait une religion, la mienne, la nôtre, malgré tout.

— En ce temps-là, le judaïsme, c'était quoi à vos yeux ?

— Je ne connaissais rien du judaïsme, sinon ce qu'on m'en avait dit au catéchisme à propos de l'Ancien Testament et des Textes. Néanmoins, je montrais un fort intérêt pour l'histoire juive. Pourtant...

— Pourtant quoi ?

— Mon père était un antisémite déclaré. Il ne perdait pas une occasion de me le faire savoir jusqu'au jour où nous avons eu des mots à ce sujet, des éclats. Depuis, il n'a plus rien dit sur les juifs en ma présence. Bien plus tard, quand il a su que j'apprenais l'hébreu, il m'a écrit un gentil mot qui commençait ainsi : " Seuls les imbéciles ne changent pas... "

— Je crois savoir que votre conversion au judaïsme s'est faite par étapes. Quelle fut la première ?

— Ce fut une rencontre avec une juive rapatriée d'Algérie, beaucoup plus jeune que moi. Nous sommes vite devenues amies. J'étais à l'époque surveillante d'internat. On était très liées. À la fin de ses études de lettres, elle s'est mise à l'hébreu. Ça m'a donné envie d'en faire autant. Je l'ai donc suivie parce qu'*a priori* ça m'intéressait, comme la philosophie m'avait intéressée.

— C'était à quelle époque ?

— C'était en 1968. J'ai commencé par l'hébreu moderne, j'ai continué par l'hébreu ancien à l'institut de la rue Servandoni. Après ma licence et après une maîtrise consacrée à « La colère de Dieu dans la Bible », j'ai passé mon agrégation d'hébreu. Ce n'était pas facile mais ces études me passionnaient. De plus, elles me permettaient de me faire un tas d'amis juifs. Et j'ai eu la chance d'obtenir un demi-poste de professeur d'hébreu à l'École alsacienne dès que j'ai eu ma licence.

— Vous ne connaissiez pas encore Israël ?

— J'y suis allée pour la première fois en juillet 1973. J'y suis restée quinze jours, à Jérusalem surtout. C'était extraordinaire. À mon retour, j'ai poursuivi mes études puis je suis retournée tous les ans en Israël. Je ne pouvais plus m'en passer. J'y ai fait un stage de deux mois et demi grâce au rabbin Sirat[21] qui avait demandé et obtenu un tel stage pour les futurs professeurs d'hébreu.

— Et votre mari, vous suivait-il dans notre engouement philosémite ?

— Pas du tout. Il trouvait au contraire tous les prétextes pour ne pas me rejoindre en vacances en Israël. Au début il considérait l'étude de l'hébreu à l'égal de la broderie ou de la poterie : comme une distraction... Puis il est devenu assez hostile. En fait, il ne comprenait pas, il ne comprenait rien à tout cela. Comme mes amis, il me disait en riant : mais pourquoi tu ne te convertis pas au judaïsme ? ! Moi, je refusais, j'opposais mes dénégations car je restais bloquée sur un rejet des religions en général depuis mon rejet du catholicisme.

— Comment expliquez-vous votre enthousiasme pour Israël ?

— Ce qui m'a plu tout de suite, là-bas, c'est le rythme du temps qui est religieux. En rentrant en France, quand venait le vendredi, ce qui me manquait le plus, c'était le chabatt. Je voulais continuer à vivre à ce rythme.

— Cela aurait pu rester à l'état de pure séduction : qu'est-ce qui vous a fait aller au-delà ?

— Il y a eu une espèce de convergence : une douce dépression qui fut plutôt une libération et la conversion qui m'est apparue comme une évidence. Je me suis posé beaucoup de questions : pourquoi j'étudiais l'hébreu, pourquoi j'aimais Israël, pourquoi je me sentais si bien avec des juifs et si étrangère chez moi ?... J'en ai parlé avec un de mes anciens professeurs. Je lui ai dit : " J'ai envie d'aller prier dans une synagogue. " Il m'a indiqué la synagogue de la rue Copernic. C'est ainsi que, fin 1976, j'ai assisté aux offices de *Roch Hachanah*[22] et de *Kippour*.

— Mais vous en saviez la signification ?

— J'avais beaucoup lu sur la pensée juive. Il faut vous dire que je suis quelqu'un qui lit énormément et pour qui l'étude est essentielle. À cette époque-là, j'enseignais l'hébreu au lycée de Pantin et au lycée de Drancy. Je me levais à six heures du matin pour avoir le temps de lire. J'ai dû avaler une centaine de bouquins en deux mois et demi, une véritable frénésie ! C'est alors qu'a commencé la difficile période de conflit avec mon mari. Il avait su que j'avais jeûné le jour de *Kippour*. Il ne comprenait vraiment plus rien. Il disait qu'il se sentait étranger chez lui, dans sa propre maison. Il avait adopté une attitude agressive à mon égard. Comme j'avais fait encadrer et mettre sous verre de beaux textes hébraïques que j'avais exposés chez nous, il voulait accrocher des crucifix sur le mur, bien qu'il ne fût pas pratiquant, uniquement par réaction.

— C'était le nœud du conflit ?

— Tout à fait. Mon dilemme était hélas simple : partir ou rester. Je ne pouvais lui expliquer mon monde, un monde que de toute façon il se refusait à comprendre. Je suis donc allée voir le rabbin Chouchena, directeur du séminaire de la rue Vauquelin. On était en juillet 1978.

— Que lui avez-vous dit ?

— Je veux devenir juive ! Tout simplement. Il a sursauté, puis il m'a écoutée. Je m'étais sentie flouée en étant chrétienne. Le judaïsme m'apparaissait incarner l'authenticité. Me convertir, c'était la solution de tous mes conflits : d'identité, intellectuels, moraux, conjugaux... Il m'a indiqué la marche à suivre. Je suis alors partie pendant quinze jours en Normandie pour faire le point, puis quinze jours en Israël où ce fut extraordinaire, comme toujours. Là-bas, je me sentais bien. Dès mon retour, j'ai rendu visite au rabbin Chouchena pour lui faire part de ma décision. Ce n'est qu'en janvier 1979 que j'ai envoyé ma lettre de demande au bureau des conversions du consistoire.

— Vous saviez que la procédure était longue ?

— On m'avait prévenue tout en me précisant que cela variait suivant les cas. J'ai envoyé ma lettre un dimanche. Le mardi, j'avais la réponse. C'était une convocation. Au consistoire, j'ai vu le rabbin Toledano qui m'a assuré que tout se ferait rapidement, le consistoire estimant que je n'avais pas vraiment besoin de formation étant donné mon niveau. J'ai tout de même pris quelques cours chez Mme Gugenheim. En mars j'étais convoquée au *Beth Din* où l'on m'a posé des questions sur la *cacherout*, etc. En septembre 1979, j'étais juive.

— Vous vous êtes intégrée à une communauté ?

— J'ai été très bien accueillie par la communauté du quartier de la place Gambetta. Aujourd'hui, j'y donne des cours d'hébreu et peut-être bientôt y donnerais-je des cours de *talmud thora*.

— Mais pendant toutes ces années où vous vous êtes cherchée, vous n'avez jamais essayé d'en savoir plus sur votre mère, d'effectuer des recherches...

— Si, bien sûr, et c'est important dans le processus de la conversion, certainement, mais à quel niveau exactement... ça, ce n'est pas vraiment de ma compétence. J'ai redécouvert son existence en 1977. Officiellement on m'avait dit qu'elle était morte quand j'avais deux ans. En vérité, j'ai appris alors qu'elle était morte quand j'avais dix-huit ans. J'ai donc redécouvert une partie de ma famille au Maroc. Mes demi-sœurs ne parlent que l'arabe et sont musulmanes : heureusement que mes demi-frères, qui ont fait des études, ont pu servir d'interprètes !

— Vous n'avez jamais éprouvé une quelconque séduction de l'islam ?

— C'est curieux parce que c'est exactement la question que m'a posée le rabbin Toledano au consistoire. En fait, je connais très peu et très mal l'islam, voilà tout.

— Tout de même, sans vouloir verser dans une psychanalyse de bazar, il y a des éléments qui pourraient donner à réfléchir : l'antisémitisme de votre père, l'existence cachée de votre mère non chrétienne...

— Je cherchais quelque chose depuis toujours. Un psychanalyste dirait probablement que je cherchais ma mère. Mais en fait je cherchais surtout l'" être " qui est à l'origine de moi-même. Non pas ma mère mais Dieu.

— En redonnant une assise à votre foi, est-ce que vous avez aussi retrouvé une pratique ?

— Quand je peux, je dis toutes les prières quotidiennes. Ou sinon je respecte tout à fait le reste. J'ai envie d'approfondir les textes et leur sens. J'ai encore beaucoup à apprendre, j'ai beaucoup à étudier. Plus j'étudie, mieux je me sens. Pas pour le vernis ni pour les diplômes, vous l'avez compris.

— Vous vous sentez tout à fait juive ?

— Plus encore. J'ai plus envie d'écrire en hébreu qu'en français. J'aime mieux. Je prépare un doctorat d'hébreu sur un écrivain israélien contemporain.

— Vous pensez un jour habiter en Israël ?

— J'y pense... C'est mon vœu le plus profond et ça répondrait à une évolution normale de ma vie. Cela dit, prof d'hébreu en Israël... il y a de la concurrence là-bas et puis mon fils qui a dix-huit ans n'a pas fini ses études, il n'est pas juif, même s'il a très envie de se convertir, même s'il respecte le chabatt...

— Vous considérez-vous comme convertie ?

— Au début, oui. Mais depuis, j'ai appris que, dans la tradition juive, il n'y a pas vraiment conversion mais retour. Quand j'ai découvert l'existence de ma mère, quand j'ai su qu'elle était berbère, que son nom de jeune fille était Moussa (la traduction arabe de Mosche), quand j'ai su que, jadis, dans le Sud marocain, de nombreux juifs s'étaient convertis à l'islam... j'ai pensé que peut-être mon itinéraire était en fait un retour. Peut-être... »

QUAND RUTH BLAU EN FAIT TROP

Il est des gens pour penser que les convertis en font toujours trop. Cela peut s'expliquer, psychologiquement, de mille manières. Dans le contexte de la conversion au judaïsme, cela pourrait se justifier par le fait qu'on leur en demande toujours plus, « pour rattraper leur retard », disent les rabbins. En tout cas, ceux qui se disent exaspérés par l'excès de zèle de certains convertis trouveront leurs idées confortées par le cas Blau.

Si d'aventure vos pas vous portent, à Jérusalem, dans le quartier ultra-orthodoxe de Mea Shearim, vous aurez l'impression de rencontrer Ruth Blau sur chaque palier de chaque « maison hongroise », comme on nomme les habitations des lieux. C'est que sa silhouette est bien caractéristique : grande et forte femme à la démarche volontaire, à la perruque dissimulée sous un foulard, comme l'exige la stricte loi juive.

Là-bas, tout le monde la connaît. Il faut dire qu'elle a tout fait pour. Catholique française convertie au judaïsme après la guerre, elle a épousé le rabbin Amram Blau, chef de file, jusqu'à sa mort en 1974, de la plus extrémiste des sectes juives orthodoxes, les *Natorei Karta* ou « gardiens de la cité ». Inutile de préciser qu'en épousant le rabbin, elle a épousé ses idées, caractérisées principalement par un antisionisme en regard duquel le chef de l'OLP (Organisation de libération de la Palestine), Yasser Arafat, apparaît comme un tendre. Elle a raconté son expérience dans un livre excessif[23] mais si puissant qu'il a fait dire à un commentateur du très sioniste et conservateur *Jerusalem Post* : « Il faut prendre les *Natorei Karta* au sérieux car ils sont juifs et ils ne sont pas près de partir. Ils représentent peut-être un embarras et un problème insoluble, mais ils ne peuvent pas et ne doivent pas être ignorés[24]. »

Elle est née entre les deux guerres à Calais dans une famille catholique mais elle a grandi à Paris, rue des Canettes, fréquentant le catéchisme tout proche de l'église Saint-Sulpice et poursuivant ses études au lycée Fénelon. Elle s'appelait alors Madeleine Ferraille et avait pour seule perspective cet arrondissement éminemment catholique qu'est le sixième.

La première remise en question de sa foi chrétienne est venue avec la Seconde Guerre mondiale. Jusqu'alors, elle n'est qu'une institutrice qui a fait des études de lettres, qui s'est mariée, qui a eu un enfant, qui a divorcé (en 1942). Des juifs, elle ne connaît alors que l'Ancien Testament. Elle s'engage activement dans la Résistance, et là prend conscience de l'antisémitisme et du sort réservé aux juifs dans les camps de déportation.

La guerre est finie mais Madeleine Ferraille est changée. Plus que jamais, elle cherche Dieu et dévore les Écritures. Elle lit *Les Grands Initiés* d'Édouard Schuré et se dit fortement impressionnée. Puis, en 1950, elle tombe un peu par hasard sur le livre de Fabre d'Olivet, *La Langue hébraïque reconstituée*, et elle est bouleversée. « Le judaïsme répondait à mon besoin de justice et d'ordre, écrit-elle, à mon désir d'une famille organisée et unie. Je trouvais dans la loi de Moïse non seulement l'unité de Dieu mais tout ce qui permet à l'être humain de réaliser en lui-même l'harmonie. »

Elle engage le processus de conversion. Et, en 1951, elle s'immerge dans le bain rituel, un bassin en ciment recouvert de mosaïque et rempli d'eau de pluie. Elle est juive. Elle va alors progressivement fréquenter tous les rabbins de la création, en France et ailleurs, jamais satisfaite par les réponses apportées à ses questions, passant d'une orthodoxie à l'autre, et toujours crescendo. Après bien des péripéties parfois rocambolesques, elle se fait accepter par le club très privé de Mea Shearim et se marie avec un leader local, le vénéré rabbin Amram Blau.

Telle est l'histoire de Ruth Blau, feu Madeleine Ferraille. Dieu seul est juge de l'authenticité de sa foi. Mais tout un chacun est libre de porter des jugements sur la manière dont elle rapporte son retournement de foi. Elle s'emploie à justifier son abjuration souvent avec la même mauvaise foi qu'elle s'ingénie à condamner, en bloc et sans faire de détail, le sionisme. De la pire des manières : en sollicitant les Textes. De même qu'elle décrit Theodor Herzl comme un individu nauséeux, ami des racistes et des antisémites de tout poil, salonnard et imposteur qui donna naissance à une lignée de drogués, d'apostats, de malades mentaux et de suicidés, et ce, en sélectionnant à dessein des morceaux choisis de son *journal*, de même, elle truque quelque peu les Écritures pour justifier sa conversion.

Un exemple édifiant. Elle oppose — en le louant — le quatrième commandement donné par Dieu à Moïse sur le mont Sinaï : « Tu honoreras ton père et ta mère », elle l'oppose à un passage de l'Évangile selon saint Luc. Voici ce qu'écrit Ruth Blau dans son livre :

« Mon cœur allait vers un Dieu qui ordonnait à son enfant : " Honore ton père et ta mère. " Mais les mots mis sur les lèvres du fondateur du christianisme me glaçaient : " Si celui qui vient vers moi ne hait pas son père et sa mère, il ne peut être mon disciple. " Ils évoquaient pour moi les spectres hideux du passé : l'épée des croisés, les moines de l'Inquisition et les bûchers de Torquemada, le “ Gott mit uns ” des soldats allemands et les fours crématoires à peine refroidis. »

Telles sont les déductions auxquelles parvient Ruth Blau en isolant une phrase de son contexte. Or, le passage concerné de l'Évangile selon saint Luc[25], si on le prend dans son entier, signifie bien autre chose. Qu'on en juge :

« De grandes foules faisaient route avec Jésus ; il se retourna et leur dit : “ Si quelqu'un vient à moi sans me préférer à son père, sa mère, sa femme, ses enfants, ses frères, ses sœurs et même à sa propre vie, il ne peut être mon disciple. Celui qui ne porte pas sa croix et ne marche pas à ma suite ne peut être mon disciple. [...] Quiconque parmi vous ne renonce pas à tout ce qui lui appartient ne peut être mon disciple[26]. ” »

En effet, il est clair que selon la lettre de l'Évangile, le croyant ne doit pas haïr ses parents en tant que personnes. « Préférer » signifie ici que le chrétien doit prendre ses distances avec des parents qui vont trop loin dans la contrainte — autorité arbitraire, éducation injuste —, pour leur « préférer » vérité et amour. Cette priorité de l'attachement à Jésus sur les considérations du monde se trouve par ailleurs confirmée dans l'Évangile selon saint Matthieu[27]. Il ne s'agit plus d'interprétation mais de simple, complète et rigoureuse lecture des Textes. Décidément Ruth Blau semble en prendre trop à son aise ! Mais pourquoi certains convertis en font-ils toujours trop alors que le retournement de foi n'a pas, en vérité, à être justifié ?

Une telle manière d'être ne peut qu'entraîner le désagréable sentiment que certains convertis se sentent tout le temps obligés de faire de la surenchère, d'en faire plus que les autres, donc d'en rajouter. Un tel trait de caractère n'est pas propre aux convertis au judaïsme. Les autres aussi.

Quel fut le plus pro-arabe des conseillers du président Ronald Reagan en matière de politique étrangère, qui n'eut de cesse de presser la Maison Blanche de tancer férocement Israël pour ses bombardements au Liban ? Robert Neumann, un juif d'origine viennoise converti au catholicisme à l'âge de dix-sept ans, un rescapé de Dachau et Buchenwald qui fut ambassadeur des États-Unis en Afghanistan et au Maroc, avant d'être un homme clé, un spécialiste du Moyen-Orient, dans l'équipe Reagan et d'être nommé en Arabie Saoudite. À Ryad, il en fit tant et tant qu'il dut démissionner de son poste d'ambassadeur et regagner Washington au bout de deux mois.

Peu importent les chiffres, nous vivons un temps où le judaïsme attire de plus en plus de postulants. Un jour, les historiens nous diront pourquoi. En attendant, il convient de se reporter aux impressions des rabbins. En période de décadence et de déchristianisation accélérées, le judaïsme offre des valeurs et une morale attrayantes pour certains. Dans cette attirance joue aussi une manière de fascination pour cette culture et ce peuple qui ont survécu, malgré tout. Mais une des raisons objectives les plus palpables reste le choc physique provoqué par la terre d'Israël.

Il serait simplificateur d'affirmer que certains se convertissent pour l'amour d'Israël tant l'interférence est grande entre judaïsme et sionisme. La confusion sentimentale entre ces deux identités est plus que probable dans bien des cas, eu égard à la position centrale occupée par Israël dans l'économie de la spiritualité juive. Non seulement le fait de vivre en Israël est considéré comme plus favorable à l'épanouissement de son propre judaïsme mais l'*alya*, la montée, le départ vers la Terre sainte est tenue pour une *mitzva*[28].

Et pourtant...

Pourtant il va être de moins en moins facile aux convertis de vivre en Israël. Avant tout, écoutons l'un d'entre eux, à l'itinéraire si caractéristique.

UN WASP BIEN TORTURÉ

Il s'appelait Charles, il s'appelle Hannan. Il suit avec passion les aléas de la politique politicienne en Israël. Et pour cause : il est parmi les premiers concernés si les projets des religieux orthodoxes passent. Il est né en Pennsylvanie en 1948 dans une famille chrétienne pratiquante. Aujourd'hui, il est juif.

Je l'ai rencontré dans les jardins d'un *oulpan*[29] de Jérusalem, alors qu'un petit soleil jouait à cache-cache avec de grands arbres frileux. Dégingandé, coiffé d'une fine calotte, il fixe longuement le sol chaque fois qu'il mûrit une réponse et il ne répond jamais à la légère. Il a réfléchi cinq minutes avant de me dire que, s'il ne souhaitait pas que son nom soit imprimé dans ces pages, c'est parce qu'il voulait ne pas être identifié en Israël comme un converti.

« J'ai fait mes études d'anglais et de linguistique aux États-Unis. C'est pendant ces années-là que j'ai décidé d'être ministre presbytérien.

J'avais toujours été très croyant, malgré certains doutes. Aussi ai-je passé trois ans dans un séminaire en Californie. L'Ancien Testament revêtait à mes yeux une grande importance. Au séminaire, j'avais dû étudier la Palestine de Jésus. C'est à travers cette étude que j'ai compris que ça n'avait pas de sens.

— Qu'est-ce qui n'avait pas de sens exactement ?

— Ce qu'on nous présentait comme étant Jésus dans l'Histoire. J'étais torturé. Comment, en tant que ministre du culte, allais-je pouvoir défendre Jésus ? Je lisais la Bible en hébreu, la théologie chrétienne me disait que Jésus était le fils de Dieu mais sa place dans la Palestine n'était pas expliquée clairement à mon goût, pas plus que le fait qu'il soit le fils de Dieu, pas plus que la Trinité... Rien, on ne nous expliquait rien profondément. Nos maîtres restaient à la surface des choses. Or, si ce n'est pas le séminaire qui doit nous permettre d'approfondir la religion !...

— Ça vous gênait beaucoup ?

— Tout à fait, mais c'est peut-être une question de tempérament. Je n'avais de cesse de remettre en question les bases mêmes de la théologie chrétienne. Pas par goût de la provocation, par esprit de contradiction ou de revendication, mais par sincérité. Je n'arrivais pas à comprendre. J'étais tellement désemparé que, pendant quelque temps, j'ai pensé quitter le séminaire pour... le socialisme ! J'étais très avide de connaissances nouvelles, je lisais tout ce qu'on pouvait trouver concernant l'Ancien Testament. J'avais un esprit critique et je demandais à mes professeurs d'expliquer

— mais sans la moindre sournoiserie de ma part — la Trinité, l'Immaculée Conception... Auprès d'eux, je m'ouvrais de mes doutes ; ils essayaient de répondre mais, dans le privé, ils étaient forcés de constater leur impuissance à me fournir les réponses que j'attendais. Moi, je doutais de plus en plus et leur impuissance me navrait. Et je n'arrivais pas à penser que peut-être des théologiens plus habiles sauraient mieux y faire, sauraient m'expliquer. Mais non... même... c'était déjà trop tard, j'avais franchi le point de non-retour.

— Comment l'avez-vous ressenti ?

— Je me suis senti soudainement très seul. Or j'avais un grand besoin de m'identifier à une communauté — c'était d'ailleurs une des raisons qui m'avaient poussé à choisir le séminaire. Et là, je me retrouvais seul.

— Toutes les communautés ne sont pas religieuses, vous auriez pu vous en sortir de mille manières...

— Je sais mais... un beau jour, j'en ai eu assez de m'empêtrer dans toutes ces contradictions... j'ai voulu en sortir, or le judaïsme me turlupinait depuis longtemps, depuis que j'avais saisi sa vérité dans l'Ancien Testament. Alors j'ai décidé de me convertir pour résoudre mes contradictions.

— Comment avez-vous fait ? Comment ça s'est passé ?

— Comme ça... J'ai pris un annuaire et hop !

— Un annuaire ?

— Oui, l'annuaire de San Francisco. Les différents cultes y sont classés avec tous les renseignements pratiques. J'ai noté le numéro du premier rabbin de la liste, je l'ai appelé et lui ai dit : voilà ce qui m'arrive, voilà ce que je veux. Il m'a demandé de passer le voir, ce que je me suis empressé de faire. Nous avons longuement parlé. Il a vite compris que j'avais un certain bagage théologique avec moi et que je n'étais pas un illuminé. Il m'a dit alors : " Ça vous pose un problème d'être chrétien mais vous devez savoir que ce n'est pas facile non plus d'être juif... C'est un long processus. "

— Où voulait-il en venir à votre avis ?

— Il semblait être sûr de ma foi. Je devais lui prouver ma sincérité. Après plusieurs entrevues, ça s'est dégelé. Il ne voulait pas que je me précipite. Il avait évalué ma fougue, il voulait calmer mon enthousiasme froid. Il voulait être sûr qu'après la conversion, je serais un juif pratiquant.

— C'était quelle sorte de rabbin ?

— Un rabbin conservateur, plus sérieux qu'un rabbin réformé mais moins dur qu'un rabbin orthodoxe. Le juste milieu... Il était juste assez inflexible.

— Sa personnalité a joué un grand rôle dans votre conversion ?

— Elle a été déterminante. Nous sommes d'ailleurs devenus amis par la suite. J'ai étudié avec lui pendant neuf mois. Ça, c'est le côté officiel, mais en fait, dans ma tête, ça a pris plus de temps.

— Pourquoi ?

— Vous savez, j'étais quand même un WASP[30] au départ et on ne s'identifie pas aisément, d'un coup de baguette magique, à des juifs allemands ou des rescapés de l'holocauste. Il y faut le temps, surtout pour un WASP. Il m'a fallu des années pour me faire à l'idée que mon peuple, désormais, c'étaient eux, ces gens-là venus d'un peu partout. Ce qui m'a aidé un peu au départ, c'est le fait que j'ai été considéré et désigné comme juif par les étudiants car j'enseignais l'hébreu classique à l'université de Berkeley. Évidemment, ils ne pouvaient imaginer qu'un chrétien connaisse l'hébreu !

— Votre entourage proche vous a-t-il lui aussi rapidement tenu pour un juif ?

— Ma mère, mes frères et sœurs ont accepté ma conversion. Ce sont des individus très libéraux. Quant aux amis... Dans un premier temps, ils ne m'ont pas pris au sérieux pensant que c'était une excentricité de ma part, puis dans un second temps, ils m'ont fermé leur porte. J'ai donc dû changer de cercle d'amis pour ne fréquenter que des juifs. Ce n'était pas plus mal, finalement. Ça m'arrangeait. J'étais pratiquant — je le suis toujours —, je respectais le chabatt... Et puis, l'été dernier, je suis monté en Israël.

— Pourquoi ?

— En grande partie par sionisme mais aussi parce que je ne voulais plus être considéré comme un juif-converti-américain. Je voulais être juif tout court, je voulais vivre pleinement mon identité. Ici en Israël, je n'ai pas à justifier ma conversion. J'ai changé mon nom, j'ai tu mon passé, d'ailleurs personne ne me questionne là-dessus, à part vous.

— Que comptez-vous faire ici ?

— Je pense que je vais enseigner l'histoire. J'ai un Ph.D[31].

— Vous êtes plus à l'aise aujourd'hui dans votre nouvelle religion ?

— Je n'ai aucun doute sur ma foi. Bien sûr, j'ai des désaccords. Il y a des choses dans le judaïsme orthodoxe que j'ai du mal à admettre : la séparation des hommes et des femmes à la synagogue, le rôle des femmes, le fanatisme religieux de certaines sectes de Mea Shearim...

— De votre passé, vous n'avez pas fait table rase ?

— Nullement. Ce que j'ai appris au séminaire me sert encore beaucoup. Cela dit, je n'ai plus de rapport avec le christianisme. Ça ne m'intéresse pas. Je ne réagis plus en chrétien. Maintenant je suis juif, tout simplement.

— Vous n'avez aucun regret ?

— Avec le recul, je me dis que si j'étais tombé sur des pasteurs qui m'avaient expliqué le mystère de Jésus, je serais peut-être resté dans ma religion. Mais je sais bien aujourd'hui que, théologiquement, ça n'aurait pas été possible. Ils continuent de croire à la belle légende de la Vierge immaculée ! Moi je ne leur demandais pas des faits mais de la raison et du raisonnement. Ils n'ont rien su me donner de tout cela.

— Vous n'êtes jamais retourné dans une église ?

— Maintenant seulement, je pourrais remettre les pieds dans une église. Pas avant. Parce que je me sens mieux dans ma peau, parce que je suis juif et que ce ne serait plus un défi que de retourner dans une église. »

Qui est juif ? La question est aussi vieille que le judaïsme, la controverse politique aussi âgée que l'État juif. Car, dans la perspective sioniste comme on l'a vu plus haut, elle a pris une tout autre dimension, la citoyenneté israélienne étant accordée *de facto* à tout individu né de mère juive, selon le principe d'une loi dite « loi du retour ».

Et les convertis alors ? Longtemps il y eut sur ce sujet un flou bien peu artistique et tout à fait politique. Jusqu'en juin 1970, date à laquelle le grand rabbinat de Jérusalem décida que seules les conversions au judaïsme faites selon la stricte loi juive ou *halacha* seraient valides. Cette décision avait été arrêtée à l'issue d'une réunion extraordinaire du conseil rabbinique qui demanda alors au gouvernement de promulguer une nouvelle législation allant dans ce sens. Le conseil allait même plus loin puisque, d'avance, il châtiait les contrevenants, précisant que toute autorité qui enregistrait comme juive une personne convertie selon un mode non orthodoxe, serait considérée comme ayant transgressé la loi religieuse.

La mesure fit grand bruit. Non pas tant en Israël qu'aux États-Unis. Il faut savoir que, là-bas, le judaïsme, fort nombreux, se structure à trois niveaux : il y a les réformés, les conservateurs et les orthodoxes. Seuls ces derniers furent satisfaits. Les autres, qui ont la conversion plutôt facile, exprimèrent pour le moins leur courroux. Et comme ils sont majoritaires, il se firent entendre. Mais Jérusalem restait inflexible.

Depuis, le grand rabbinat de Jérusalem n'a eu de cesse de demander que la loi du retour soit amendée. En vain. L'arrivée au pouvoir de Menahem Begin, contrairement à certaines présomptions, n'a pas fait avancer les choses. Juif fervent et croyant certes, il savait surtout, en bon politique, jusqu'où ne pas aller trop loin avec les cousins d'Amérique. La communauté juive des États-Unis est trop importante, trop influente, trop riche pour qu'on la chagrine avec cette histoire-là. Si les convertis venus d'Amérique ne peuvent pas bénéficier de la loi du retour, où va-t-on !

Il en fut ainsi jusqu'en 1981. C'est alors, en juin, qu'ont eu lieu les élections israéliennes, qui ont permis à Begin de conserver le pouvoir d'extrême justesse. Grâce à qui ? Grâce à l'appui des religieux, un appui monnayé comme il se doit. En effet, pour former son nouveau gouvernement, Menahem Begin avait besoin d'y faire participer des ministres des partis religieux. Or, dès que cette position de force fut connue, les deux grands rabbins d'Israël, l'askhénaze Schlomo Goren et le séfarade Ovadia Yossef leur ont interdit de siéger dans un gouvernement qui ne promulguerait pas de loi stipulant que « n'est juif que celui qui est né de mère juive ou qui est converti selon la *halacha* ».

Pour la première fois depuis une dizaine d'années, les religieux approchaient du but. Mais malgré leur intense pression, Begin a d'abord résisté. Il a commencé par dénoncer leur intransigeance, menaçant de recourir à de nouvelles élections s'ils n'y mettaient pas un frein. C'est que le Likoud, parti de Begin, a le sens des réalités politiques même s'il a aussi le sens de la *halacha*. En clair, il juge catastrophique pour Israël de se couper du noyau le plus important de la diaspora sous prétexte que ses rabbins ne sont généralement pas très exigeants vis-à-vis des convertis. Sur toutes les autres conditions posées par les religieux pour leur entrée au gouvernement, le Likoud a pu discuter : mise en place d'une législation visant à étendre le respect de la *cacherout* à l'ensemble du territoire ; interdiction faite aux avions de la compagnie nationale *El Al* de voler pendant le chabatt ; interdiction des prosélytismes catholique et protestant (missions) ; extension du pouvoir des tribunaux rabbiniques... Mais sur l'amendement à la loi du retour, il a dû tiquer, même si c'est un projet qu'il a étudié et soutenu depuis son accession à la tête de l'État en 1977.

En tout cas, susceptibilité américaine ou pas, le conseil des sages de la Thora (instance suprême du parti religieux Agoudath Israël) n'en démord pas : la majorité des conversions pratiquées aux États-Unis ne sont pas conformes. Ces convertis-là peuvent émigrer en Israël s'ils le souhaitent, mais ils doivent demander une naturalisation comme tout étranger et ne pas espérer bénéficier de la loi du retour qui accorde aux « vrais » juifs la citoyenneté israélienne immédiatement. Pour le rabbin Schindler, président de l'Union des communautés juives américaines, il s'agit là d'une intolérable remise en question des deux tiers du judaïsme américain, largement dominé par les courants réformé et conservateur[32].

C'est un dialogue de sourds et un débat fondamental. Les courants réformiste et conservateur du judaïsme américain en ont fait une affaire personnelle tant ce projet leur apparaît comme une gifle. Il n'y a pas à leurs yeux de manière plus sournoise de nier leur autorité. En cela, l'affaire est une manière de symbole d'autant qu'elle concerne la majeure partie du judaïsme américain. En tout cas les juifs américains ont été touchés au cœur puisqu'ils n'ont pas hésité à mettre dans la balance un principe sacro-saint : le soutien inconditionnel à Israël. Ceux qui savent la signification du mot « lobby » et qui sont un peu au fait des réalités politiques américaines mesurent exactement l'importance de l'enjeu.

Il y a quelques années, ce qu'on peut appeler à bon droit l'« affaire Shoshana Miller » déchaîna les passions en Israël. Shoshana, juive américaine convertie et chantre de sa synagogue, décide de « monter » en Israël. Le problème est qu'elle a été convertie par un rabbin réformiste. Au ministère de l'Intérieur, où règne le très orthodoxe rabbin Ytzhak Peretz, on refuse de tenir Shoshana pour juive, donc israélienne. Shoshana Miller est donc plus ou moins invitée à se convertir à nouveau à la manière orthodoxe. Shoshana refuse de plier et saisit la Cour suprême. Le ministre de l'Intérieur passe alors à la contre-attaque en décrétant que la mention « converti » serait apposée sur la carte d'identité de chaque « nouveau » juif.

Tollé en Israël ! Le pays est sensible aux symboles. Le grand rabbinat vient même à la rescousse de Shoshana en indiquant qu'il est interdit de rappeler son origine à son conjoint. Le décret a été annulé et Shoshana a obtenu gain de cause[33].

Malgré cet appui pour le moins inhabituel, le grand rabbinat de Jérusalem a pour mission la défense de la *halacha*, son respect, sa perpétuation. On n'en sortira pas. Pour mesurer l'ampleur du fossé qui sépare ces orthodoxes-là des réformistes et conservateurs d'outre-Atlantique, il n'est que de savoir que pour les premiers, une conversion est réussie dans le temps si le converti organise sa vie selon la loi juive (prières quotidiennes, chabatt, fêtes...), tandis que pour les autres une conversion est un succès si le converti s'identifie durablement à la communauté juive, s'il se sent juif et s'il élève ses enfants dans cet esprit.

Autant dire que c'est le jour et la nuit. C'est pourtant, à l'origine, la même identité...

III

Ils ont choisi l'islam

Tabous, pas morts ! Même si d'énormes progrès ont été accomplis ces dernières décennies, il n'est pas toujours aisé de parler des conversions à l'islam, en France. Pareille évocation engendre parfois un voile de pudeur, une réaction de rejet, ou pis encore, une feinte indifférence. Les raisons sont multiples.

Si, aujourd'hui encore en Occident, il n'est pas bien vu de se convertir à l'islam, c'est que l'on associe automatiquement les Arabes aux musulmans et la cote des premiers — le pétrolier comme l'immigré — n'est pas vraiment élevée dans l'inconscient populaire. Soit « ils » nous prennent notre argent, soit « ils » nous prennent notre travail. Ce refus de reconnaître l'islam comme un phénomène religieux pour le considérer d'abord comme un phénomène ethnique n'est pas nouveau. Quand l'Empire ottoman tenait le haut du pavé, de celui qui abandonnait le christianisme pour se convertir à l'islam, on disait : « Il s'est fait Turc ! » et ce, quel que fût le lieu de sa conversion.

Ceci expliquant cela, ces convertis sont très

discrets. Quand ils parlent à cœur ouvert, c'est — outre leur tempérament propre — qu'ils se sont affranchis d'une certaine médisance populaire. Nombre d'entre eux, quand ils sont jeunes, choisissent certains métiers à horaires spéciaux, tels que veilleur de nuit ou postier de nuit, afin de mieux consacrer le reste de leur temps à l'étude de l'arabe, des textes et à la prière. Souvent, ils se sentent isolés, ils n'ont guère de contacts. Leur islam n'est pas seulement clandestin, il est intérieur. Mais bien vite, ils trouvent ce qu'ils sont généralement venus chercher dans l'islam, une communauté fraternelle, la *umma* au sens plein du terme. Et puis il y a les autres, les convertis du grand large, ceux qui ont rencontré l'islam d'abord et surtout ailleurs que dans les livres, c'est-à-dire chez lui, dans ses terres, quelque part dans le monde.

La sincérité et l'authenticité des nouvelles fois dans le message du prophète Mahomet sont d'autant plus difficilement décelables que, ces dernières années, s'est produite une espèce de contrecoup à des décennies d'intolérance et de néo-colonialisme mal enfoui. Depuis 1973, l'air du temps sensibilise de plus en plus de gens à l'islam et au monde arabe. Pourquoi 1973 ? Peut-être est-ce dû au coup de tonnerre de la guerre d'Octobre et de ses répercussions morales et économiques, une guerre qui a servi de détonateur dans bien des perspectives. Un indice de ce phénomène bien trop récent pour être analysé dans une perspective un tant soit peu historienne : les centres, universitaires ou pas, qui dispensent des cours de langue arabe ont été submergés de demandes à la fin de l'année 1973 et, par la suite, cette demande qui comblait soudainement toutes les espérances de l'offre ne s'est guère démentie. Tout au plus, les déceptions bien vite engendrées par les premiers pas de la « révolution islamique » de l'imam Khomeiny ont dissipé quelques illusions et tempéré certains enthousiasmes, bien que cette « expérience » se fût produite en terre persanne et non arabe, en Islam chiite et non sunnite.

Les chiffres des conversions, communiqués par toutes les Églises de toutes confessions étant généralement aussi peu crédibles que les chiffres de tirage des livres communiqués par les éditeurs, nous n'en tiendrons pas compte. Tout au plus relèverons-nous cette indication fournie par un responsable musulman à Paris selon laquelle on remarque, parmi ces nouveaux musulmans, qu'il y a plus de femmes que d'hommes, plus d'étudiants et d'intellectuels que d'employés et d'ouvriers. Sur le plan de la pure procédure, se convertir à l'islam est la simplicité même. En comparaison, la conversion au christianisme apparaît comme un parcours du combattant et celle au judaïsme semble une prouesse miraculeuse.

Pour devenir musulman, il faut et il suffit de répéter, assisté de deux témoins musulmans, la profession de foi ou *chaada* : « J'atteste qu'il n'y a de divinité que Dieu (Allah) et que Muhammad est son messager (ou son envoyé) et son prophète. »

Voilà, c'est tout, ça peut se faire n'importe où, et c'est gratuit. Sauf pour la conscience. Les témoins se portent garants de la sincérité de l'impétrant, faisant en sorte qu'il n'ait pas été intéressé à cette conversion pour de basses raisons, assurant qu'il ne s'agit pas d'un journaliste catholique qui veut faire un reportage à La Mecque ou d'un technicien qui veut travailler en Arabie.

Pour obtenir un certificat de conversion, il faut s'adresser à la mosquée de Paris ou demander des formulaires à l'ambassade d'Arabie Saoudite. Ces conversions simplifiées sont généralement le fait de candidats déjà informés, il faut le spécifier. Ce sont pour la plupart des gens qui ont déjà lu et appris l'essentiel. Les connaissances de base sur les us et coutumes arabo-islamiques font la différence entre un opportuniste et un croyant sincère. Les autres, ceux qui ne savent vraiment pas par quel bout prendre l'islam mais qui veulent l'embrasser, ceux-là s'adressent généralement à une mosquée, très souvent la mosquée du 5e arrondissement dite mosquée de Paris[1], dont le recteur est le Dr Dalil Boubakeur. Là, la demande de conversion est suivie d'un entretien avec un responsable local visant à déterminer pourquoi le candidat quitte sa confession pour rejoindre l'islam et pour jauger au mieux sa sincérité. Si l'entretien est positif — et il l'est généralement — on fait étudier au candidat quelques textes de base sur la religion, la tradition... Après quoi il fait acte d'option définitive et passe devant une commission de sages du culte musulman composée du mufti, de l'imam et du recteur de l'Institut. Enfin, il récite sa profession de foi en présence de deux témoins, se prosterne dans la salle de prière à deux reprises et se voit remettre un « certificat de conversion officielle à l'islam » signé des témoins instrumentaires et de l'iman (cf. Documents, p. 295).

C'est ainsi qu'on devient musulman à la mosquée de Paris, selon une procédure qui m'a été rapportée par un de ses hauts responsables. Mais dans la liste des préliminaires et principes requis, envoyée au candidat qui en fait la demande, il est bien spécifié : « Si vous pensez adhérer à l'idéal spirituel de l'islam pour des questions matérielles, pour un mariage, un voyage ou par simple curiosité, votre intégration dans la Communauté du Prophète (Dieu le bénisse et le sauve) est hors de question. En tout état de cause, ne comptez pas sur la mosquée de Paris pour agréer votre conversion. L'islam est un horizon de vérité et de lumière pour les âmes résolues, non pour les facétieux, les amateurs, les fantaisistes, les débauchés et les plaisantins. »

Et, pour que les choses soient parfaitement claires, il est écrit ensuite en gros caractères : « La conversion à l'islam n'est absolument pas un sacrement. Nul ne saurait prétendre gérer la grâce divine ni sanctifier ses créatures. »

Ainsi qu'elle le dit elle-même, la commission cultuelle n'agit qu'en qualité de témoin, elle ne fait que prendre acte d'une conversion, elle ne fait que régulariser un état d'âme — *stricto sensu* — par un certificat d'islamisation. Mais jamais elle ne s'arroge une prérogative d'ordre dogmatique pour garantir l'authenticité d'une conversion. Dieu seul juge et il ne délivre aucun papier.

En fait, le plus difficile n'est peut-être pas de distinguer les conversions d'opportunité des autres. Avec un peu d'expérience, leur sincérité se jauge assez rapidement. En revanche il est plus délicat d'évaluer dans cette foi la part du subjectif. Dans les confessions chrétiennes, l'orthodoxie est certainement celle qui est la plus attrayante sur le pur plan de la séduction. Certains, plus agnostiques, appelleront cela du folklore. Le terme est *ad libitum* mais pas la réalité qu'il recouvre. L'encens, la liturgie, la musique, la langue peuvent exercer une indéniable attirance. C'est moins vrai dans le catholicisme français qui est moins mystérieux car plus connu, plus répandu, plus proche ou dans le protestantisme qui est aussi, par essence, plus sobre. Ils n'ont pas cette part de mystère que contiennent les orthodoxies grecque et russe. L'effet de séduction peut aussi jouer dans le judaïsme mais plus dans le contexte d'une pratique familiale — la chaleur du chabatt — que synagogale.

Il en va différemment de l'islam. Pour nombre d'esprits, il est synonyme de monde arabe, donc d'un certain exotisme et d'une fascination des mœurs. La silhouette du minaret à l'ombre des palmiers, les incantations du muezzin dans l'aube naissante, l'atmosphère de recueillement intégral qui règne dans la mosquée sont des éléments de séduction. Il semble que le charme opère là plus qu'ailleurs. C'est affaire de sensibilité, assurément.

Gardons-nous donc de négliger le facteur séduction. Il a son importance même s'il est difficile à cerner, en islam plus qu'ailleurs. Il participe au processus de conversion, mais jusqu'à quel niveau, c'est là la question. Contentons-nous de réponses individuelles.

Anthony Burgess par exemple. Ce prolifique écrivain anglais, rendu célèbre par l'adaptation que le cinéma fit de son *Orange mécanique*, a failli se convertir à l'islam. Il s'est attrapé de justesse pour retrouver le bon vieux catholicisme de saint Thomas d'Aquin. Ayant vécu plusieurs années à Bornéo (Malaisie) parmi des musulmans, il avait été séduit par leur religion, sa simplicité, sa rigueur, son paternalisme même. Ses amis avaient choisi son nom musulman : Yahya ben Abdullah. Tout était prêt. Burgess n'est finalement pas allé jusqu'au bout. Car, au seuil de cette nouvelle foi, il s'est rendu compte, selon ses propres termes, que le Coran était un livre stupide, mal écrit, vide, contradictoire, illogique, invertébré, dangereux même. Pour Burgess, c'est un livre qui prétend se substituer à la raison et c'est pourquoi il met sur le même plan le Coran, *Le Capital* et *Mein Kampf*. Bigre ! Quelle violence ! C'est que la déception du quasi-converti fut grande. Il avait été séduit par l'islam d'Averroès, le grand médecin et philosophe arabe du XIIe siècle et par l'islam des *Mille et Une Nuits* : « La fascination de ces nuits arabes enchanteresses et de leur foi m'avait beaucoup attiré, mais j'avais oublié tout le sang que l'on pouvait trouver dans les contes de Schéhérazade[2]. »

Burgess, revenu au catholicisme de ses pères, nourrit depuis un inépuisable ressentiment à l'endroit de l'islam. Là où il trouvait une certaine séduction, il ne voit plus que violence et obscurantisme. Il veut préparer l'Occident à l'inévitable confrontation, le probable affrontement avec l'Islam. Excessif, Burgess ? En tout cas, à l'époque, l'imam Khomeiny lui a prêté main-forte.

Pour l'enquêteur qui ne quitte pas l'Hexagone, les raisons qui poussent des chrétiens à entrer en islam pourront paraître bien monotones. Mais dès qu'on s'éloigne de la France, c'est autre chose et c'est normal, question de contexte, d'histoire, de mentalité. N'allons pas chercher trop loin, l'Angleterre par exemple.

La conversion de fidèles de l'Église anglicane à l'islam y est un phénomène au sens plein du terme, comme les embouteillages de Rolls Royce devant la banque du Koweit. Dans une épaisse brochure de propagande qui date un peu mais qui circule encore[3], des Anglais célèbres disent pourquoi ils ont choisi l'islam. On trouve là des pairs du Royaume, des barons, des lords, des majors de l'armée...

Un point commun : ils rejettent pour la plupart l'enseignement théologique d'une Église d'Angleterre qu'ils ne comprennent guère et c'est à partir de cette réaction de rejet qu'ils ont, souvent au hasard d'une lecture du Coran ou d'un livre de commentaires coraniques, d'un voyage dans un pays musulman à la faveur de vacances ou d'une expédition coloniale, découvert le message délivré par Allah à Mahomet. On objectera que nombre de ces révélations se sont produites dans les années cinquante et même avant. Ce serait méconnaître l'actualité de la conversion en Grande-Bretagne qui est bien plus dense qu'auparavant. Pas seulement à Londres mais dans de moindres métropoles du Yorkshire ou du Lancashire par exemple, comme Manchester, Bradford, Leeds ; on y voit, ici et là, apparaître des communautés de jeunes Anglais pas comme les autres qui se réunissent en groupes non pour fumer une herbe frelatée mais pour prier et commenter le Coran ou échanger des recettes de cuisine dans les limites fixées par la loi musulmane.

Cela passe dans les mœurs et n'étonne plus grand monde. Mais c'est dans la capitale, incontestablement, que l'on compte le plus grand nombre de convertis. C'est dans l'East End, l'ancien quartier juif, que l'on trouve, à l'abri d'une vieille bâtisse, le quartier général d'un petit groupe de convertis britanniques pas comme les autres. Ils sont une centaine en tout, sous la houlette d'un ancien homme d'affaires britannique Sheikh Abdullah Sirr-dan-el-Jamal. Ils sont ouvriers, économistes, postiers, routiers, comptables... Surtout, ils sont soufis. Ils ne se sont pas uniquement convertis à l'islam. Régulièrement, ils se produisent en public dans un spectacle de derviches tourneurs qui remporte un franc succès à South Kensington.

Loin de ce mysticisme mais toujours à Londres, on trouve des convertis plus « conformes » en particulier à la mosquée de Regent's Park, dans le quartier huppé de St John's Wood. On y voit un ancien courtier d'assurances devenu libraire spécialiste en littérature islamique. On y trouve l'expert en manuscrits persans et turcs de cette vénérable institution qu'est la « British Library ». On y trouve surtout un certain Yusuf Islam plus connu naguère sous le nom de Cat Stevens, grand, fin, une belle tête romantique et barbue.

Il était dans les années 70 un des principaux chanteurs et poètes de la jeune génération. Tous ses disques étaient des best-sellers. Il était en passe de devenir un Bob Dylan anglais. Soudainement, sur la route de la gloire, il abandonna tout. C'était en 1976. Il s'en est ouvert à un reporter de l'*Observer*[4] : « C'est mon frère qui m'a fait connaître le Coran. À cette époque de ma vie, j'avais l'impression d'avoir tout fait, d'avoir réussi dans tout : l'argent, les femmes, la renommée. Mais j'étais comme le singe qui saute d'arbre en arbre : jamais satisfait. La lecture du Coran a été pour moi la confirmation d'un tas de choses que j'avais en moi depuis longtemps. Ça m'a fait prendre conscience de mon identité véritable. »

Yusuf Islam a maintenant rompu toutes relations avec son « alter ego ». Cat Stevens, c'est de l'histoire ancienne pour lui. Il s'est marié en 1979, dans les règles de l'art, avec une jeune Turque musulmane qu'il avait rencontrée à la mosquée et avec qui il n'avait pas échangé un mot avant qu'elle lui soit présentée par les parents. Depuis, Yusuf est le père de cinq enfants. Aujourd'hui, il se consacre essentiellement aux affaires de la communauté musulmane à Londres.

Yusuf Islam y est un membre particulièrement actif puisque sa fondation — la « Fondation Yusuf Islam pour l'éducation islamique » —, alimentée par des royalties de ses indémodables succès, a servi à financer les campagnes lancées contre le « diabolique » Salman Rushdie[5]. Bien mieux, il a été jusqu'à déclarer, en toute sérénité, que la sentence de mort prononcée par les imams de Téhéran devait s'appliquer à l'auteur des *Versets sataniques* s'il n'acceptait pas le repentir[6]. Yusuf Islam a ses habitudes. On le trouve presque toujours à la mosquée de Regent's Park ou dans les bureaux de l'Institut musulman qui en dépend, souvent flanqué d'un certain Yahia Richard Thomson qui connut, lui aussi, naguère son heure de gloire comme guitariste, dans le groupe rock « Fairport Convention », vers la fin des années 60.

Certains de ses anciens confrères disaient parfois de Cat Stevens : « Ça lui passera, attendez quelques années... » Plus de dix ans ont passé et la foi de Yusuf Islam est inébranlable. Les derniers incrédules le savent depuis un certain dimanche de l'été 1981.

Ce jour-là, Cat Stevens, profitant une dernière fois de sa renommée, vendait aux enchères tout son matériel : instruments, partitions..., et, après la vente, un certain Yusuf Islam annonçait que le produit de la vente serait versé aux œuvres de la communauté musulmane. L'ancienne star n'est pas irrévocablement perdue pour la chanson puisque Yusuf Islam a écrit deux textes qui dorment dans ses tiroirs : *A comme Allah* et *Afghanistan : Terre d'Islam*.

Il y a gros à parier que ces titres ne figureront pas sur le « best of » concocté par Island, sa maison de disques.

UNE INTIME CONVICTION TRÈS ANCIENNE

Revenons en France. Il est un cas que l'on cite souvent, le cas Monteil. D'abord parce que les islamologues — universitaires, écrivains... — qui se convertissent à l'islam ne sont pas légion. Ensuite parce que les motifs qui ont poussé Vincent Monteil à devenir musulman sont intéressants dans leur spécificité.

C'est une conversion étonnamment tardive pour un homme qui se passionne pour l'islam depuis si longtemps. Elle a pris effet un vendredi de juillet 1977 à la mosquée des sables de Nouakchott (Mauritanie). Ce n'était en fait que la légalisation d'une intime conviction très ancienne, comme il le dit lui-même. Il s'en est expliqué dans un article intitulé « Pourquoi et comment je suis devenu musulman[7] ».

Je l'avais contacté pour que, au cours d'un entretien approfondi, nous puissions aller plus loin sur sa conversion. Il avait tout d'abord refusé, puis accepté, puis refusé, puis accepté, arguant de travaux urgents... Bref, c'était non. Pourquoi ? « Je crains de ne pouvoir m'exprimer tout à fait librement, par les temps qui courent... ça peut être dangereux de dire ce qu'on pense... » Qu'est-ce à dire ? Tout simplement que, depuis des lustres, M. Monteil a une vieille marotte : la dénonciation du sionisme et de son corollaire, le lobby juif. Il n'est guère de conférence, d'article, d'interview, de livre où il n'arrive à placer quelques petites phrases du genre haineux à l'endroit des juifs : le sioniste, l'impérialiste, le financier... À tel point que ça en devient gênant, même pour ses amis et confrères qui, s'ils respectent sa science et son érudition, aimeraient bien qu'il mette une sourdine à ses excès.

Voilà pourquoi je n'ai pu rencontrer M. Monteil. Je l'avais appelé peu après l'attentat de la rue Copernic ; certains groupuscules extrémistes juifs promettaient des représailles aveugles et Vincent Monteil a toujours eu le courage de ses opinions.

Il est né dans la religion catholique mais ses « mystères » lui semblaient opaques, ses sacrements inutiles, et il ne voyait pas non plus la nécessité d'un clergé intermédiaire entre la créature et le créateur. Très tôt, en 1934, lorsqu'il était étudiant, il a lu le Coran et s'en est imprégné. Sur un plan plus pratique aussi, l'islam l'a séduit. « Bref, je me sens plus à l'aise dans l'islam qui ne sépare pas l'âme du corps et qui fait sa place à l'esprit comme à la chair, écrit-il. D'autre part, aucune autre religion ne met, à ce point, l'accent sur le respect de l'hôte et la parole donnée — indispensables compléments au devoir de juste guerre (dans le cas de la Palestine par exemple). »

Nous y voilà. Vincent Monteil a évidemment un sens aigu de la *umma*, peut-être plus que d'autres encore, car ses voyages nombreux dans toutes les terres d'islam lui ont fait apprécier le sens plein de la notion de communauté, une fraternité qui fait fi des frontières. Hormis la langue et la culture qu'il a pleinement intégrées — tout en restant absolument français et gaulliste, il y tient — il se sent avant tout solidaire. De qui ? Des déshérités, des Palestiniens, des immigrés. « Face aux deux impérialismes antagonistes et complémentaires, écrit-il, au néocolonialisme prédateur, à la permanente agression sioniste, être musulman, pour moi, c'est choisir mon camp. »

Voilà qui a au moins le mérite de la clarté. Ce qui reste plus obscur, c'est ce laps de temps si long qui sépare la découverte du Coran de la conversion. Faut-il vraiment quarante ans pour réaliser « une intime conviction très ancienne » ?

LA RÉVÉLATION DU DÉSERT

Un converti à l'islam ? Mais Béjart voyons ! Le nom du chorégraphe est tellement cité par les gens qui se piquent de connaître la question, qu'on se demande parfois s'il fut jamais le seul catholique à épouser l'islam. Cela est d'autant plus notable que Maurice Béjart a toujours été discret sur son itinéraire spirituel. Si l'expression « aventure intérieure » a un sens, c'est bien dans son cas.

Il faut longtemps chercher, dans les interviews qu'il a accordées à propos de ses ballets ou dans ses livres, pour espérer trouver, au hasard d'une introspection improvisée, quelques éléments qui en disent plus sur sa conversion. Car la route est longue qui va de Marseille où est né Maurice Berger en 1927 dans une famille chrétienne, au désert iranien où il dit avoir eu la Révélation de la vérité de l'islam. Entre ce point de départ et ce point de non-retour, il y a eu la fréquentation de l'école du Sacré-Cœur jusqu'au baccalauréat, un goût marqué pour un pays de soleil nommé Sénégal et pour certaine mosquée dakaroise, une admiration sans bornes pour une immense chanteuse, Oum Kalsoum...

Il y a eu surtout deux étapes : le huitième festival de Chiraz dans les ruines de Persépolis en 1973 qui marque sa rencontre avec le désert iranien, sa lumière et sa religion dominante, l'islam chiite ; puis, comme pour mieux supporter ce coup de foudre qui est plutôt un coup de soleil sur l'âme, il y a eu la lecture pénétrante de la traduction française des *Odes mystiques* de Rumi. C'est la conjonction de ces deux révélations qui a, semble-t-il, décidé cet artiste, ce visuel, à se tourner vers l'islam chiite.

« Question de pointure, a-t-il expliqué à différents interviewers. Si on les étudie bien, toutes les religions se valent. En choisir une permet toutefois de trouver une ligne directrice, comme la barre pour les danseurs. » « La première fois que j'ai vu le désert, ça m'a rendu fou : c'est la chose la plus totale, la plus importante. Il n'y a que dans le Coran que je retrouve cette voix du désert, ce souffle du désert, cet absolu. »

Et quand on lui demande d'une manière abrupte pourquoi il a choisi l'islam chiite, le chorégraphe du *Sacre du Printemps*, du *Boléro*, de la *Messe pour un temps présent* et de tant d'autres œuvres importantes répond : « J'ai voulu aller jusqu'au bout. Cela date de mon enfance, je me suis toujours senti conduit. Où j'en suis maintenant ? Je n'en sais rien... » « C'est vrai, je me suis converti à l'islam. Pour des raisons que des mots ne peuvent expliquer et qui tiennent sans doute à des influences profondes. Mon père, Gaston Berger, était un philosophe plongé dans l'Inde. C'est affaire d'âme. »

Affaire d'âme...

Je m'apprêtais à traquer Béjart là où il se produit, c'est-à-dire partout dans le monde, pour lui demander de s'expliquer plus avant sur sa route spirituelle. Un de ses proches m'en a vite dissuadé, en me conseillant sur un ton définitif de lire un extrait de ses Mémoires[8]. Ce que je fis :

« Le hasard des tournées me conduisit en Iran. Je rencontrai le désert. Le soleil dans le désert. Dieu dans le soleil. Je fus aspiré. Dieu crée les âmes de son souffle, et cette création est continue. Je me convertis à l'islam chiite. C'était une urgence sur laquelle je n'ai ni à m'expliquer ni à revenir. Peut-être était-ce la façon la plus zen d'observer le zen. Peut-être n'ai-je qu'une religion : la danse. Mais la danse est déboussolée. Si Dieu n'intervient pas, je ne serai qu'un fabriquant de ballets, un grossiste, un artiste au sens étroit des musées et de leurs catalogues. »

Voilà qui est dit. Et quand on lit cela, on se dit effectivement qu'il serait vain de vouloir violer l'intimité d'un homme qui mettra toutes les ressources que son art lui offre pour s'échapper avec force pirouettes.

LE CHEMIN DE LA MECQUE

Les juifs convertis à l'islam sont extrêmement rares. Je ne parle pas des vagues de conversions « sociologiques » auxquelles on a pu assister, il y a fort longtemps, dans le Sud marocain par exemple, ni de conversions collectives forcées mais, toujours dans la perspective de ce livre, de conversions individuelles de croyants.

Une histoire est belle à raconter à ceux qui l'ignorent. Celle d'un très vieux monsieur qui habite aujourd'hui sur les hauteurs de Tanger, dans le quartier de « La Montagne ». Il s'appelle Muhammad Asad. Il s'appelait naguère, mais il y a si longtemps, Leopold Weiss. Entre ces deux patronymes, il y a une longue route et, pour une fois, il n'est pas abusif d'écrire : quel roman que sa vie ! Il en a rapporté l'essentiel dans un magnifique ouvrage, d'une grande sincérité et d'une belle écriture[9] ; des amis et des témoins ont utilement complété la connaissance livresque que l'on pouvait avoir d'un personnage aussi multiple.

Ce qui fascine dans son destin, de prime abord, c'est qu'il est, à quelques années de distance, très similaire de celui d'un autre homme, célèbre pour avoir donné une consistance et une structure politiques au sionisme historique : Theodor Herzl. Weiss et Herzl ont ceci en commun qu'ils sont juifs, autrichiens, assimilés, et journalistes. À quelque vingt ans de différence, ils ont fréquenté les mêmes cafés littéraires de Vienne et de Berlin, les mêmes milieux intellectuels. Un reportage sur l'affaire Dreyfus à Paris a fait basculer la vie d'Herzl, le « convertissant » à ses propres origines en lui faisant prendre conscience de l'antisémitisme et de ses sinistres promesses. Leopold Weiss a lui aussi dévié de sa route. Mais c'est une tout autre histoire...

Il est né avec le siècle dans la ville polonaise de Lwow, en un temps où l'Autriche tenait le haut du pavé dans cette région. Son enfance se déroule sans histoires dans un milieu aisé — son grand-père maternel est banquier, son père avocat — et dans le souvenir de quelques figures légendaires de la famille : le grand-père paternel, rabbin orthodoxe de Bucovine, et un vieil oncle qui avait quitté la famille et ses limites pour vivre sa vie dans le monde, allant même jusqu'à se convertir au christianisme...

C'est donc dans ce milieu très libéral, nourri de littérature et d'histoire polonaises et allemandes que grandit le jeune Leopold. Quant à la religion, on la considère en libéraux, aussi. Une religiosité certaine plus qu'une pratique religieuse. C'est pourquoi, à l'âge de la communion, le jeune homme âgé de treize ans étudie l'hébreu, les textes sacrés, une étude qui fait déjà naître en lui des critiques, à l'endroit du rituel notamment, jugé trop insistant. Leopold est déçu par la religion de ses ancêtres au fur et à mesure qu'il la connaît et la pénètre car, à ses yeux, elle se résume de plus en plus à un ensemble de tabous à ne pas transgresser ; un véritable code des règles à observer.

Aussi, à l'âge du choix, se dirige-t-il, à l'université de Vienne, vers les cours de philosophie et d'histoire de l'art. Il a vingt ans lorsqu'il quitte Vienne pour Prague puis Berlin où il élit domicile au célèbre « Café des Westens », où les consommateurs ont tous écrit un livre ou peint un tableau. Après un an de cette bohème, il est décidé à devenir journaliste. Mais comment ? Ses relations n'y suffisent pas. Il y faudrait une énorme chance, un *scoop* par exemple, une exclusivité qui le propulse dans un métier où il y a déjà foule. C'est ainsi que tout à fait par hasard, grâce au portier de nuit d'un hôtel berlinois, il obtient une interview de Mme Gorki, la femme de l'écrivain russe, sur la famine en Russie soviétique. C'est l'entrée dans la grande presse par la grande porte.

Quelques mois passent et un de ses oncles,

psychiatre à Jérusalem, l'invite à finir l'année 1922 avec lui, chez lui. C'est le premier contact avec une terre d'islam.

Leopold Weiss, jeune journaliste juif autrichien, débarque en Palestine avec déjà, en tête, l'idée qu'un établissement juif sur cette terre ne serait que néfaste. Il craint surtout qu'on en fasse une manière d'Europe, à l'orée du désert. Il est, d'emblée, clairement antisioniste. Il ne se contente pas de le dire, haut et fort, il l'écrit et cela a son importance car il est alors envoyé spécial permanent d'un des plus importants journaux de la vieille Europe, la *Frankfurter Zeitung*.

Tout commence par une sympathie objective et avouée pour les buts politiques des Arabes, dans le contexte qui était celui des années vingt. Mais Weiss a un esprit curieux et, surtout, il ne peut se permettre d'écrire quoi que ce soit sans asseoir ses écrits sur de solides bases. C'est ce qui le pousse à s'intéresser plus avant à l'histoire, la culture, la philosophie et, partant, à la religion de ce monde arabe qui est aussi un monde musulman.

C'est à Damas qu'il peut s'épanouir au mieux dans ses recherches. Les bibliothèques sont riches et, bien que son arabe dialectal appris sur le tas soit en progrès, son arabe classique lui fait encore maintes fois défaut quand il s'agit de recourir au Coran dans le texte. Assurément, c'est pour ce jeune intellectuel bourgeois, à peine échappé du « Café des Westens » et de ses palabres, la découverte d'un monde nouveau, séduisant comme tout ce qui est nouveau, mais très mystérieux, pour ne pas dire déroutant. Le petit-fils du rabbin de Czernowitz n'en croit pas ses oreilles. Pour lui, la religion, c'était un ensemble de règles restrictives et voilà qu'on lui parle moins de dogme que de manière de vivre et de conduite individuelle.

Mais il doit rentrer en Europe et une désagréable impression l'envahit, « le sentiment d'avoir été obligé de couper court à une prodigieuse révélation qui n'aurait pu se réaliser pleinement que si j'avais eu plus le temps ».

Heureusement, dès le printemps 1924, son journal l'envoie à nouveau parcourir le Proche-Orient. À mesure qu'il avance dans ses lectures, à mesure que ses amis cairotes lui disent l'islam, il s'aperçoit que l'image de l'islam, telle que l'Occident la perçoit, est singulièrement déformée. Il en est d'autant plus persuadé que, grâce à des leçons quotidiennes d'arabe classique, il entre mieux et plus complètement dans la mentalité musulmane. Il ne se limite pas à l'islam arabe puisque, bien vite, c'est l'Iran, c'est l'Afghanistan... et il n'a pas vingt-six ans ! Voici ce qu'il écrit :

« Il ne serait pas exagéré de dire qu'à cette période de ma vie, le problème de l'islam — car c'était pour moi un problème — occupait mon esprit à l'exclusion de toute autre chose. Mais maintenant ma préoccupation avait dépassé sa phase initiale où elle n'avait été rien de plus qu'un intérêt intellectuel pour une idéologie et une culture étranges et attrayantes à la fois. Elle était devenue une recherche passionnée de la vérité. »

En 1926, Leopold Weiss « sait » qu'il est conduit vers l'islam et que toutes ses chevauchées le rapprochent de La Mecque. Mais il reste encore un pas à franchir avant la conversion, le plus important, le plus dur pour un esprit lucide : « L'idée d'adhérer à l'islam était comme la perspective de s'aventurer sur un pont franchissant un abîme entre deux mondes différents, un pont si long que l'on devait atteindre le point de non-retour avant que l'autre extrémité soit devenue visible. Je me rendais compte que, si je devenais musulman, je devais me couper moi-même du monde où j'avais grandi. Aucune autre issue n'était possible. On ne pouvait vraiment pas suivre l'appel de Muhammad et maintenir ses liens intérieurs avec une société régie par des concepts diamétralement opposés. Mais l'islam était-il un vrai message de Dieu ou seulement la sagesse d'un homme grand mais faillible ?... »

Leopold Weiss se convertit finalement à Berlin. Un Indien, qui y dirige la petite communauté musulmane, lui fit réciter sa profession de foi en présence de deux témoins. Leopold Weiss était mort, en quelque sorte, laissant la place à Muhammad Asad. Pour son père, il était tout à fait mort. Il ne fit pas dire de *kadish* et ne procéda pas à ses funérailles comme le font les juifs religieux, mais il ne répondit plus à ses lettres, considérant son fils comme un renégat, non pas tant à la foi juive — qu'ils avaient tous deux bien faible et bien légère — mais à la communauté juive, à sa culture et à son destin. Vers la fin des années trente, des relations épistolaires se rétablissent enfin entre le père et le fils, jusqu'en 1942, date à laquelle M. Weiss père meurt dans un camp de concentration nazi.

Muhammad Asad avait, lui, définitivement tiré

un trait sur l'Europe. Il ne voulut plus en entendre parler, continuant d'arpenter inlassablement tous les Orients, qu'ils fussent proches ou lointains. Il était heureux d'être musulman, et d'avoir satisfait un désir de jeunesse : la volonté d'appartenir à une communauté fraternelle et à un monde d'idées dans lesquelles il se sente bien. Il a trouvé son bonheur dans la *umma*.

Sa seconde vie sera très mouvementée. Il passera six ans au cœur de l'Arabie au côté d'Ibn Séoud, puis participera à la fondation du Pakistan, représentera le jeune État aux Nations unies...

Un vieil ami à lui m'a dit : « En tout cas, ce qui m'est toujours apparu chez lui comme hors de doute, c'est sa sincérité. Je suis absolument persuadé qu'il est entré dans l'islam parce qu'il y avait trouvé une vérité qui le dépassait et vers laquelle il s'est senti irrésistiblement attiré. »

Une manière de Lawrence d'Arabie ? « Je pense que Lawrence était un phénomène éphémère et je n'ai pas à le juger », m'a écrit Muhammad Asad en ajoutant qu'en ce qui le concerne, ses idées fondamentales et ses convictions n'ont en rien changé depuis 1926, date de sa conversion : « Je me suis entièrement intégré à la communauté musulmane. »

Aujourd'hui, il vit retiré sur les hauteurs de Tanger. Ces dernières années, il a travaillé à une traduction anglaise commentée du Coran[10], un énorme labeur. Sa femme, une Américaine d'origine catholique polonaise, s'est elle aussi convertie à l'islam. Un de leurs proches m'a écrit : « Il est intéressant de constater, malgré les déceptions que le monde musulman a pu leur faire éprouver, que tous deux en demeurent totalement solidaires et que leur foi reste intacte. »

MYSTIQUE OUI, FOLKLORE NON

Elle prévient d'emblée : « On ne se convertit pas à l'islam, on embrasse l'islam. De plus et c'est très important, la foi musulmane ne nous demande pas d'abjurer notre religion d'origine car elle oblige à reconnaître les autres religions. » Et de vitupérer contre ces Occidentaux qui ne comprennent rien à l'islam, le jugent en stigmatisant le soi-disant fatalisme et le *Jihad*[11] que l'on dit caractéristiques de la pensée musulmane...

Pour les gens du sérail, cette voix n'est pas étrangère. C'est celle d'Eva de Vitray-Meyerovitch. Ceux qui s'intéressent à l'islam et en particulier au soufisme la connaissent pour ses livres et ses traductions. Née catholique, elle est devenue musulmane il y a vingt-sept ans. Depuis, elle n'a eu de cesse de démythifier sa nouvelle religion et il y a du pain sur la planche surtout en Occident. Cela ne se traduit pas seulement par des écrits mais aussi par un enseignement.

Meyerovitch, c'était le nom de son mari, un agnostique d'origine russe. Elle est née de Vitray, dans une famille aristocratique française de tradition catholique. Elle sera très pratiquante jusqu'à son bac, se posant des questions tout en n'osant pas les poser. Licence de droit, licence en philosophie, doctorat ès lettres...

« Je suis de la génération de Roger Garaudy, on a fait nos études en même temps. L'islam nous paraissait très lointain. On n'en parlait pas à l'époque. C'était, pour nous, la religion des infidèles, des Arabes... Nous étions dans ce domaine d'une ignorance crasse.

— Quand avez-vous sérieusement commencé à vous poser des questions ?

— J'ai commencé par remettre en question un enseignement catholique qui me faisait problème. Le dilemme consistait à accepter les choses les yeux fermés ou à tricher en donnant aux mots un sens qui n'était pas celui octroyé par la communauté, ou encore à laisser tout entre parenthèses et à aller chercher ailleurs ce qui faisait défaut. C'est ce que j'ai fait. J'ai étudié le sanskrit, le bouddhisme...

— Mais aviez-vous une réaction de rejet par rapport au catholicisme ?

— Le langage théologique, le diktat du magister catholique, tout cela me gênait. Jésus fils de Dieu : qu'est-ce que ça veut dire ? Ce qui m'a plus gênée, c'est qu'à partir d'une déclaration théologique, l'Église a tiré des affirmations événementielles. C'est cet amalgame, ce mélange entre des jugements de fait et des jugements de valeur qui m'a embêtée. En fin de compte, l'Église était pour moi de l'ordre de la tentation. C'eût été de la lâcheté de ma part de rester bien au chaud dans ma tradition, malgré mes doutes nombreux. Je ne pouvais pas !

— Alors, ça s'est passé comment et dans quelles circonstances ?

— Après la guerre, je voulais faire un doctorat de philosophie ou de droit, j'hésitais. À l'époque, je dirigeais le service des sciences humaines du CNRS[12]. J'ai finalement opté pour la philosophie grecque. Ma thèse était consacrée à « La pensée symbolique chez Platon ». Mais j'étais consciente que c'était là un trompe-faim. C'était un univers un peu trop suave à mon goût. J'avais besoin d'une structure de pensée alors que ce n'étaient que des mouvements de pensée.

— Comment avez-vous réagi ?

— J'ai appelé au secours, intérieurement. Un jour, à mon bureau du CNRS, un ami qui rentrait d'Inde m'a apporté un livre en anglais : *Reconstruire la pensée religieuse de l'Islam*, de Mohammed Iqbal. Je ne connaissais ni l'auteur ni le livre, je n'étais absolument pas intéressée par l'islam. Alors j'ai mis le livre de côté et un jour, tout à fait par hasard, je l'ai retrouvé et je l'ai lu. J'ai été absolument émerveillée. Ça répondait à mes questions. Ça ne me contraignait en rien. C'était une orthodoxie, certes, mais absolument non contraignante. Cette lecture me renvoya presque instantanément aux grands mystiques et aux grands penseurs de l'islam dont je n'avais jusqu'alors jamais entendu parler. Je me suis donc précipitée à la bibliothèque et je me suis aperçue que nos islamologues étaient encore pleins de préjugés. C'était encore l'époque coloniale. J'ai compris plus tard qu'il n'en était pas partout ainsi, chez les orientalistes anglais par exemple.

— Parallèlement, vous continuiez à travailler sur Platon ?

— Je l'avais mis de côté puis je l'avais laissé tomber au profit d'un autre sujet de thèse consacré celui-là à « Mystique et poésie en Islam ». Je me suis mise à étudier les langues arabe et persane. Le livre d'Iqbal avait agi comme un catalyseur.

— Ça vous semblait tout à fait clair ou est-ce une reconstruction *a posteriori* ?

— Je m'en rends compte maintenant, cela dit... il est bien difficile de prendre des distances par rapport à tout cela aujourd'hui... ça me paraît si loin.

— Mais, sur le plan religieux et théologique, comment vous apparaissait l'islam au moment de votre conversion ?

— L'islam répondait pour moi, avant tout, à un souci d'universalisme. Je ne pouvais imaginer que Dieu se révèle d'une manière privilégiée soit à un peuple élu (judaïsme) soit à une Église (christianisme). Dieu étant par essence la Vérité ne pouvait se révéler de différentes manières : celle-ci ne pouvait être qu'unique à mes yeux. Il y a des choses qui peuvent certes varier autour de cette révélation fondamentale : par exemple la loi religieuse, les interprétations, la théologie... mais pas une essence ! La grande idée de l'islam c'est qu'il se veut le rappel de ce qu'a d'essentiel la révélation abrahamique. C'est pourquoi il n'y a ni théologie ni clergé en islam. On ne peut pas employer le mot " mahométan ", c'est insultant et ça n'a pas de sens, par contre on peut dire " chrétien ". Être musulman, c'est s'en remettre dans la paix à un absolu tout en récusant ce qui est relatif par rapport à cet absolu.

— Vous semblez aujourd'hui assez sereine et assez sûre de votre nouvelle foi, mais était-ce le cas à l'époque du bouleversement ?

— J'ai longuement réfléchi avant de me décider. Je voulais être sûre de moi. Avant de faire ma déclaration de foi musulmane, dans les années 50, j'ai donc fait trois ans d'études théologiques chrétiennes afin d'être certaine que je ne rejoignais pas l'islam par méconnaissance du christianisme.

— C'est rare ! Et qu'en avez-vous conclu ?

— J'en ai conclu que la seule approche authentique vers Dieu que je pouvais avoir, c'était l'islam, cette relation à Dieu fondée sur une parole arabe qui m'interpellait, à laquelle je me sentais obligée de répondre, cette parole m'insérant du même coup dans une communauté.

— Vous avez tiré un trait sur votre culture chrétienne ?

— Certainement pas. Aujourd'hui, je lis avec joie le Cantique des Cantiques, les Psaumes de David... En étant musulmane, je n'exclus rien, je décante. Pour moi, l'islam est le commun dénominateur de toutes les autres religions.

— Mais savez-vous à quoi vous devez cette découverte, au-delà du livre de Mohammed Iqbal ?

— Je crois que rien n'est fortuit. Grâce ? Hasard ? À mes yeux, ce fut une grâce car elle m'a apporté la joie. En fait, peu importe le terme. Ce qui compte, c'est ce qu'on en fait.

— De temps en temps, n'y a-t-il pas la chrétienne qui surgit en vous, lorsque par exemple les problèmes de l'Église sont évoqués...

— Aujourd'hui, si j'étais toujours chrétienne, je me sentirais plus proche du protestantisme que d'un catholicisme espagnol. C'est pourquoi je suis plutôt sunnite que chiite. C'est à travers la grande pensée musulmane philosophique que j'ai pu corroborer mon intuition fondamentale.

— Est-ce que ça a bouleversé votre vie quotidienne, ce retournement de foi ?

— J'ai fait deux pèlerinages à La Mecque, je prie cinq fois par jour, je jeûne une fois par mois. Ce qui est important, c'est une espèce de déconnexion de la vie quotidienne. C'est Emmanuel Mounier qui parlait de la prière comme un rendez-vous avec soi-même.

— Vous priez en quelle langue ?

— La prière ordinaire en français, la prière rituelle en arabe.

— Vous vous êtes convertie il y a quelque trente-sept ans, est-ce que votre pratique a évolué ?

— Elle ne répond pas à une régularité d'horloge, mais elle n'a pas changé. Je prie toujours cinq fois par jour sauf exception.

— Ça a dû, tout de même, bouleverser vos habitudes au début ?

— Ça n'a rien d'extraordinaire. On prend bien cinq fois par jour le temps de téléphoner à des amis, alors...

— Vous vous êtes sentie isolée, au début ?

— On est coupé du reste. On fait quelque chose pour ce qu'il y a de meilleur en vous. Une des grandes qualités des musulmans réside dans leur sens de l'accueil, leur générosité et leur sens de la gratuité.

— Et l'isolement culturel, au niveau de la langue...

— Il est difficile de prier mécaniquement quand on a l'habitude de quelque chose de plus spontané dans sa langue. C'est là qu'on sent que c'est un don qui nous est fait, qu'il y a une rencontre quasi sacramentelle entre une parole que vous donnez et une parole qui vous est donnée. Dans les ablutions mêmes, il y a une espèce d'autodiscipline qui est en elle-même une sorte de purification.

— Y a-t-il un orientaliste français dont la lecture et l'enseignement vous aient poussée sur la voie de la conversion ?

— J'ai beaucoup aimé Louis Massignon mais ça ne m'a pas influencée.

— Vous avez beaucoup voyagé en terre d'islam ?

— Je connais presque tous les pays arabes sauf l'Irak. J'ai enseigné pendant six ans à l'université Al Azhar au Caire.

— Quoi ?

— La philosophie comparée, en anglais et en français. Mon arabe n'était pas assez bon.

— Et aujourd'hui, quelles sont vos activités ?

— Je suis coresponsable d'un groupe de recherche sur les cultures islamiques à l'université de Paris-VII. Mais ce sont mes activités extérieures qui me prennent le plus de temps. J'ai écrit une trentaine de livres, j'en ai traduit d'autres du persan[13]. Aujourd'hui, j'essaie de faire connaître ce que je crois être le vrai visage de l'islam. Je peux parler de l'intérieur car, comme on dit vulgairement, je me suis mouillée. Ça peut aider, par exemple de jeunes musulmans mal dans leur peau.

— À quoi ? À redécouvrir leur religion ?

— Ils la connaissent en général assez mal. Un jour, je faisais une conférence dans une université arabe, la Karaouine. Je décidai de laisser les étudiants me poser toutes les questions qu'ils voulaient, ce qui a effaré les vieux professeurs du premier rang. Un jeune homme très intelligent, qui préparait une maîtrise de philosophie, s'est levé et a dit : " Madame, dans le Coran il est dit que Dieu a créé le monde en six jours. Comment voulez-vous qu'on croie qu'Il a pu faire ça en six fois vingt-quatre heures ? " Je lui ai expliqué — comme ça l'est dans le Coran, si on se donne la peine de le lire — que les jours ne faisaient pas vingt-quatre heures mais des dizaines de milliers d'années, etc. À la fin du cours, il est venu me voir, m'a serré la main et m'a dit, sur un ton ému : " Merci, grâce à vous j'ai redécouvert ma religion " ... Je crois que ce qui me sert beaucoup, et qui doit servir aux autres, c'est le regard neuf et émerveillé que je porte sur une tradition qui, à l'origine, n'est pas la mienne.

— Mais vous l'avez épousée, cette tradition ?

— Mystique oui, folklore non... L'islam est une valeur totalisante qui s'enrichit des autres cultures. Voilà pourquoi je n'ai pas eu à renier la mienne, voilà pourquoi je n'ai aucune raison de me revêtir d'un costume prétendument musulman et qui n'est en fait qu'arabe. Mais si je me couvre la tête aussi bien chez moi qu'à la mosquée, c'est pour la prière, par solidarité de respect. Mystique oui, folklore non. »

DE LA BRETAGNE AU BLED

Dans le petit milieu de la presse parisienne, tout journaliste a toujours une opinion sur ses pairs. On dit parfois du bien, on dit souvent du mal, on dit aussi n'importe quoi. Quand on ne dit rien de quelqu'un, c'est mauvais signe pour lui.

C'est particulièrement vrai dans la confrérie des reporters, grands et petits.

De Jean-Michel Durand-Souffland, on chuchote généralement : « C'est un musulman... il s'est converti à l'islam... » Mais tant pour ses collègues du *Monde* que pour les autres, Durand-Souffland est un mystère. Nul ne sait trop comment et pourquoi ce Parisien de cinquante-deux ans, breton tant du côté Durand que du côté Souffland, a rencontré Mahomet. C'est qu'il n'est pas très loquace, le bougre. Il préfère poser les questions plutôt qu'y répondre. Déformation professionnelle. Et puis sa conversion est sienne. Cela tient moins de la fuite que de la pudeur. Il préfère encore qu'on le considère comme le « reporter à la moto », barbe au vent, pipe au bec et calepin en poche. Et casque sous le bras quand il quitte la selle pour la machine à écrire.

Quand je lui ai proposé un entretien, il a accepté. Pour la première et la dernière fois. Une manière de faire le point, pour lui et pour les autres.

« Je viens d'une famille catholique de la petite bourgeoisie classique. Mon grand-père était officier de carrière. Ma mère était pratiquante, mon père, lui, plutôt catholique par habitude. Baptême, messe dominicale, première communion en 1939. J'ai fait mes études dans des collèges religieux, chez les curés séculiers, les normaux, en soutane. J'étais enfant de chœur. Mais je n'ai jamais eu, dans mon enfance catholique, d'aspirations mystiques particulières. Je ne montrais aucune ferveur exceptionnelle. Même à l'âge de douze ans, la communion et la Trinité me choquaient toujours profondément. Ça m'intriguait, ça me gênait. Je ne pouvais les admettre. Je me souviens m'être fait sortir de classe par un curé à qui j'avais demandé des précisions sur la Trinité. " C'est un mystère ! " m'avait-il répondu. Il avait même ajouté : " On ne doit pas en parler... "

— Vous n'aviez jusque-là jamais entendu parler de l'islam ?

— Mon père avait vécu dans sa jeunesse au Maroc et il nous avait élevés, mon frère et moi, dans ce souvenir et cette nostalgie. Aussi, au moment du service militaire, j'ai devancé l'appel pour pouvoir choisir mon arme et... le Maroc. J'ai donc été incorporé à dix-neuf ans, en 1948, dans les chasseurs d'Afrique. Je venais d'échouer à mon bac et j'avais été, pendant quelque sept mois, pigiste stagiaire à *France-Dimanche* mais *France-Dimanche* première manière, c'est-à-dire très éloigné de ce que nous connaissons à présent.

— Le Maroc, donc...

— Mon frère avait monté une affaire à Casablanca. J'y ai donc passé plus d'un mois avant mon incorporation. C'était mon premier contact avec les Marocains. C'est d'ailleurs là que j'ai commencé à apprendre sur le tas cet arabe dialectal que je parle maintenant encore.

— Comment était-ce, ce premier contact avec une terre d'islam ?

— Dès mon arrivée là-bas, je me suis senti très à l'aise. Je traînais souvent à la librairie Farrère, aux rayons où l'on trouvait des livres sur le Maroc, mais aussi sur l'islam, Ibn Khaldoun, le soufisme, etc. J'y cherchais des ouvrages pour mieux comprendre le pays et l'islam. Dès lors, la fréquentation des Marocains a été pour moi une école, une découverte perpétuelle, passionnante, enrichissante.

— Qu'avez-vous fait après le service militaire ?

— J'ai décidé de rester au Maroc. Mais je n'étais pas tenté par la ville. Je lui préférais le bled et une occupation agricole. Mon frère m'avait dit que des colons engageaient des stagiaires. L'un d'eux possédait un énorme domaine dans le Gharb. J'y ai donc fait un stage et, en même temps, je me suis intéressé de plus en plus au milieu ambiant, je m'y suis introduit encore un peu plus. Je préférais fréquenter des Marocains plutôt que des Européens — peu intéressants pour la plupart.

— Qu'est-ce qui vous a frappé, de prime abord, dans cette nouvelle vie quotidienne ?

— L'importance, le rôle de la religion. J'ai été frappé par les formules de politesse, les actes, cette espèce de gaieté, de respect, de simplicité qu'il y a dans l'islam. La vie entière de ces gens était réglée par leur religion. J'ai eu l'impression que la vie entière des musulmans était calquée sur la religion.

— Mais vous étiez considéré comme un Français ?

— Je ne voulais surtout pas être le Français-du-Maroc. Je me suis installé alors à Moulay-Bouazza, dans le massif d'Oulmès, à la frontière du pays Zaïan, l'une des grandes familles berbères marocaines. Les rares Français qui s'y trouvaient, hormis les fonctionnaires, y pratiquaient un élevage en association avec les gens du pays, en parfaite symbiose. Or je voulais justement diriger une affaire d'élevage de ce type, entièrement en association avec des Marocains. Je me suis donc installé dans cette vie marocaine.

— Vous aviez quel âge alors ?

— J'avais vingt-trois ans. J'étais un monsieur-français-de-bonne-famille qui portait une djellaba, qui vivait ouvertement avec une femme marocaine et qui ne fréquentait guère que des Marocains.

— Ça a duré longtemps ainsi ?

— Six ans, jusqu'à l'indépendance en 1956.

— Mais vous aviez réussi à vous intégrer...

— Mes amis marocains de la région m'ont très vite considéré comme un des leurs, vraiment. Mais le plus amical reproche d'un musulman à un non-musulman reste : " Qu'attends-tu pour être musulman ? " J'étais complètement admis par eux. C'était un milieu simple, peu intellectuel. Plus je m'en rapprochais, plus je m'éloignais de la petite colonie française. Je continuais à m'instruire sur l'islam.

— Mais comment peut-on s'intégrer à une petite société musulmane sans être soi-même musulman ?

— Je m'abstenais, pendant le Ramadan, de fumer, de manger ou de boire en présence de mes amis. Par amitié et par respect. Vous savez, les musulmans sont très ouverts à cette volonté d'intégration et ce n'est pas du prosélytisme.

— Quand est intervenue votre conversion à proprement parler ?

— En 1954. Je me suis rendu à Rabat avec deux amis du cru. Cette démarche fut l'aboutissement d'une très longue progression qui s'échelonne sur quatre ou cinq ans. Un jour, je me suis dit que je n'avais aucune raison de cacher mes sympathies et qu'il convenait d'officialiser un état de fait et un état d'esprit. Avant ma conversion, j'étais même invité à partager la veillée traditionnelle de la vingt-septième nuit du Ramadan, une nuit sacrée dans ce mois de prière et de recueillement. J'étais déjà musulman en puissance.

— Vous avez donc fait le voyage de Rabat...

— C'est ça, et là, je me suis présenté devant le cadi de la ville avec mes deux témoins. J'avais appris tout seul à lire et à écrire l'arabe. J'ai récité la profession de foi, la *chaada*, ça a duré moins de dix minutes en tout. Mes témoins n'étaient que des accompagnants qui devaient me présenter au cadi. Leurs noms ne figurent pas sur l'acte, le procès-verbal de conversion qui m'a été délivré quelques jours plus tard. Après quoi, je suis retourné au village et on m'a fait une grande fête.

— Savez-vous pourquoi vous vous êtes converti ?

— Je suis croyant. J'ai toujours cru. Il est possible que la séduction de l'islam soit, pour une part, une réaction à un catholicisme que j'ai cordialement détesté dès mon enfance. J'avais été dans des collèges religieux où, à mon avis, tout est mis en œuvre pour vous dégoûter de la religion. Ma découverte de l'islam a très certainement agi comme une réaction par rapport à cela.

— Mais hormis ce côté " négatif ", ce refus, il y a eu une attirance intrinsèque...

— La qualité essentielle de l'islam réside d'abord dans l'absence de fatras, de mystères, de clergé, de complications, de rites. Elle tient à mes yeux dans sa fantastique simplicité : il y a Dieu et il y a l'homme. Sans intermédiaire, dans l'islam sunnite en tout cas. Sans être mystique, j'ai toujours ressenti le besoin d'établir la croyance sur un " appareil " existant. J'imagine mal le croyant seul, sans le moindre recours à un " système " destiné à assurer la " communication ". L'islam est une croyance simple : Dieu existe et il faut lui obéir, le craindre, le respecter. Un point c'est tout. Pour ma part, j'ai toujours éprouvé le besoin de faire supporter le fait de croire par un véhicule. L'islam, par sa simplicité et sa clarté, m'est apparu comme le meilleur.

— Le milieu où vous viviez alors a certainement joué aussi...

— J'imagine mal qu'on puisse faire cette " rencontre " à Clermont-Ferrand ou à Béthune. Si je n'avais pas été au Maroc, je n'aurais peut-être même pas eu l'occasion de me pencher sur la question, étant donné la méconnaissance fantastique de l'Occident sur ce sujet.

— Et le côté extérieur, le côté physique de l'islam, ce qui pourrait être un folklore...

— La silhouette du minaret et le chant du muezzin ont peut-être compté aussi. C'est un bain dans lequel je me suis immergé avec bonheur. Il y a là une imprégnation de l'être qu'on ne trouve pas ailleurs. En fait, tout a joué un rôle : la lumière, la nourriture, les coutumes, les gestes, les traditions... J'ai rencontré l'islam en terre d'islam. Il est pour moi évident que je n'aurais pas pu faire cette rencontre ailleurs.

— Y a-t-il d'autres raisons que nous n'ayons pas évoquées ?

— J'imagine mal, aussi, qu'on puisse vivre en bonne intelligence avec soi-même et les autres sans être peu ou prou pris au piège, influencé. Voyez l'exemple du colonel Lawrence, subjugué par la puissance et la simplicité de l'islam.

— Vous vous sentez proche de lui ?

— Je suis très enclin à le comprendre. Il a ressenti, toutes considérations politiques mises à part, ce que j'ai ressenti. Une attirance pour une certaine manière de vivre. Je crois qu'il a pris de son propre chef des positions et des dispositions en faveur desquelles il avait eu une entière sympathie. Il y a souvent un mysticisme caché : on ne saura jamais s'il s'est converti. On ne peut pas avoir le coup de foudre pour les Arabes sans sympathie totale. Cela dit, je ne mets pas en doute la sincérité de Lawrence envers les Arabes.

— Sa fascination fut-elle la vôtre ?

— En vivant au Maroc, on ne peut pas résister au courant, si on se donne la peine de s'intéresser de plus près à ces réalités. Si on aime ce pays comme je l'aime, j'imagine mal qu'on puisse résister à l'envie d'être musulman. Je ne suis pas le seul à avoir ressenti cet " appel ". C'était la dernière clé pour avoir le " passeport ". La conversion *de bonne foi* est merveilleusement reçue par les musulmans, mais j'insiste, *de bonne foi*. La mienne était tout à fait spontanée. L'accueil fut chaleureux. C'était la clé définitive qui donnait accès à tout. Devenir un " frère " dans la communauté, la *umma*, est une très grande émotion que partagent celui qui est reçu et ceux qui l'accueillent. »

Après l'indépendance du Maroc, Jean-Michel Durand-Souffland est devenu fonctionnaire du gouvernement marocain. Bien que français — même s'il avait, un temps, songé à demander la nationalité marocaine — on l'appelait de son nom de musulman : Si Abdellaziz. Deux ans plus tard, il rentrait en France. Adieu le bled, à nous deux la presse. Trois ans d'abord à *La Vie des métiers* puis neuf ans durant, dans une revue d'architecture dirigée par son père. Après quoi, à partir de 1970, c'est *Le Monde*, l'entrée dans la grande presse par la grande porte. Durand-Souffland passera neuf ans à la rubrique « Tourisme » dont plus de la moitié comme responsable du supplément consacré à l'art du voyage.

Il a été longtemps reporter aux informations générales du *Monde* et musulman, même si...

« J'ai abandonné la pratique. Elle est difficilement compatible avec l'existence d'un Parisien et même d'un Occidental. Mais j'éprouve des remords quand je me trouve en pays musulman. Il est évident que si j'allais vivre à nouveau en terre d'islam, je reviendrais automatiquement à la pratique, à cette discipline qui est très séduisante, belle et probablement nécessaire. En fait je n'ai pas d'excuses.

— Votre famille ?

— Ma femme est protestante. Mes deux fils ont été baptisés, je ne leur ai rien imposé.

— Et vos parents, comment ont-ils pris votre conversion ?

— Ils m'ont toujours considéré comme un original. Ils ont longtemps fait mine de ne pas prendre ma conversion au sérieux et évité d'évoquer le sujet. C'est une manière de reproche. Aujourd'hui avec le recul, comme ma conversion s'est confirmée, ils sont peut-être persuadés que c'est sérieux. Le fait que je me sois rendu à La Mecque en juillet 1978 — où j'ai accompli les rites de la *'Omra*, le petit pèlerinage — ça les a tout de même impressionnés.

— Vous a-t-on jamais fait, implicitement dans votre entourage, le procès de folklore ?

— Probablement. Beaucoup ne voient dans ma conversion que le côté déguisement. J'ai ressenti du mépris de la part des Français du Maroc. C'était mal vu, très mal vu. Les gens ne voulaient pas en parler, et surtout, ils refusaient d'admettre que cela pût être sincère. Aujourd'hui, quand je remplis un formulaire, à la ligne religion j'écris " musulman ". Quand je voyage dans un pays musulman, j'ai toujours sur moi l'acte qui authentifie ma conversion.

— Votre certificat délivré au Maroc est valable partout ?

— Il y a trois ans, j'ai voulu obtenir un visa pour La Mecque. Le fonctionnaire de l'ambassade saoudienne n'en croyait pas ses yeux, il était très dubitatif en lisant l'acte que m'avait délivré le cadi de Rabat. Pareillement à la mosquée de Paris. Alors on m'a fait passer une sorte d'examen comme pour un permis de conduire. Après quoi on m'a donné un document, une reconnaissance de conversion officielle et j'ai pu aller à La Mecque.

— C'était comment, le petit pèlerinage ?

— Une très grande émotion. Sur place, j'ai pratiqué. J'espère bien faire un jour le grand pèlerinage. C'est un des cinq devoirs du musulman.

— Au Maroc, vous vous sentiez chez vous ?

— Tout à fait et dès le début. Je ne m'y suis jamais senti étranger. J'y suis retourné bien plus tard pour différents reportages. J'ai couvert, entre autres événements, la " marche verte " pour *Le Monde*.

— Vous avez aussi été envoyé spécial dans l'Iran de Khomeiny...

— J'y ai passé deux fois un mois en 79-80. C'est un autre islam. Le chiisme est une " déviation " de l'islam traditionnel. Il est intransigeant. C'est une sorte de calvinisme musulman.

— Vous avez pratiqué, là-bas ?

— Je n'en ai pas ressenti l'envie. Peut-être, dans une certaine mesure, était-ce dû à des raisons de sécurité. Les chiites sont des gens farouches et menaçants. En Iran, je n'ai pas eu la sensation de la *umma*. Peut-être la langue est-elle pour quelque chose dans ce sentiment. En tout cas, je n'ai pas eu envie d'entrer dans une mosquée à Téhéran. Khomeiny et Khalkhali donnent une mauvaise image de l'islam. La révolution islamique iranienne ne sert pas l'islam. Elle en donne une image excessivement intransigeante, une image fausse. La notion de *Jihad*, par exemple. Elle implique le combat pour l'islam quand il est menacé dans son essence ; c'est bien le sens de la traduction française de " guerre sainte ". Mais le *Jihad* ne peut être en aucun cas une déclaration de guerre purement politique.

— Vous avez couvert l'Afghanistan aussi, en juillet 1980...

— À Kaboul, je me suis senti en terre d'islam, comme au Maghreb. À Jérusalem aussi, je me suis senti chez moi, mais avec en plus un sentiment d'universalisme. C'est le seul endroit au monde qui devrait être détaché de la carte, il devrait être un lieu exceptionnel. Toute notion politique devrait en être bannie. La ville devrait être pareillement ouverte aux trois religions monothéistes.

— Plus je vous écoute parler de votre religion d'adoption, plus j'ai le sentiment que vous n'êtes vraiment pas un mystique, que vous avez choisi, presque, en toute logique et, en tout cas, dans un état de grande lucidité...

— Je ne suis pas du tout un mystique. Une conversion n'est pas un bouleversement profond dans une existence et peut survenir chez un individu qui n'est pas un mystique forcené. Il y a là-dedans plus de simplicité qu'on ne veut bien le croire. Ma vie n'a pas été bouleversée. J'ai simplement opté pour une autre façon d'être que celle que j'avais héritée traditionnellement de ma famille. J'insiste toujours et encore sur cette notion de "simplicité". On rencontre "quelqu'un" (peut-être à un moment où on est en quête d'une telle rencontre ; cela, je ne peux affirmer que c'était mon cas à ce moment de ma vie) et cette rencontre prend peu à peu de l'importance, mais, je le répète, pour ma part elle ne s'est pas traduite par un bouleversement.

— Vous n'avez pas eu le coup de foudre, en quelque sorte...

— Il n'y a eu aucune fulgurance, je n'ai pas été foudroyé. Ce fut une approche lente, une immersion régulière.

— Et aujourd'hui ?

— Ma conversion, je n'en fais pas étalage. Je n'en parle jamais. Mon prénom musulman n'est pas écrit sur ma carte de visite. Maintenant, avec cet entretien, c'est l'occasion d'expliquer cette sérénité et non la Révélation. Mais dans mon esprit, tout cela est simple. »

AU RAYON DES LIVRES MUSULMANS

Rue Jean-Pierre-Timbaud, dans le quartier de la République à Paris. Quelque part entre deux petits commerces bien de chez nous, vous trouverez aisément la « Librairie arabe et islamique », un endroit pas très catholique.

C'est spacieux, très propre, très neuf. On a l'impression que la librairie, elle aussi, fait ses ablutions régulièrement. Il y flotte en permanence un parfum de jasmin, mêlé d'encens et de fleur d'oranger. Impossible de mettre un nom là-dessus. Mais quand la mini-cassette diffuse le chant du muezzin, on sait ce que c'est ; même si on est toujours incapable de le définir.

Alors que j'y pénètre, un homme en djellaba balaie le parquet immaculé. Grand, mince, barbu, une intonation douce dans la voix quand il lance un très cordial « Salam ». Il a trente ans, il est originaire de Seine-et-Marne, il s'appelait Yves Lesseur. Il se nomme aujourd'hui Ayoub Lesseur.

C'est le maître des lieux, c'est lui que je suis venu rencontrer. Le va-et-vient est incessant. Les clients sont autant de « frères ». Jamais un mot plus haut que l'autre et que la paix soit avec toi.

Ici, on trouve des disques, des cassettes de musique et de prières arabes, des djellabas, des calligraphies soigneusement encadrées et, *last but not least*, des livres, en arabe pour la plupart et reliés.

« J'ai ouvert la librairie en novembre 1980 avec un associé, mais il serait plus juste de dire que c'est une librairie islamique. Il y a beaucoup de livres arabes qu'on ne fait pas parce qu'ils ne sont pas musulmans.

— Il n'y a pas non plus de livres en français sur l'islam...

— Je me méfie beaucoup des orientalistes qu'on trouve en Occident, Maxime Rodinson entre autres et tout particulièrement. Il n'est pas capable d'écrire sur l'islam. Il est d'abord un ennemi de l'islam. J'estime que, quand on écrit sur l'islam, qu'on l'étudie pendant si longtemps et qu'on ne devient pas musulman, c'est qu'on est un ennemi de l'islam.

— Vous avez des preuves ?

— Non, aucune preuve à l'appui. C'est un sentiment réel.

— Et pour Jacques Berque aussi ?

— Je ne le connais pas.

— Pourquoi portez-vous une djellaba ?

— Ça me plaît, c'est agréable à porter, voilà tout... euh non, celles-ci sont à seize francs, ce sont des enregistrements originaux... »

À maintes reprises, nous serons interrompus par les clients. Visiblement, l'endroit ne désemplit guère. Le libraire ne refuse jamais un conseil, il n'est pas avare de détails, il est à la disposition des « frères ». Une disponibilité tout à fait louable d'autant plus qu'elle est rare par les temps qui courent. Mais... l'entretien n'avance guère. Entre deux ventes, des bribes de conversation m'apprendront qu'il vient d'une famille catholique française traditionnelle, qu'il a suivi assidûment les cours de catéchisme, qu'il a fait sa première communion, que son enfance s'est déroulée dans un milieu pratiquant...

Enfin seuls. Je vais savoir quel est l'itinéraire qui mène d'une paroisse de Seine-et-Marne à la création d'une librairie islamique.

« On voulait faire de moi un prêtre et je dois dire que l'idée me plaisait assez.

— Quand est-ce que tout a bifurqué ?

— À seize ans. C'est alors que j'ai commencé à voyager en stop. Mon premier contact avec l'islam, je l'ai eu au Pakistan. Ça a été décisif. C'était un milieu à la fois hospitalier, religieux et fraternel. Ça m'a tout de suite frappé. Tout de suite, ces trois éléments, ces trois facteurs m'ont amené à penser à la conversion.

— Mais étiez-vous encore croyant, avant d'arriver au Pakistan ?

— Oui, certainement. J'avais été croyant et catholique pratiquant. Mais à seize ans, même si je ne pratiquais plus, je croyais toujours en Dieu. J'avais simplement rejeté le reste. Lors d'un voyage en Inde, j'avais été très attiré par les religions en général. Mais j'avais vite été déçu par les Indiens. C'est au Pakistan que ma volonté d'accepter l'islam s'est affermie.

— Vous y êtes resté longtemps ?

— Pas très, au début, car le service militaire m'appelait en France. Dès mon retour dans l'Hexagone, j'ai acheté une traduction en français du Coran et le *Mahomet* de Gaudefroy-

Demonbynes. Mais, dès cette première lecture, j'ai eu des désaccords avec lui. Il présentait le prophète comme un imposteur, c'était une falsification. Moi, je n'avais qu'une hâte : retourner au Pakistan. Ce que j'ai fait une dizaine de mois après. Je suis reparti à Karachi.

— Votre sentiment à l'égard de l'islam n'avait pas changé ?

— Du tout. J'y étais retourné avec la ferme détermination d'embrasser l'islam, de me convertir.

— Sans l'ombre d'un doute, sans hésitation ?

— C'était en moi... c'est difficile à expliquer. En anglais, on dit *guidance*[14], il n'y a pas de mot français adéquat. En tout cas, je n'ai pas hésité une minute. Une fois à Karachi, je n'ai pas cessé de dire à mon entourage que je voulais me convertir à l'islam. Au bout de deux semaines, un ami m'a emmené dans une mosquée. J'ai récité le texte complet de la *chaada*. L'imam, un mufti, me l'a fait traduire en anglais puis je l'ai récité mot à mot après lui.

— Vous avez abjuré la foi chrétienne ?

— L'abjuration est implicite. Je ne considérais plus Jésus comme le fils de Dieu, alors...

— Quelle fut la réaction à la mosquée ?

— Tout de suite, des fidèles m'ont donné des affaires, d'autres des livres en anglais... Ces manifestations de bienvenue m'ont beaucoup touché par leur spontanéité. Deux semaines après, j'ai rencontré par hasard un Américain qui s'était converti un an plus tôt. On a sympathisé. Il m'a emmené dans une *madrasa* où il apprenait le Coran.

— Vous y êtes resté longtemps ?

— Cinq ans dans cette école puis trois ans dans différentes autres écoles dont l'une se trouvait au Cachemire.

— De quoi viviez-vous ?

— En tant qu'étudiant, j'étais nourri et logé par l'école. J'avais une bourse. La dernière de ces écoles coraniques étant particulièrement pauvre, une riche famille pakistanaise qui m'avait adopté a payé les frais pour moi.

— C'est une manière de prosélytisme...

— Non, c'est un acte de sincérité et de foi. Le directeur de l'école gagnait deux cents francs par mois, comme un simple ouvrier. Il lui arrivait d'enseigner, en fin d'année, de cinq heures du matin à une heure du matin pour finir les livres inscrits au programme !

— Et quand vous avez estimé que vos études coraniques étaient terminées, qu'avez-vous fait ?

— Je suis rentré en France pour enseigner l'islam. C'est ce que j'ai fait pendant quelques mois à la mosquée de Belleville. Puis j'ai épousé une musulmane tunisienne et financièrement, ça ne collait plus. J'ai dû chercher un autre emploi mieux payé. Avec un ami, on a créé une association pour enseigner l'arabe, aux musulmans exclusivement. Après quelques mois de fonctionnement, ça s'est arrêté, faute de fonds. Puis il y a eu cette librairie.

— Tout à l'heure, vous avez été un peu elliptique sur votre pratique religieuse, avant et après votre conversion...

— Quand je suis entré dans l'islam, je ne pratiquais plus. Au fur et à mesure que ma foi musulmane s'est affermie, paradoxalement, j'ai moins pratiqué. Rassurez-vous, je fais mes cinq prières par jour, je ne bois pas d'alcool, je ne mange pas ce qui est interdit, je ne vais pas au cinéma...

— Pourquoi, le cinéma est interdit ?

— Pas le cinéma mais ce que l'on y voit, des films qui la plupart du temps pourraient nous éloigner de Dieu.

— De temps en temps, vous n'avez pas de regrets ?

— Jamais de regrets. C'est vrai, j'ai parfois l'impression de rater quelque chose, mais dans ma religion quand, par exemple, je ne me suis pas réveillé le matin pour la prière. En fin de compte, ma pratique n'a pas baissé dans les actes obligatoires mais dans les actes facultatifs de l'islam. En islam, on ne demande pas de croire bêtement mais de penser, de réfléchir. Quand j'étais chrétien, je ne pensais pas.

— C'est pour ça que vous êtes converti ?

— C'était quelque chose qui venait de l'intérieur. Il fallait que je sois musulman. Quand ma tête émettait des doutes, quelque chose dans mon cœur me disait : continue, c'est là la voie de la Vérité. Depuis, j'ai fait du chemin. J'ai fait le pèlerinage à La Mecque.

— Vous vous sentez solidaire des Arabes et des musulmans dans le monde ?

— Politiquement, je me sens du côté de l'islam. Pas du côté de la cause arabe. Souvent l'une va contre l'autre. Dans ces cas-là, les musulmans authentiques sont du côté de l'islam. Khomeiny, je préfère ne pas en parler. La secte chiite a été fondée par des juifs à l'époque du second calife. Je suis sunnite et cette secte est pour moi une hérésie. Mais je préfère ne pas dire le mal que je pense de Khomeiny.

— Pourquoi ?

— Pour ne pas nuire à la cause de l'islam, malgré tout.

— Et Kadhafi ?

— Au début, on comptait beaucoup sur lui, quand il parlait de révolution islamique par exemple. Il était venu, lors d'un sommet à Lahore, visiter mon école au Pakistan. Il nous avait parlé. Mais on a cessé de compter sur lui quand il a commencé à parler de révolution socialiste. Dans son " Livre vert ", il renie la *Sunna*[15], les *hadiths*[16]... Non, ce n'est pas possible d'accepter cela. Il ne sert vraiment pas la cause de l'islam.

— Et vous ?

— À ma façon.

— Mais comment en êtes-vous arrivé là ?

— Il y a une continuité dans la Révélation. Jean-Marie Lustiger, l'archevêque de Paris, n'a pas été jusqu'au bout de son cheminement, de son accomplissement. Car, quand on a été juif, puis chrétien, il ne reste plus qu'à devenir musulman. Vous comprenez, il n'est pas possible que Mahomet soit l'auteur du Coran. C'est donc un livre divin, il faut donc le suivre. Quand vous lisez le Coran en arabe, vous vous dites : c'est impossible que ce soit une parole humaine. En français, ça ne fait pas du tout le même effet.

— Vous fréquentez des Français musulmans ?

— Presque pas. C'est tout simplement par manque de points communs, d'affinités. Je vois essentiellement des Arabes et des musulmans. Je ne me sens pas bien avec des Européens, même, à la rigueur, si ce sont des convertis à l'islam.

— Si c'était à refaire ?

— Je le referais, sans hésiter. Vous devez savoir que l'islam n'est pas une religion, pas uniquement, mais aussi un ensemble de valeurs. Tenez, l'autre jour, mon frère aîné vient changer un joint au robinet de la salle de bains chez mes parents ; il y avait une fuite. En partant, il leur a fait payer le prix du joint ! Ma mère s'est indignée. Lui, il a répondu : si vous aviez fait venir un plombier, ça vous aurait coûté plus cher ! Ça, voyez-vous, c'est impensable chez des musulmans. C'est aussi cela l'islam, un tempérament, un état d'esprit. Si on est juif ou chrétien, on a peut-être une partie de la vérité. Si on est musulman, on a toute la vérité.

— C'est pourquoi vous vous êtes fait musulman...

— Certes mais... ce n'est pas explicable, vous ne pouvez pas comprendre...

— Pourquoi ?

— Parce que vous n'êtes pas musulman. »

Ayoub Lesseur est, lui, sans nul doute un musulman. Un pur, un incorruptible. Docteur de la foi, imam, il est devenu depuis président de la Fédération nationale des musulmans de France qui regroupe plus d'une centaine d'associations islamiques en France. Dans une interview[17], il s'affirme Frère musulman, proche d'un Islam immuable qui réserve aux femmes, aux juifs et à la démocratie la portion congrue.

L'OMBRE DE RENÉ GUÉNON

Si d'aventure, vous effectuez un voyage en Islam français, vous ne manquerez pas de tomber sur lui. Ce n'est pas un converti célèbre, il ne défraie aucune chronique depuis longtemps, d'ailleurs il est mort en 1951 au Caire où il s'était retiré. Non, c'est son ombre, son spectre, sa présence que vous rencontrerez. Car il n'est guère de Français converti à l'islam qui n'évoque la mémoire de René Guénon. Ils ont, tous ou presque tous, lu tout ou partie de ses œuvres. Il était plus qu'un directeur de conscience ou un maître spirituel. Si l'on ne craignait pas les barbarismes, on dirait : c'était un influenceur, un homme d'influence, la vraie, celle qui s'exerce sur les âmes et les esprits, celle qui favorise les retournements.

Ce discret Tourangeau est né à Blois en 1886, dans une famille traditionnelle de la petite bourgeoisie catholique. Il monte à Paris pour préparer une licence de mathématiques, mais il ne s'en contente pas. Très tôt, il est attiré par ce qu'il convient d'appeler, faute de mieux, l'ésotérisme. Il est initié à l'hindouisme orthodoxe en même temps que s'achève sa formation métaphysique. Il fréquente alors ces lieux à l'étrange réputation : l'école libre des hautes études hermétiques de Papus, l'ordre martiniste, la maçonnerie du rite de Memphis Misraïm, la maçonnerie du rite national espagnol et même la Grande Loge de France, les francs-maçons réguliers. Il adhère un peu plus tard à l'Église gnostique et fonde une revue à tirage confidentiel,

La Gnose, où apparaissent, en germe, les éléments futurs de son œuvre. Parallèlement, il est initié par des musulmans à l'islam et se convertit en 1912, juste avant d'entrer dans une organisation soufique. Il séjourne au Maroc, en Algérie, puis s'installe pour trois mois en Égypte. Il y reste vingt ans, jusqu'à sa mort, humble et discrète sous le nom d'Abdel Wahid Yahia.

Son œuvre est très riche, très dense. Citons quelques titres, en guise d'aperçu : *Orient et Occident* (1924) ; *La Crise du monde moderne* (1927) ; *Le Règne de la quantité et les signes des temps* (1945) ; *Les Principes du calcul infinitésimal* (1946) ; *Le Théosophisme, histoire d'une pseudo-religion* (1921) ; *L'Erreur spirite* (1923) ; *Le Symbolisme de la Croix* (1931), et bien d'autres...

On ne résume pas ses idées. Si on ne lit pas ses livres tout au plus doit-on écouter, pour les connaître, les récits des convertis grâce à Guénon, ou les sentiments d'intellectuels qui se sont intéressés à son œuvre sans la suivre pour autant, tel le critique littéraire Robert Kanters : « Pour Guénon, il y a une connaissance primitive qui s'est morcelée et souvent mutilée dans les différentes traditions de l'humanité. Cette tradition qui est d'essence métaphysique pure, il la recherche dans les textes ésotériques. [...] Si Guénon a choisi l'islam, c'est parce qu'il estimait que le dépôt du savoir y avait été mieux respecté que dans le christianisme[18]. »

En fait, ce n'est pas tant la conversion de René Guénon à l'islam qui est intéressante que ses répercussions sur plusieurs générations de

Français. Pour comprendre ce phénomène, il faut écouter ses lecteurs parler.

Journal d'André Gide
Fès, octobre 1943.

Si Abdallah, converti à l'islam et sanscritisant, me fait lire les livres de René Guénon. Que serait-il advenu de moi si j'avais rencontré ceux-ci au temps de ma jeunesse, alors que je plongeais dans la « Méthode pour arriver à la vie bienheureuse » et écoutais les leçons de Fichte, du plus docile que je pouvais ? Mais en ce temps, les livres de Guénon n'étaient pas encore écrits. À présent, il est trop tard. « Les jeux sont faits, rien ne va plus. »

[...] Ces livres de Guénon sont remarquables et m'ont beaucoup instruit, fût-ce par réaction. J'admets volontiers les méfaits de l'inquiétude occidentale dont la guerre même reste un sous-produit ; mais la périlleuse aventure où nous sommes imprudemment lancés valait la peine qu'elle nous coûte, valait la peine d'être courue. À présent du reste, il est trop tard pour reculer ; nous devons la mener plus avant, la mener jusqu'au bout. Et ce « bout », cette extrémité, je tâche de me persuader que c'est Dieu, fût-il atteint par notre ruine. Il faudrait sans doute la « position confortable », pour mener à maturité ma pensée. En attendant, je persévère dans mon erreur ; et je ne puis envier une sagesse qui consiste à se retirer du jeu. Je veux « en être » et dût-il m'en coûter.

Bibliothèque de la Pléiade, Gallimard, 1954.

ISLAM CLANDESTIN EN SUISSE PROTESTANTE

Une distinction naturelle, un port de tête aristocratique, une certaine aisance magnifiée par l'âge, une élégance toute britannique. Vraiment, on aurait du mal à l'imaginer en djellaba. Il ne porte pas sa religion sur son visage. D'abord parce qu'il n'aime pas les démonstrations ni le folklore. Ensuite parce qu'il a dû pratiquer une manière d'islam clandestin pendant des années, étant haut fonctionnaire suisse.

Assurément, ça laisse des traces.

Discret, plein de retenue. Non qu'il affectionne le culte du secret, mais il prise cette réserve qui sied aux gens de bonne compagnie. Appelons-le... Peu importe. Je ne vois qu'un mot, qu'une expression pour le situer.

Cet homme-là est un « gentleman de Dieu » à n'en pas douter.

Il a vécu. Maintenant, retiré, il réfléchit. Il n'a pas été que haut fonctionnaire dans une importante organisation internationale. Avant, il fut de longues années durant, journaliste au long cours. Il a beaucoup arpenté l'Orient, qu'il fût Proche, Moyen ou Extrême.

Il fut protestant, il est musulman. Il habite toujours en Suisse, mais son esprit, lui, est encore bien au-delà du Léman.

« Comment êtes-vous venu à l'islam ?

— J'ai commencé par découvrir René Guénon dans le cadre de l'Inde. C'est Alain Daniélou, le frère de feu le cardinal, qui me l'a fait découvrir. J'étais en reportage à Bénarès. Il m'a offert l'*Introduction* de Guénon. Je n'avais rien lu de lui auparavant, mais l'hindouisme m'attirait beaucoup. J'étais fasciné par le pays. J'ai donc lu et j'ai été séduit.

— Qu'y disait Guénon ?

— Que l'agnosticisme de la société actuelle est la forme agressive de l'ignorance. Ça m'avait frappé. En même temps j'étais saisi par le caractère sacré de l'Inde. Plus tard en 1951, un ami orientaliste m'avait appris et la mort de Guénon et qu'il était converti à l'islam.

— Ça vous a surpris ?

— Je suis tombé des nues. Comment Guénon qui avait si bien compris la religion de l'Inde avait-il choisi l'islam ? J'ai alors rencontré des guénoniens : ils étaient tous musulmans. J'ai donc lu plus avant son œuvre et j'ai compris que c'était effectivement le seul choix possible.

— Quelle philosophie avez-vous tirée de cette lecture ?

— Dès lors, je n'ai pas cru à une possibilité d'établir un ordre quelconque avec l'islam ici-bas. C'est trop tard. Tout ce qu'on peut faire, c'est intérioriser, revivre symboliquement à l'intérieur de soi-même. C'est ce que je pensais, c'est ce que je pense toujours après avoir lu, bien entendu, d'autres penseurs de l'Orient.

— Lesquels ? Des arabisants comme Jacques Berque par exemple ?

— C'est un bon exemple. Le cas Berque est tout à fait caractéristique. Berque et ses disciples nord-africains — les Ali Merad, Mohammed Arkoun, Hichem Djait, Mohammed Aziza, Abdallah Laroui — sont des agnostiques. Ils sont tout à fait étrangers à la métaphysique de l'islam. Berque a publié énormément de livres, il a une production très abondante. Mais c'est probablement dans *Arabies*, où il est interrogé par une Libanaise, qu'il s'est révélé. Il y dit des énormités, lui le professeur au Collège de France, des énormités qui montrent bien son intention délibérée de s'attaquer aux certitudes de l'islam.

— Il n'y a pas que Berque...

— En ce qui concerne un autre islamologue français connu, Maxime Rodinson, c'est clair : il est marxiste, athée et il le dit. Mais comme il est aussi juif et antisioniste, ça lui vaut un grand nombre de sympathies arabo-musulmanes qui ne retiennent de lui que ce dernier aspect. Ils oublient que, pour Rodinson, la Révélation du Coran est un produit de l'inconscient. Et ça, pour un vrai musulman, ce n'est pas acceptable.

— Quelles sont alors, selon vous, les limites de l'admissible ?

— Elles s'arrêtent à la thèse de Maurice Bucaille dans son livre sur *La Bible, le Coran et la science*. Il cherche à y démontrer que le Coran est miraculeux car il contient des données scientifiques que personne ne pouvait à l'époque, en 622 après Jésus-Christ, connaître.

— Faut-il donc se convertir à l'islam pour le comprendre ?

— Pas nécessairement. Mais il faut être un homme de foi. Voyez Louis Gardet, Louis Massignon, Henry Corbin... Bref, les plus grands noms de l'islamologie française. Quoique je nourrisse quelques doutes vis-à-vis de Corbin, qui est assurément " le " penseur de l'islam iranien mais qui, étant catholique, s'est fait protestant. Cela me paraît singulier pour un homme qui a voué sa vie à l'étude de l'ésotérisme.

— En tant que converti à l'islam, vous me donnez parfois l'impression d'être, en quelque sorte, " plus royaliste que le roi "...

— Pas du tout. Comprenez-moi bien. Ce que je reproche à Berque, c'est d'avoir inculqué à ses disciples nord-africains l'idée que la réalité de l'islam se trouve dans le social, alors que cela ne correspond pas du tout à la profession de foi islamique.

— Ils ne sont pas pratiquants. Et vous-même ? L'êtes-vous tout autant qu'au début ?

— Évidemment, quelle question !

— Il peut arriver qu'une pratique s'édulcore au fil des ans...

— Ma pratique religieuse est tellement incorporée à ma vie quotidienne que je ne pourrais plus m'en passer. C'est un besoin de sacré... la trace de l'absolu dans le relatif.

— Et tout cela, grâce à Guénon ?

— Tout à fait, mais... indirectement. Un jour, un ami chrétien libanais a lu comme moi l'œuvre de René Guénon, mais peu après, il a eu la chance de lui rendre visite au Caire. Il lui a demandé ce qu'il devait faire en espérant un conseil de conversion. Guénon a refusé de lui répondre quoi que ce soit à ce sujet. En ce qui me concerne, après l'avoir lu, je suis arrivé à la conclusion qu'il fallait être rattaché à une voie traditionnelle.

— Mais pourquoi ne l'avoir pas recherchée dans votre propre Église d'origine ?

— Parce que le protestantisme n'est pas traditionnel, il est déjà une rupture par rapport à la tradition. Et puis, en lisant Guénon, je ne pouvais qu'être musulman. Lui-même disait d'ailleurs du protestantisme que ce n'était pas une religion, mais une religiosité, une superstition en quelque sorte. Quand j'ai compris à mon tour qu'il n'y avait plus que des conventions sociales dans le protestantisme, je l'ai quitté sans espoir de retour.

— Vous n'avez pas été déçu ?

— Pas un instant. L'islam est une religion simple. Elle peut être pratiquée dans la clandestinité. Chaque homme est son propre prêtre.

— Vous avez fait le pèlerinage de La Mecque ?

— Le petit seulement, ça m'a suffi. C'est trop encombré, et puis ces autoroutes, cette débauche de béton aux alentours de la Kaaba, ça m'irrite.

— Vous n'êtes pas très formaliste...

— Je respecte les cinq piliers de l'islam.

— Mais justement le pèlerinage en est un...

— C'est vrai. Mais ce à quoi on vise, c'est à l'accomplissement intérieur. Et puis très sincèrement, je trouve que le pèlerinage a perdu de son sens. C'est devenu tellement facile aujourd'hui avec les *jets*. Une fois, je me souviens, on m'a proposé de faire partie d'un groupe d'Européens musulmans qu'on voulait emmener à La Mecque pour les montrer aux Arabes, pour leur montrer des convertis. J'ai refusé tout de suite. De toute façon, il n'y a aucun recueillement dans ces cohues, dans ces marées humaines. Un des premiers *hadiths* dit : les actions valent par l'intention. Tout est là.

— Tout de même... Ce refus du pèlerinage n'est-il pas à sa manière le reflet d'une différence de cultures, celle que vous avez abandonnée, celle que vous avez adoptée ?

— Les ruptures, il en faut. Cela dit, l'islam est moins monolithique qu'on veut bien le faire croire. Quand on dit islam, on imagine des Arabes, ou des Turcs à la rigueur. Mais pour moi qui ai d'abord connu les islams indonésien, himalayen, bengali... c'est vraiment une religion universelle. On a l'impression, par contre, que les convertis au christianisme en Afrique noire deviennent des Européens manqués. Ça ne peut pas arriver en Chine par exemple : un musulman chinois reste chinois, il ne devient pas un Arabe manqué !

— Mais la culture alors ?

— Ce qui est important pour moi dans l'islam, c'est son évidence métaphysique. La civilisation occidentale est complètement agnostique. Elle a tout, sauf l'essentiel, toutes les notions, sauf les certitudes. L'islam rétablit la certitude de droit divin rendue accessible à l'homme par le message prophétique. " Il n'est de divinité que Dieu ", dit-on dans la profession de foi. Cela signifie qu'il n'est de réalité que Dieu. Aux agnostiques, l'islam dit : l'absolu existe. Il y a quelque chose d'incommunicable. Ce qui nous distingue, c'est le besoin d'absolu. Nous pouvons le concevoir, donc nous pouvons y accéder. Cette notion d'absolu est aussi liée au besoin que chacun a de dépassement de soi-même. Notez que je serai le dernier à faire du prosélytisme. Je respecte les vérités des autres religions. Les Indiens disent : ce n'est pas l'homme qui choisit la voie, c'est la voie qui choisit l'homme.

— Vous parlez, vous parlez, mais finalement vous restez très discret...

— Mon islam ne regarde que moi. Il n'est pas public. Ma conversion, je m'en suis longtemps caché. Pour éviter des scandales au niveau professionnel, pour éviter des discussions oiseuses qui n'en finissent pas avec les autres croyants qui n'auraient de toute façon pas pu comprendre. Ce genre de discussions pendant des heures, ça ne m'intéresse pas.

— Des scandales, vraiment ?

— Vous n'imaginez pas ce que pouvait être une société occidentale protestante ou catholique il y a une vingtaine d'années. Les Arabes ! Les musulmans ! Quelle horreur !... Aujourd'hui la situation a changé, le christianisme s'est davantage désagrégé. On a vu des gens adhérer à des sectes incroyables ; bref, se convertir à l'islam est beaucoup moins extraordinaire maintenant qu'après guerre. Même en Suisse...

— En embrassant la religion musulmane, est-ce que vous avez aussi embrassé les causes arabe et musulmane ?

— J'ai fait de nombreux reportages au Proche-Orient. J'ai été considéré comme un spécialiste. Bien sûr, ma religion m'a aidé. Mais presque personne en Occident ne savait. Je passais simplement pour l'ami des Arabes. Effectivement, je me sentais des choses en commun avec ces gens. N'oubliez pas qu'on était dans les années 50-55. Il était alors pour le moins insolite de montrer de la compréhension envers les Arabes. Ça m'a valu quelques amitiés — j'étais courtisé par des dirigeants arabes — et beaucoup d'inimitiés. Mais je me suis toujours efforcé de prendre du recul par rapport aux événements. J'ai été parfois énervé par la propagande israélienne qui était tellement subjective !...

— Et la propagande arabe ?

— Pire encore ! Elle n'existait pas. Quand elle a existé, elle a été lamentable. D'un niveau !...

— Vous avez tout de même pris fait et cause dans le sens souhaité par les Arabes puisque, par la suite, ils vous ont invité, envoyé des cadeaux...

— C'est une question de civilisation. La civilisation occidentale a complètement dévié, elle n'a plus rien de chrétien, elle est postchrétienne, elle est monstrueuse. C'est pourquoi j'ai eu tendance à prendre parti pour l'Orient traditionnel contre l'Occident moderne. Hélas, l'Orient traditionnel s'affaiblit de plus en plus à cause des prétendues révolutions islamiques. Kadhafi et Khomeiny sont des personnages assez douteux, fumistes, mal entourés. Ils défigurent l'islam.

— Finalement, comment vous êtes-vous converti ?

— Je ne me suis pas converti.

— Comment ça ?

— Je veux dire que l'islam s'est imposé en moi alors que j'avais déjà tourné le dos au protestantisme. Je ne m'en étais pas rendu compte mais j'étais déjà devenu musulman, en moi. Rétrospectivement, je peux dire que c'est vraiment l'Inde qui m'a ouvert le cœur. Ça tient probablement à la présence du sacré. Il s'agit aussi d'une démarche intellectuelle, ma venue à l'islam : redécouverte de la métaphysique, découverte de la Vérité et possibilité de concevoir l'absolu.

— Vous ne pouvez pas aller plus loin dans l'explication...

— Ma conversion, comme vous dites, est difficile à expliquer car je l'ai complètement intériorisée. Elle n'est pas démonstrative, elle n'est pas expansive, elle est au-dedans de moi. Ça n'a pas été un coup de foudre mais une constatation froide, logique, rationnelle. Le royaume de Dieu est au-dedans de vous, comme disait le Christ. Maintenant, pardonnez-moi mais... il faut que je vous quitte. »

EMMANUEL DE BRIE, PREMIER CITOYEN DE L'ISLAMISTAN

Au téléphone, il avait une petite voix fluette. J'insistai pour le rencontrer chez lui. Il s'y opposait de toute sa timidité. « Vous comprenez, j'habite chez mes parents, et puis je serais moins à l'aise pour parler, surtout de cela. Retrouvons-nous chez vous plutôt. »

C'est ainsi qu'un matin est arrivé chez moi une jeune garçon mince et gauche, au jean incertain et au blouson d'une semblable cuvée. À l'épaule, il avait le sac kaki des lycéens. Aux pieds, des tennis qui avaient probablement eu un passé. Aux lèvres, le sourire. Et, au bout du bras, une poignée de main qui ne trompe pas. « Bonjour, c'est moi, Emmanuel de Brie. »

C'était un jeune homme de bonne famille. Sa voie était toute tracée depuis cette année 1957 où il était né coiffé. Le papa catholique et normand, la maman catholique et américaine. Une grand-mère paternelle fervente chrétienne qui l'avait soustrait aux ambitions sportives du père pour mieux et plus l'amener au catéchisme et à l'église. Jusque-là, rien que de très normal dans le bocage. Et tout à coup, sans crier gare ! La grande bifurcation !

Aujourd'hui, Emmanuel de Brie n'a qu'une ambition : fonder une vraie famille musulmane.

« Vous étiez un écolier très chrétien ?

— Pas vraiment. J'étais à l'école active bilingue. Ça m'a fait fréquenter plus de juifs que de chrétiens car les juifs y sont nombreux dans le corps professoral et parmi les élèves. Par la mentalité et la sensibilité, je me suis ainsi senti vite plus proche des juifs que des chrétiens de ce pays, malgré mon assiduité au catéchisme.

— Vous êtes né en France mais avez-vous voyagé jeune dans des pays arabes ?

— Dans ma tête beaucoup. Mon grand-père a habité le Maroc jusqu'au tremblement de terre d'Agadir. Il l'a alors quitté pour la Suisse en emmenant avec lui son cuisinier marocain qui était ma nounou en quelque sorte. Je passais toutes mes vacances avec eux en Suisse. Ils me parlaient sans cesse avec nostalgie du Maroc. Moi, j'adorais ça. C'est par le biais de cette vision que j'ai commencé à m'intéresser au monde arabe.

— Mais ça ne dépassait pas la simple curiosité ?

— En 1967, à l'école bilingue, à l'époque de la guerre des Six Jours, je n'ai pas participé à la flambée de joie et à l'enthousiasme locaux. À vrai dire, je ne savais même pas où se trouvaient Israël et l'Égypte. Quelqu'un m'a traité de « sale Arabe », ça m'a marqué. Un peu plus tard, à partir de 1973, je me suis intéressé de plus en plus au monde arabe. J'ai lu, j'ai approfondi les choses. J'avais toujours été attiré par les terres de soleil, l'exotique et l'étrange quand j'étais très jeune.

— Le Maroc, c'était le symbole...

— Plus encore, c'était le catalyseur. Je ne le connaissais que par ouï-dire, finalement. J'ai dû attendre d'avoir dix-sept ans pour y aller, mais jusqu'alors, ça a été une vraie névrose ; je ne pensais qu'à ça, je ne parlais que de ça.

— Après le bac, qu'est-ce que vous avez fait ?

— Assez naturellement, je me suis dirigé vers Langues-O, l'École nationale des langues orientales, comme on dit. La seule chose qui m'intéressait alors, c'était d'étudier l'arabe classique. J'ai donc obtenu mon diplôme en trois ans ; normalement. Puis j'ai été appelé au service militaire. On m'a affecté à la section des études arabes à l'École militaire à Paris. Je leur ai pondu un mémoire sur la civilisation arabe. Aujourd'hui, je continue Langues-O : je prépare le diplôme supérieur d'arabe classique et le diplôme supérieur d'études islamiques.

— Pendant la période de vos études, vous avez eu le loisir de visiter des pays musulmans ?

— Oui, le Maroc bien sûr, l'Égypte, la Tunisie, l'Algérie, le Yémen... Un jour en faisant du stop sur la route de Grenade, j'avais fait la connaissance d'une institutrice algérienne. Elle m'avait invité à passer la voir chez les siens, dans un village du Sud oranais. J'y suis allé pour les grandes vacances de l'été 1978. Ça a été décisif.

— Mais à ce moment-là, quelle était votre situation au plan spirituel ?

— Je cherchais, mais j'avais écarté le christianisme, et dans le christianisme, essentiellement les notions de Jésus fils de Dieu, de déicide, de Trinité. Je ne pouvais pas admettre tout ça, de même que l'interdiction faite aux prêtres de se marier. Je suis un peu comme saint Thomas, je veux des trucs palpables et logiques. Je me suis intéressé à nouveau à Dieu après une certaine période de désaffection. J'ai lu un livre de Claude Tresmontant qui s'appelait, je crois, *Comment se pose le problème de l'existence de Dieu aujourd'hui*. C'est un livre très profond et très solide qui m'a beaucoup marqué. Dans le même temps, je suivais des cours particuliers d'arabe avec un Syrien. J'appris peu après qu'il était prêtre chrétien. Nous avons eu de longs et multiples entretiens mais il ne m'a pas pour autant ébranlé dans mes convictions non chrétiennes. Je poursuivais mes lectures mais j'avais aussi écarté le judaïsme : je le trouvais trop limité, trop sectaire car il niait le Christ en tant que tel.

— Bref, il ne restait plus que l'islam ?

— En quelque sorte, quoique je n'aie pas procédé par élimination. C'est venu comme ça. Je l'ai étudié. Ce qui m'a le plus séduit, de prime abord, c'est cette idée d'un Dieu très lointain que l'on ne peut absolument pas représenter. Le musulman m'est apparu comme un juif et un chrétien qui en plus reconnaît le Prophète. La distance entre le fidèle musulman et Dieu m'a plu. Dans le christianisme au contraire, on a l'impression que l'homme est invité à imiter Dieu, ce qui est ridicule. Et pourtant... Mon prêtre syrien, mon répétiteur d'arabe, m'a beaucoup parlé, il m'a convié dans la paroisse où il chantait, il m'a fait lire les Évangiles... Rien n'y a fait.

— Alors, l'Algérie, votre conversion...

— On y arrive. L'Algérie a été le catalyseur de ma conversion. Entendons-nous bien : je n'ai pas décidé là-bas, de me convertir, du jour au lendemain. Mais en y arrivant, j'ai vite compris que je ne trouverais de solution que dans l'islam. Mais je n'étais pas pressé. L'Algérie n'a été qu'un accélérateur. Dans ce village, j'étais le seul Français. Ils n'en avaient pas vu depuis la guerre, depuis l'indépendance. Les circonstances diverses m'ont un peu poussé. Il faut dire que j'étais tombé amoureux d'une musulmane... Mais c'était passager. L'islam, lui, ne l'était pas.

— Alors, qu'est-ce que vous avez fait ? Ou plutôt, qu'est-ce qui s'est passé dans votre tête à ce moment-là ?

— J'ai fait le point, j'ai fait le bilan. J'avais commencé à étudier l'arabe, je connaissais un peu la civilisation, j'aimais cette fille, l'islam m'attirait ainsi que son Dieu et le Ramadan arrivait. Je ne me voyais pas manger tandis que d'autres jeûnaient. Question de respect. Je savais qu'un jour ou l'autre, j'aurais eu à me convertir à l'islam.

— Vous saviez ?

— Je savais, c'est tout. Alors j'ai saisi l'occasion. Je suis allé voir l'imam à la mosquée locale. Ironie du sort : elle était installée dans une ancienne église... C'était un homme de cinquante ans, un enturbanné classique : pas un mot de français, un arabe littéraire approximatif. Mais un homme très tolérant. Je lui ai dit en arabe : je veux me convertir, quelles sont les conditions ?

— Comme ça ?

— Oui, comme ça. Il m'a accueilli à bras

ouverts. Je suis retourné tous les jours à la mosquée pour lire le Coran avec lui. Certes, notre contact n'était pas très profond car on communiquait assez mal à cause des problèmes de langue. Il ne m'a rien appris, en fait. Ce ne fut intéressant que sur le plan humain.

— Il vous a quand même enseigné le dogme ?

— Dès le second jour, il m'a fait réciter la profession de foi. Pas de témoins, il était là, voilà tout. À la fin de l'après-midi, pour la première fois, j'étais invité à prier avec les gens du village. Il y a eu quelques grincements de dents. J'ai vu l'imam s'énerver et conclure bruyamment une conversation avec deux villageois par ces mots : " L'islam est ouvert à tout le monde, même aux juifs ! " Et dès le premier vendredi après nos entretiens, il s'était adressé ainsi à la communauté des fidèles : " Un nouveau venu parmi nous... un frère, il s'appelle Mahmoud... "

— Vous étiez accepté par la *umma*.

— C'est ça.

— Et vos parents là-dedans ?

— Mon père s'en fichait complètement. Ma mère avait un peu peur. À l'époque, la télévision et les journaux étaient pleins d'images de la révolution islamique en Iran. Ils m'ont dit : fais ce que tu veux, mais pas de fanatisme à la maison. Ma grand-mère, elle, était contente car j'avais retrouvé la foi, même si ce n'était pas exactement dans le sens qu'elle souhaitait. De toute façon, dans ma famille, on m'a toujours considéré comme un farceur et un original. Alors devenir musulman, pour eux...

— L'êtes-vous dans les faits, aujourd'hui ?

— Je ne suis pas très pratiquant. Je respecte

rigoureusement le Ramadan. Mais pour moi, ce qui compte, c'est l'apport du Coran et les actes. Les rites, c'est un peu une gestuelle qui fait qu'on se reconnaît membre d'une communauté.

— Et le Ramadan ?

— Un exercice de volonté.

— Et l'interdiction du porc ?

— Je n'en mangeais pas avant.

— Et l'alcool ?

— J'ai horreur de ça.

— Et la prière ?

— Je la fais le vendredi quand je suis dans un pays musulman ou dans une famille musulmane. J'estime que je réfléchis beaucoup plus sur Dieu en lisant ou en discutant avec des frères.

— Ça n'a pas l'air très orthodoxe tout ça...

— Je suis sans doute assez hérétique. Le monde évolue. À chacun d'interpréter les textes comme il se doit. La base, c'est l'idée fondamentale que les musulmans se font de Dieu. C'est l'essentiel. Cela dit, par rapport à l'immense majorité des croyants (musulmans ou chrétiens) je me dis que je ne suis sûrement pas le plus hérétique. Ils se contentent pour la plupart, très souvent, de l'hypocrite routine de l'office. Les gens qui prient mécaniquement à la mosquée ou à l'église puis qui rentrent à la maison pour battre ou engueuler leur femme, je trouve cela proprement scandaleux. Les pratiques cultuelles rejoignent l'aspect communautaire et la civilisation de l'islam. Moi, je suis français, j'ai une éducation occidentale et je la garde. On ne raie pas son passé d'un coup de crayon, par décision.

— Vous avez fait le pèlerinage ?

— Non, pas encore.

— Mais vous comptez le faire ?

— Si je ne suis pas loin de La Mecque, d'accord. Ou sinon si je dois dépenser une grosse somme, non. Le Coran dit bien qu'il vaut mieux aider les pauvres à y aller. Je préfère économiser et donner l'argent à un frère nécessiteux pour qu'il y aille. Je ne peux décemment pas dépenser un million ou un million et demi d'anciens francs pour ça alors que des frères démunis en auraient besoin. Le pèlerinage, moi ça me fait penser aux chrétiens qui " achetaient " avec des croisades leur ticket pour le paradis. C'est trop facile. Pour moi, ce serait de l'hypocrisie.

— À cause de quoi vous êtes-vous converti, en fin de compte ?

— Il y a eu des facteurs très distincts. L'impossibilité absolue d'imaginer l'univers sans Dieu, la nécessité de se rattacher à un mode de pensée satisfaisant... Je ne me considère certes pas comme un bon musulman. Je crois en Dieu mais je vis comme quelqu'un de très matérialiste. Il n'y a pas une façon russe ou une façon américaine de percevoir Dieu. Dieu est universel. Qu'on porte une djellaba ou pas, qu'on prie cinq fois par jour ou pas, ça ne change rien. À la limite, dans une mosquée, quand je vois tous ces hypocrites qui prient sans y réfléchir, j'ai la même impression de dégoût que quand j'allais à l'église. Je crois en Dieu. Je reconnais que je suis pécheur... Je suis faible... Dieu jugera. On pourra dire que j'espère par ma franchise obtenir une remise plus facile de mes péchés. C'est peut-être le cas...

— Vous fréquentez d'autres Français musulmans...

— Les convertis, les Français musulmans, c'est vraiment une sale race !

— Bigre !

— Pardonnez-moi le terme. Mais vraiment ! Je ne veux pas les voir. Ils sont très décevants. Du folklore pour la plupart ! Je fréquente plutôt des musulmans arabes "occidentalisés" ou " évolués ", comme on dit. Un jour à la fac, on a vu quatre Français arriver, tous les quatre la boule à zéro. Je me demandais s'ils ne revenaient pas de La Mecque. Ils étaient toujours ensemble. Au w-c, un jour, les les ai vus faire leurs ablutions, se laver les mains et les pieds avant de prier. J'ai compris que c'étaient des frères. J'ai engagé la conversation. Ils rentraient effectivement de La Mecque. Vous n'imaginez pas le caractère obtus et le côté réactionnaire et rétrograde du discours qu'ils m'ont tenu. Pas seulement vis-à-vis de la politique mais des femmes, etc. C'est un exemple parmi d'autres.

— Ça vous a choqué ?

— Je le répète, je suis de culture française et occidentale. La question n'est pas de savoir si ça me plaît ou pas. C'est un fait qui ne se nie ni ne s'efface. Cela dit, j'espère que mes enfants parleront l'arabe et qu'ils connaîtront le Coran mieux que moi. Je leur transmettrai aussi mon patrimoine culturel occidental. J'épouserai une musulmane non pour sa croyance mais pour sa culture. Pour la double culture de mes enfants. Et il n'y a qu'une vraie mère musulmane qui puisse sérieusement leur transmettre.

— Où vivrez-vous ?

— Dans un pays musulman. Enfin, j'aimerais bien.

— Vous vous sentez solidaire des Arabes et des musulmans dans le monde ?

— J'ai donné de l'argent pour aider les familles d'El Asnam après le tremblement de terre. Pour les résistants afghans aussi. Autant en ce qui concerne le Proche-Orient, je suis très modéré et je soutiens les accords de Camp David entre Israël et l'Égypte, autant je me suis violemment insurgé quand l'Armée rouge a envahi l'Afghanistan. C'est ma communauté, ce sont mes frères qui sont agressés, non seulement par des étrangers mais par des athées. En fait, ma relation avec la *umma* quand j'aide financièrement la résistance afghane, c'est un peu celle des juifs français quand ils donnent pour Israël. Je suis aussi modéré avec le Proche-Orient qu'extrémiste en ce qui concerne la basse Asie centrale et l'Afghanistan. Ils doivent se libérer du joug colonial soviétique.

— Quel est votre but dans la vie ?

— Fonder une authentique famille musulmane.

— Et votre vœu le plus cher ?

— Je rêve de ce que j'appelle un Islamistan, qui serait un Israël pour les musulmans, qui aurait comme religion l'islam et comme langue officielle l'arabe classique. Là-bas, j'aimerais vivre, et dans une des composantes de cette mosaïque de nations arabo-musulmanes qui se font la guerre tout le temps. Oui, un Islamistan, ce serait formidable. Mais enfin, il faut être réaliste : ce n'est pas demain la veille... »

GUÉNONIEN AVANT TOUT

Je cherchais un jeune guénonien. Je l'ai trouvé par hasard. Nous avons parlé non sans avoir auparavant accepté un contrat moral : pas de nom, pas de description physique... L'anonymat absolu. Contrat respecté. Sachez seulement qu'il a vingt-neuf ans, qu'il s'est converti il y a huit ans et qu'avant de se tourner vers l'islam grâce à René Guénon, il a effectué un spectaculaire retour dans sa propre religion.

Son témoignage vaut surtout par l'exemple. Il reflète bien l'itinéraire de certains croyants de sa génération.

« Je viens d'une famille du sud-ouest de la France, catholique pratiquante. Pas trop de ferveur, mais de la ferveur tout de même. À quinze ans, j'ai commencé à avoir quelques doutes, quelques problèmes.

— Pourquoi à quinze ans ?

— C'était mai 68... les fameux événements. C'était une date importante. Ça a été un déclenchement. Je me suis révolté contre le monde moderne, moi aussi. J'ai commencé à mettre en question ma religion. Mais c'est surtout intérieurement que j'ai vécu ce refus-là. Je me suis affirmé à ce moment-là. Même dans le Sud-Ouest, mai 68 avait des répercussions. J'ai donc progressivement jeté le christianisme aux orties. Je refusais tout mais je ne trouvais rien en remplacement. Je cherchais en vain, au moins un ersatz.

— Pourquoi n'êtes-vous pas parti ?

— J'ai attendu d'avoir mon bac, à seize ans,

pour quitter ma ville et monter à Bordeaux. Je me suis inscrit à la fac, en lettres classiques. Et là, dans le milieu étudiant, mon refus de la société s'est précisé, il s'est concrétisé.

— C'est-à-dire ? La lutte politique ?

— Non, j'ai cherché partout. J'ai tout essayé : la drogue, l'alcool, les voyages, la poésie... Ainsi jusqu'à dix-huit ans. Un copain m'a prêté un livre de René Guénon qui s'appelait *La Crise du monde moderne*. J'ai trouvé des réponses à mes questions. C'était le point de départ. Ça m'avait frappé. Je me suis mis alors à lire, à dévorer tous les livres de Guénon et il y en a !

— Comment devient-on guénonien ?

— En ce qui me concerne, mon adhésion a été immédiate, foudroyante. Pendant deux ans, je n'ai lu que ça, sans pour autant laisser tomber la poésie, le voyage... À vingt ans, j'ai compris qu'il me fallait passer aux actes et ne pas me limiter aux doctrines ou aux idées. Il me fallait me rattacher à une tradition et passer à l'aspect pratique.

— Qu'est-ce qui vous a d'abord séduit dans Guénon ?

— Il montrait comment échapper aux limites de l'individualité. En plus, il critiquait le monde moderne. Ça me convenait, ça tombait à pic.

— Et l'islam ?

— Vous brûlez les étapes ! À cette époque-là, je n'en avais jamais entendu parler véritablement. Je n'avais jamais mis les pieds dans un pays arabe. J'ignorais même que Guénon s'était converti à l'islam. De lui, je retenais surtout l'idée de tradition.

— Vous étiez toujours croyant ?

— Justement, c'est à ce moment-là, à vingt ans, que je suis revenu au christianisme. Je suis entré à la Trappe et j'y suis resté cinq mois. Ce fut une sorte de purification. Ce séjour au monastère m'a permis de faire le bilan, de faire le point. Je me suis rendu compte des limites de l'ésotérisme chrétien et j'ai compris que je ne pourrais me contenter pendant toute ma vie du christianisme. Ce n'était pas assez. J'étais un peu désemparé. L'hindouisme m'attirait bien un peu, du moins ce qu'en disait Guénon, mais tout de même, ça me paraissait bien lointain pour un Occidental.

— Vous avez cherché à vous confier ?

— Je suis allé demander des conseils à un homme avec qui j'avais eu des relations épistolaires. Il s'appelait Valsan. Il était rédacteur en chef des *Études traditionnelles*, une revue consacrée à l'étude des doctrines métaphysiques orientales et occidentales. Il avait été converti à l'islam par Guénon. En parlant longuement avec lui, j'ai compris que la tradition qu'il me fallait, c'était celle de l'islam. Ce monsieur m'a influencé tout de suite. Nous nous sommes découvert de nombreuses affinités. L'islam, lui m'apparaissait comme un juste milieu entre Orient et Occident. Je l'ai donc choisi par convenance spirituelle. Ce n'est pas à proprement parler une conversion car, dans ce mot, il y a rejet. Or, dans mon cas, c'est un choix. Et je ne rejette pas complètement le christianisme.

— Et votre famille, elle, vous a-t-elle rejeté ?

— Elle a accepté ma conversion sans la comprendre tout à fait mais sans manifester d'hostilité. Mes parents préféraient me voir musulman pratiquant que routard drogué. Ils m'ont beaucoup interrogé sur l'islam. Ils avaient une intense curiosité intellectuelle pour quelque chose qui leur paraissait si étrange et si... exotique ! Maintenant, on s'entend mieux qu'avant ma conversion. C'est leur amour et leur foi qui les ont aidés à accepter ma conversion.

— Rétrospectivement, quelle fut la part de Guénon dans votre découverte de l'islam ?

— Il m'a fait redécouvrir l'unité fondamentale de toutes les traditions à une époque où la foi était en perte de vitesse. Il m'a rendu évidente la nécessité de vivre une vie traditionnelle. Ceux qui découvrent cette œuvre et y adhèrent ne peuvent pas vivre autrement.

— C'est de l'envoûtement !...

— Si vous voulez. Peu importe le terme.

— La drogue, le voyage... vous revenez de loin.

— Plus les jours passent, moins j'ai de regrets de m'être converti à l'islam. D'ailleurs, je n'en ai jamais eu. Pendant quelque temps, j'ai été veilleur de nuit afin d'apprendre tranquillement l'arabe, sans être dérangé. À chaque instant, je découvre l'islam. J'ai fait le pèlerinage, je lis le Coran, les soufis, mais aussi les Évangiles.

— Il est étonnant de constater l'influence de Guénon chez les convertis à l'islam. Pourtant, il n'y invite pas explicitement...

— Pour nombre d'Occidentaux, René Guénon, c'est la bouée de sauvetage. Pour des jeunes surtout. Mais après l'avoir lu, on peut se convertir à n'importe quelle religion, on peut se rattacher à n'importe quelle tradition. Cela dit, si l'on s'en tient à ses indications implicites... il ne reste que l'islam.

— Ça a bouleversé votre vie, votre conversion ?

— Pour moi, il n'y a pas eu de rupture. Ce fut un aboutissement. Je ne me suis même pas rendu compte que je m'étais converti. Seule la forme avait changé. Le fond restait. Quinze jours avant ma conversion, j'allais encore à la messe. Quinze jours après, j'allais à la mosquée, voilà tout. »

PAUL-MUSTAFA, MUSULMAN GRÂCE À PAUL VI

Une belle et forte bâtisse dans la région de Senlis. Sur la porte d'entrée, en haut, en lieu et place du traditionnel « Ma Maison », un carré de porcelaine blanche, verte et noire, « Au nom d'Allah miséricordieux... » magnifiquement calligraphié en arabe.

C'est là, sans doute aucun.

Appelons-le Paul-Mustafa. Ce n'est pas qu'il cherche à dissimuler sa confession nouvelle : le curé du village fut le premier à apprendre, de la bouche de Paul-Mustafa, que son paroissien s'était fait musulman. Non, ce serait plutôt une question de pudeur : « Pourquoi mettre des noms dans un livre ?... » En lui, il y a le Français, le croyant et le militaire. Militaire il fut, militaire il demeure, même si l'âge de la retraite a sonné il y a quelque temps. Croyant, il n'a jamais cessé de l'être, d'une conversion l'autre. Quant à la France, quand on s'en fait une certaine idée, c'est pour la vie.

C'est un homme très courtois et prévenant.

Deviser en sa compagnie est un plaisir, surtout dans le cadre champêtre. De son passé, il n'a pas fait table rase. Il n'a heureusement pas eu l'illusion de remplacer une culture par une autre comme d'autres convertis ont cru bon le faire. Il sait ce qui est immuable en l'homme et ce qui évolue. Sa foi à lui est intacte, malgré les méandres de l'âme et du cœur. Si on lui demande pourquoi il s'est converti, il répond : « C'est la faute de Paul VI »... Mais malgré le sourire à la commissure des lèvres, on devine vite que la boutade a, là, force de vérité ou du moins de conviction.

Pourtant, quel chemin !

Une double extraction petite-bourgeoise, périgourdine et corrézienne, un père ingénieur « catholique sociologique » comme la mère, pas pratiquant ni tout à fait croyant mais respectueux d'une certaine morale chrétienne. Ce qui explique que le jeune Paul, baptisé à sa naissance en 1920, fera sa première communion en Bretagne « pour des raisons de convenances sociales plus que pour des raisons religieuses. » Après, c'est une autre histoire...

« Quand avez-vous cessé de croire ?

— Au plus fort de mon adolescence. Le Dieu des chrétiens ne me disait plus grand-chose. Au lycée, je me passionnais plutôt pour l'histoire des Perses ; j'étais très curieux de la religion mazdéenne. Ça m'émerveillait. Même pendant mes études de médecine. J'avais été reçu au concours de santé militaire. Je me destinais à être médecin dans l'armée. J'ai eu vingt ans en 1940. Drôle d'anniversaire... En 1943, j'ai été envoyé dans un camp en Allemagne pour relever un médecin militaire en captivité. Ce " remplacement " très spécifique était prévu par la Convention de Genève. Là-bas, je n'étais vraiment pas malheureux car j'étais tombé dans un hôpital de prisonniers où on mangeait à sa faim, où on recevait des colis des Américains... Je m'étais fait à cette situation. J'avais du temps libre. Je l'ai consacré à la lecture. Un jour, je suis tombé sur les *Pensées* de Pascal. Ça m'a conquis et bouleversé. Parallèlement, je me suis lié d'amitié avec un aumônier militaire. Ces deux facteurs m'ont fait renouer avec ma religion d'origine. Je me suis en quelque sorte reconverti à ma religion, le catholicisme.

— L'adversité, le camp n'ont-ils pas joué un rôle dans votre redécouverte de la foi dans le Christ ?

— Peut-être. En tout cas, cette redécouverte fut très forte puisqu'à la Libération, j'étais décidé à être prêtre. J'y avais longuement réfléchi. Ma décision était prise. J'ai donc envoyé une lettre de démission à l'armée. Rien à faire. Refusée. Par trois fois j'ai recommencé, par trois fois on me l'a refusée. J'avais fait mes études grâce à une bourse. Cela m'engageait par contrat à être médecin militaire pendant quinze ans au moins. C'est ainsi que, la mort dans l'âme, j'ai dû renoncer à la prêtrise. Je n'avais pas le choix.

— Où vous a-t-on muté ?

— J'avais vingt-sept ans et j'étais médecin-lieutenant. On m'a envoyé dans le Sahara, au Fezzan très exactement, c'est-à-dire le sud-ouest de l'actuelle Libye. Je suis resté cinq ans. C'était merveilleux. Cinq années inoubliables. J'y ai découvert des gens qui n'étaient pas des chrétiens mais qui pratiquaient des vertus chrétiennes. Mais attention : il n'était pas alors pour moi question de conversion. J'étais très catholique, très croyant, tout à fait enraciné dans ma tradition et je ne voyais d'ailleurs pas l'intérêt de changer de religion.

— Et après le Sahara ?

— Je suis rentré en France en 1953. Entretemps, j'avais effectué divers séjours en Algérie où j'avais été scandalisé, entre autres choses, par l'attitude des pieds-noirs, les femmes surtout, vis-à-vis des indigènes. Ça m'avait beaucoup déçu. J'ai donc eu très vite de la sympathie pour les musulmans dès que je les ai connus, que ce soit dans le bled ou dans la ville.

— Revenons à la France...

— À Paris, les choses se sont gâtées pour moi quand j'ai eu un grave accident de voiture. Je suis resté hospitalisé plusieurs mois. J'avais eu un traumatisme crânien mais... de grâce, n'en tirez aucune conclusion psychologique ou autre quant à ma conversion. Il n'y a aucun rapport entre ces deux événements, croyez-moi. Après mon accident, j'ai travaillé à la Direction du service de santé des armées puis au ministère des Anciens Combattants. J'ai pris ma retraite de médecin-colonel à cinquante ans en 1970 et je me suis installé dans cette magnifique région, à la fois campagnarde et parisienne.

— Quand est intervenue votre conversion à l'islam ?

— Il y a sept ans. J'avais été traumatisé par le concile Vatican II, par ses suites et ses applications. J'appartenais à la paroisse Notre-Dame-des-Champs à Paris. Chaque dimanche, il y avait du changement. J'avais le sentiment qu'on s'amusait avec la liturgie, qu'on en faisait un peu n'importe quoi. On donnait l'eucharistie comme le pain bénit. Les sermons aussi me choquaient : il n'y était question que de social. On ne parlait plus du ciel ni de l'enfer, si vous voyez ce que je veux dire. J'étais rempli de griefs, de ressentiments. L'attitude de Paul VI aussi me choquait. Il laissait faire n'importe quoi du côté des progressistes, mais il saquait les intégristes. Il fallait soit les accepter tous, soit les saquer tous, mais pas deux poids deux mesures, ce n'est pas digne de l'Église ! C'est ce qui m'a amené à perdre la foi chrétienne.

— Complètement ?

— Non, je veux dire que ça m'éloignait de l'Église. J'étais profondément désespéré. Je continuais à aller à la messe, mais j'en revenais agressif et plus méchant encore à l'égard de ce clergé *new look* auquel je ne comprenais rien.

— Et l'islam là-dedans ?

— Je m'y intéressais depuis longtemps et je lisais de plus en plus de livres sur le chiisme, ceux d'Henry Corbin surtout. J'ai lu aussi les travaux du Pr Hamidulah. Puis j'ai lu le Coran et je me suis converti à l'islam sunnite.

— Comment ça s'est fait ?

— De même que lors de ma reconversion au christianisme pendant la guerre, c'est arrivé à un moment où je ne m'y attendais guère. J'ai tout de même attendu six mois avant de me rendre à la mosquée de Paris. Je continuais pendant ce temps-là à assister à la messe sans trop y croire et en étant de plus en plus attiré par le dogme musulman. C'est ainsi, je ne peux pas dissocier la religion de la beauté esthétique et on en arrivait à des messes d'une laideur !... alors que la prière de l'islam m'apparaissait belle, sobre, dépouillée. Mais il n'y a évidemment pas que cela. Le côté esthétique, c'est le seul aspect de ma conversion que j'arrive à expliquer. Le reste, la foi...

— Essayez quand même...

— Ce ne fut pas cartésien... La conversion s'est imposée à moi. Je me suis mis, tout d'un coup, à lire tout seul des livres de prière, à apprendre l'arabe écrit tout seul. J'alternais le Coran et la Bible. En avril 1974, pour la dernière fois, j'ai assisté à une messe. J'y ai prié en arabe... Puis je suis allé en vacances en Crète et là, spontanément, d'une manière quasi naturelle, je me suis interdit de boire du vin bien que j'adore le résiné. Je me cachais pour faire la prière en direction de La Mecque.

— Pourquoi vous cachiez-vous ?

— J'avais peur qu'on me prenne pour un Turc et là-bas ils les haïssent. Je ne voulais pas les provoquer. En rentrant à Paris, je me suis décidé à aller à la grande mosquée. J'ai été reçu par le mufti, un Égyptien remarquable dont le seul défaut est de ne pas parler le français. Par le truchement d'un interprète (mon arabe n'est pas assez bon), je lui ai demandé des renseignements sur l'islam. Je suis retourné le voir. Il m'a convié à la prière du vendredi. Six mois plus tard, à l'*achoura*, je me suis converti officiellement. J'ai récité ma profession de foi comme il se doit. Mais en fait ce n'était que pure formalité car j'avais déjà fait un Ramadan.

— Vous êtes toujours aussi pratiquant ?

— Absolument. J'ai fait le pèlerinage à La Mecque en 1353[19]. Je me suis dépêché car j'estime qu'il faut le faire vite avant de mourir.

— Quel était votre sentiment à La Mecque ?

— J'étais heureux mais fatigué. C'est épuisant. Nous autres Européens sommes plus sensibles que les autres peuples aux troubles intestinaux. En plus, moi, j'ai horreur des foules. Malgré cela, j'ai trouvé là-bas des gens chaleureux et aussi quelques forbans, comme à Lourdes. Ma seule appréhension était digestive. J'avais une grande joie intérieure, une grande paix et l'impression d'être pardonné de mes péchés. Mais on n'est jamais sûr que le pèlerinage soit agréé... J'avais aussi l'impression d'avoir fait mon devoir vis-à-vis des obligations de l'islam. Là aussi, je suis resté très militaire.

— Depuis votre conversion, n'avez-vous jamais été déçu par votre nouvelle communauté ?

— Si, bien sûr. Avec ce qui s'est passé en Iran. Aux premiers temps de la République islamique, à l'arrivée de Khomeiny, j'étais ravi. Mais quand je vois ce qu'ils ont fait depuis... je suis écœuré. De plus, ils font un tort terrible à l'islam. Ça me pousse à revaloriser la culture occidentale, ces choses-là.

— C'est-à-dire ? Les Évangiles...

— Oh ! les Évangiles, je les connais par cœur, je n'ai pas besoin de les lire.

— Alors ?

— Je me sens intégré à la *umma*. Mais pour moi, Khomeiny et consorts, ce sont des étrangers, pas des frères. Je suis plus près de l'islam

Égyptien que de l'islam d'un Kadhafi. Sadate avait accueilli chez lui le Chah et sa famille que le monde entier tenait pour des pestiférés. Ce geste, c'était celui d'un bon musulman, désintéressé car on ne voit vraiment pas quel intérêt il aurait pu y trouver. Avec Kadhafi aussi, au début j'étais emballé. Mais maintenant... ceux qui étaient mes infirmiers quand j'étais médecin dans le Fezzan sont aujourd'hui à la Direction de la santé à Tripoli. Quand ils viennent en France, ils me racontent... C'est inimaginable. D'autorité, Kadhafi dirige la prière quand il le décide même si, dans l'assemblée, quelqu'un est plus qualifié que lui pour le faire. De plus, Kadhafi refuse la *sunna* maintenant. Et il est contre le pèlerinage à La Mecque car, d'après lui, la Ville sainte est aux mains des Américains !... C'est un déstabilisateur général. Je crois qu'il est fou.

— Et les musulmans d'Afghanistan, ce sont vos frères ?

— Absolument. Là, il n'y a aucun doute. Je me sens un devoir de solidarité envers eux.

— À quoi attribuez-vous votre conversion ?

— À Paul VI et au curé de la paroisse Notre-Dame-des-Champs. Bien sûr, ils ne l'ont pas voulue. Comprenez-moi bien, je ne reproche pas à Paul VI ce qu'il a dit mais surtout ce qu'il a toléré. C'est sa passivité qui m'a choqué.

— Pourquoi n'être pas devenu intégriste ou ne pas vous être converti au protestantisme ou à l'orthodoxie ?

— J'aurais pu, en effet. Mais j'ai été attiré par la simplicité de l'islam que j'avais connu naguère dans le Sahara.

— Et le Christ là-dedans ?

— Je l'aime toujours. Ça ne me pose pas de problème. J'aime profondément Jésus, que je n'ai jamais renié, Jésus et Mahomet. C'est possible, ce n'est pas anti-islamique.

— Pourtant, il semble que l'abjuration soit implicite dans la profession de foi complète lors de la conversion ?

— C'est vrai. Je le savais. Aussi je dois vous avouer que j'ai été drôlement soulagé quand on ne m'a pas demandé d'abjurer. Quand on aime le Christ après l'avoir découvert, c'est pour la vie. Je dois vous dire que, pour ma part, je n'arrive pas à comprendre, mais alors pas du tout, qu'un chrétien puisse se convertir au judaïsme.

— Chez vous, à Senlis, comment les paroissiens ont-ils pris la chose ?

— Comme je n'allais plus à la messe, je ne voulais surtout pas qu'on croie que j'étais devenu athée, surtout pas. Alors la première personne à qui j'ai annoncé la nouvelle, ça a été le curé qui s'est empressé de la répéter. Depuis, on ne m'a jamais fait de remarque. Je ne crois pas que ça ait choqué quiconque.

— Votre salon révèle que vous êtes un distingué collectionneur de tableaux. Pourtant l'islam est contre la représentation de la figure humaine...

— C'est exact. Mais la passion des tableaux remonte chez moi à fort longtemps. Quand je suis devenu musulman, je me suis posé la question. Qu'allais-je en faire ? Le Coran interdit de reproduire des figures humaines mais pas d'en posséder. La *sunna* le déconseille. Un mufti qui est venu déjeuner chez moi a compris mon problème. Il m'a demandé si je considérais ces tableaux comme des figures ou des idoles. Je lui ai répondu que non, bien entendu, que je les tenais simplement pour des œuvres d'art qui ne m'inspirent en aucun cas d'adoration polythéiste.

— Ce n'est pas trop difficile d'être musulman dans un petit village de la France profonde ?

— Chaque mois, je fais des achats massifs de viande dans une boucherie musulmane de la porte de la Villette et je stocke dans le congélateur. Quand je sors au restaurant, je fais en sorte qu'il y ait des poissons à la carte. Il y en a toujours.

— Nous n'avons pas parlé de la Providence dans votre conversion.

— Elle a joué le rôle essentiel, c'est évident. Le Sahara, Vatican II et le reste sont des épiphénomènes, des catalyseurs. Quant au message, à mes yeux, il n'a pas changé de Jésus à Mahomet. Quant à mon état d'esprit lors de ma conversion, je ne sais plus... je ne me souviens plus... il y a un blanc dans ma tête... un grand vide... Mais je peux vous affirmer que ça n'a pas été cartésien. Je ne suis pas non plus un mystique. Je regrette aujourd'hui d'entendre des frères parler sans arrêt, sans arrêt du dogme musulman, de ce qu'on peut manger et de ce qu'on ne peut pas. Ils en oublient de nourrir leur esprit. Ils oublient de se consacrer aux vertus de la religion qui est un sujet autrement intéressant. Moi, j'aime la nature et la création. Je veux remercier tous les jours le Créateur de ce qu'il a fait. Je crois à une vie éternelle et je crois que le chemin que j'emprunte est le meilleur pour y accéder. »

L'ITINÉRAIRE DU CATÉCHISME AU CORAN

Je l'avais rencontré dans une librairie islamique. Il savait ce que je cherchais. Il m'avait dit : « Venez chez moi, on parlera, ma femme aussi en est. » Il me glissa un bout de papier sur lequel étaient inscrits son adresse et son numéro de téléphone.

Quelques jours plus tard, nous prenions date. L'orage avait éclaté sur Paris, les rues s'étaient muées en caniveaux. Il habitait près de la Bastille, un vieil immeuble dans une vieille rue, un vieil appartement exigu où flotte en permanence une odeur d'encens. À l'entrée, on se déchausse et c'est en pantoufles qu'on foule les tapis. Un magnifique bébé blond aux yeux bleus est là qui accueille. C'est Zora.

Des livres, beaucoup de livres mais deux bibliothèques bien distinctes. L'une est consacrée à l'islam et elle est bien en vue ; l'autre, « occidentale » et littéraire, est dissimulée par un rideau, « pour ne pas choquer les frères ni les provoquer ». Ici, on doit beaucoup se réunir, parler et prier. Le sens de l'accueil est devenu une seconde nature chez ce jeune couple. Thé à la menthe et crêpes bretonnes. Il y a cinq minutes encore, ils ne connaissaient pas mon nom.

Ça aurait pu faire un bon petit couple de cadres moyens, mariés à l'église et tout, catholiques du dimanche. Des Français, quoi ! La Providence en a voulu autrement. Chacun de leur côté, ils ont cheminé et se sont convertis. Puis ils se sont rencontrés et se sont épousés dans l'islam. Ils y croient dur comme fer. Chacun à sa manière.

Lui d'abord, puisqu'elle prépare ses crêpes. Il émaille sans cesse son discours d'« Inch Allah » parfois intempestifs. Appelons-le Jean-Noël. Il est né à Batna (Algérie) en 1942. Son père, catholique, était officier de carrière dans l'armée française. Sa mère, infirmière dans la Croix-Rouge, est tout autant catholique que française. Le jeune Jean-Noël sera baladé, au gré de la carrière paternelle, entre Fez, Oujda, Oran, Tlemcen... Tlemcen justement où il sera élevé chez les bénédictins.

« Ça vous a marqué, l'enseignement religieux ?

— Absolument. D'autant qu'après, en France, j'étais chez les pères lazaristes à Pithiviers. Mais j'avais gardé un bon souvenir aussi de l'islam de mon enfance, surtout parce que mon père en avait eu une approche très correcte, ni baroudeur ni colonial. Il parlait arabe, commandait des troupes avec des indigènes... Mais, bien sûr, ma propre éducation religieuse a primé sur tout le reste. À telle enseigne qu'à l'âge de seize ans, je me destinais sérieusement à la prêtrise.

— Ça ne s'est pas fait, visiblement...

— Les choses ont évolué. En 1960, je suis monté à Paris pour suivre des cours dans une école de commerce. Trois ans après, je me retrouvais dans la vie active, comptable, puis chef comptable et enfin secrétaire général dans une société d'un groupe financier. Il en fut ainsi jusqu'en 1975. Un an avant, je m'étais marié une première fois. L'échec fut rapide. Il fut le révélateur. J'avais un goût assez personnel de l'absolu que je cherchais à réaliser dans différents domaines sauf dans le bon.

— Qu'est-ce qui s'est passé en 1975 ?

— Tout s'est cassé la figure, ça s'est écroulé. Mon divorce, l'obligation de démissionner de mon travail, des erreurs de spéculation en Bourse qui me firent perdre mon argent... Tout, quoi ! À ce moment-là, les choses m'ont quitté. Il faut bien qu'elles vous quittent un jour... Il a fallu que les faits se liguent contre moi. J'étais dans un tunnel. Je n'arrivais pas à accrocher l'essentiel, même à travers des raisonnements spéculatifs. J'avais le sentiment que l'essentiel, qui devait être au centre de mes préoccupations, n'était pas définissable.

— Mais il y a bien eu un moment où vous avez réagi ?

— En fait, cette cascade d'événements m'a ouvert les yeux après un temps. J'ai beaucoup lu. Je me suis tourné tout d'abord vers l'Extrême-Orient. Je suis tombé sur le bouddhisme zen. Je me suis mis à considérer le monde comme une illusion. Ces lectures en ont suscité d'autres, inévitablement. Je m'étais retiré à la campagne. Je vivais d'un travail de comptable dans une léproserie.

— Comment êtes-vous venu à René Guénon ?

— J'avais lu un livre qui s'intitule *Forme et substance dans les religions*. Guénon y était cité. Ce qu'on en disait m'a donné envie de me reporter à ses textes. J'ai donc lu *La Crise du monde moderne*, puis tout le reste. Il m'a donné ce que je recherchais : la certitude dans l'ordre intellectuel. C'est à partir de là que j'ai pu commencer à m'épanouir. La fonction de

Guénon a été de réinscrire la tradition dans la civilisation occidentale, de remettre le germe de la pensée traditionnelle en Occident avec des termes occidentaux.

— Et l'islam là-dedans ?

— J'ai un grand amour pour toutes les voies authentiques : hassidisme, zen... Mais toutes mènent, à mon avis, à l'islam. J'ai la conviction que l'islam contrôle tout de l'intérieur, qu'il joue le rôle de sceau dans toutes les autres religions. C'est la clef de voûte.

— Quand avez-vous commencé à penser à la conversion ?

— En 1975, quand j'ai eu tous mes ennuis j'ai senti que j'étais musulman depuis toujours. J'ai changé de vie, je l'ai reprise en main. On ne reçoit la lumière divine que quand on est prêt. Quand j'ai compris, un peu plus tard, que l'état de musulman était justement ce que proposait Guénon, implicitement, je suis entré dans l'islam.

— C'était quand ?

— En 1979.

— Mais vous aviez déjà été en terre d'islam ?

— Non, certes, mais j'avais rencontré des musulmans à Paris. Je suis donc allé un beau jour à la grande mosquée de Paris. Ça s'est passé dans le bureau du mufti. En quatre séances, on m'a appris les ablutions, la *fatiha*[20], la prière... Puis j'ai récité la *chaada* en présence d'un témoin. Il faut dire que j'avais déjà appris l'arabe dans le cadre de la formation permanente.

— Ça vous a fait quoi, de devenir musulman ?

— Ce qui m'a plu, c'est la grande simplicité

d'accès à la qualité de musulman par la voie islamique. En islam, il est sain d'être musulman. J'apprends l'arabe sans cesse. Je fais mes cinq prières chaque jour. Dieu passe partout bien sûr, mais la forme islamique est la plus adéquate selon moi. Ma conversion, je l'attribue à la grâce divine, bien entendu. Les choses ne viennent pas de moi. Je n'ai pas d'attitude de conquête par rapport aux choses mais de réceptivité. Mon seul effort, c'est pour me mettre en relation avec Dieu. Je voulais être ouvert extérieurement et intérieurement.

— C'est pour ça que vous vous êtes converti ?

— Il n'y a pas eu de conversion à proprement parler. J'ai été happé. Ce qui m'a séduit dans l'islam, c'est l'accord entre l'extérieur et l'intérieur. C'est le rapport authentique de soumission au Créateur. Les gestes et les paroles de l'islam correspondent à cet état intérieur... C'est cette cohérence qui m'a définitivement convaincu. Intellectuellement, c'est par la suite que j'ai été persuadé du rôle de sceau de l'islam.

— Finalement, c'est quoi pour vous, l'islam ?

— Plus on le pénètre, plus on sent l'adéquation entre la langue arabe et la Vérité. Pour moi, l'islam, c'est le mieux. Surtout, c'est le meilleur, ça a du goût... »

C'est alors qu'arrive, précédée de ses crêpes, la femme de Jean-Noël. Elle semble toute jeune, toute timide, toute frêle. On lui donnerait dix-huit ans. Elle en a un peu plus. Elle n'aime pas trop parler et se réfugie à la moindre occasion derrière ses lunettes. La plus fine des maïeutiques n'en viendrait pas à bout et c'est tant mieux. Le halo du mystère lui va comme un gant. Tant pis si on en sait un peu moins.

« Quelles sont vos origines ?

— Très banales. Des parents très français et très catholiques. Ma mère est prof de philosophie dans des écoles privées. J'ai été complètement éduquée chez les sœurs.

— Quand est-ce que vous avez entendu parler de l'islam pour la première fois ?

— Jusqu'à l'âge de dix-sept ans, je n'y connaissais rien. Je savais que ça existait, sans plus. C'est alors que j'ai rencontré, un jour par hasard, de jeunes Algériens qui ne pratiquaient pas du tout mais qui restaient très respectueux, profondément, de l'islam. Ça m'a frappée, moi qui croyais en Dieu. J'ai voulu en savoir plus. Ma réaction première a été d'aller dans une bibliothèque et de demander des livres sur l'islam. On m'a donné le *Mahomet et la tradition islamique* de Dermenghem[21]. Je l'ai lu tout de suite. À la fin du livre, étaient reproduites quelques sourates dont la sourate numéro deux intitulée " La génisse[22] ". En lisant le verset 256, j'ai été éblouie.

— Que disait-il ?

— Dans la traduction Kasimirski, ça donne : " O croyants ! Donnez l'aumône des biens que nous vous avons départis, avant que le jour vienne où il n'y aura plus ni vente ni achat, où il n'y aura plus ni amitié ni intercession. Les infidèles sont les méchants. »

— C'est ce qui vous a éblouie ?

— Tout à fait. Je me suis donc reportée illico au Coran lui-même. Je l'ai lu. Et là, j'ai été saisie. Oui... c'est le mot juste... saisie. C'était lumineux pour la croyante que j'avais toujours été, j'étais vraiment saisie, transportée. Ça a duré deux mois. Mais je ne savais que faire, à qui m'adresser. Quand j'ai appris incidemment qu'il y avait une grande mosquée à Paris, j'y suis allée, comme ça, sans prévenir, malgré ma timidité. J'ai tourné autour du bâtiment une fois, puis une seconde fois, puis j'y suis entrée. J'étais désemparée, ne sachant où aller. Heureusement, au moment de m'enfuir, j'ai vu le panneau " Bureau des conversions ". J'ai donc poussé la porte. En quelques séances, ils m'ont appris les rudiments de l'islam.

— Et après, avez-vous révélé votre conversion à quelqu'un ?

— Non, surtout pas. Je ne l'ai dit à personne. À l'époque, j'étais encore en pension chez les sœurs. Alors je priais en cachette. Quand j'allais à la maison et que ma mère faisait du porc à dîner, je feignais d'être malade pour ne pas avoir à en manger. Je me suis mise progressivement à l'arabe. Bien vite, mon seul livre de chevet fut le Coran.

— Quand est-ce que votre famille l'a su ?

— Quand je me suis mariée. J'ai tout annoncé en bloc : je me suis convertie à l'islam, je me marie et mon mari est aussi un converti à l'islam.

— D'un coup ?

— D'un coup ! Et contrairement à ce que je craignais, tout a été très bien accepté. Ça m'a surprise. C'est peut-être le mariage qui a tout arrangé. Ça a rassuré.

— C'est donc le Coran qui vous a convertie ?

— C'est vraiment un texte sacré. Plus vous le

lisez, plus vous en êtes persuadé. La seule explication est qu'il s'agit d'un texte qui vient de Dieu. Ce n'est pas possible autrement. Quand je l'ai lu la première fois, je n'ai pas pu y résister. C'était plus fort que moi. J'ai senti que je ne pouvais faire autrement que de me convertir.

— Mais encore ?

— Soit on est touché et on comprend le phénomène, soit on n'est pas touché et...

— Et...

— Et on n'insiste pas... »

Dont acte. Je sentis bien alors que je ne pouvais aller plus avant dans notre entretien. Elle en avait déjà trop dit. Lui aussi. Je pris congé. Alors que je rechaussais mes mocassins, il me dit : « On a eu une baraka formidable. La *umma*, c'est une vraie merveille. S'il y a une communauté privilégiée par Dieu, c'est bien celle-là. »

Dehors, l'orage grondait toujours. La rue était grise. Le ciel était de plus en plus bas. Je m'engouffrai dans le métro noir de monde, un monde particulièrement mouillé et irrité. J'eus soudainement envie d'acheter un Coran en livre de poche et de me plonger dans la sourate « La génisse », verset 256.

DOCUMENTS

Institut Musulman de la Mosquée de Paris

Au Nom de Dieu, tout Miséricordieux et tout Compatissant.
Que Dieu bénisse notre Seigneur Muhammad et lui accorde le salut.

* * *

Certificat de conversion officielle à l'Islam

* * *

Louange à Dieu.

Par devant l'Imam titulaire de l'Institut Musulman de la Mosquée de Paris, assisté de ses témoins instrumentaires : du personnel de la dite Mosquée chargé du Service du Culte, s'est présenté :

ᴧ. ....

lationalité : ....

ᴧé le : ....

emeurant à : ....

Lequel, ayant manifesté le désir de se convertir à l'Islam et ayant depuis longtemps commencé son initiation à ı Religion d'ALLAH et de Son PROPHETE, et l'étude des principes fondamentaux et des pratiques obligatoires et traitionnelles de l'Islam,

A confessé publiquement, en pleine liberté et dans la plénitude de ses capacités juridiques et de ses facultés ıtellectuelles, avec une sincérité que ne faussent ni l'intérêt personnel, ni des mobiles matériels déclarés ou inavoués, ᴊ'il professe avec une ferme conviction,

1°) Qu'il n'y a qu'ALLAH comme DIEU Omnipotent et Omniscient, Libre et sans associé, et que MUHAMMAD st son MESSAGER et Son PROPHETE, chargé par Lui d'avertir les hommes, et de leur indiquer la Bonne Voie et les ᴧoyens du Salut et de la vérité, ici bas et dans l'autre-monde.

2°) Qu'en conséquence, il déclare sans contrainte ni intérêt, embrasser l'Islam, Religion de Vérité, de Justice, e Charité et de Tolérance, et qu'à ce titre il se soumet à l'instar de tous les Musulmans, aux Obligations de la Religion, de la Morale, du Droit et de la Fraternité qui découlent du Dogme Musulman, et abjure toute autre Religion, oute doctrine philosophique, toute hérésie, toute croyance contraires à l'Enseignement du CORAN et de la Tradition ᴧusulmane,

3°) Qu'il prend à témoin DIEU et les Hommes qu'il embrasse l'Islam en pensée et en acte comme croyance en IEU, en la Mission du PROPHETE MUHAMMAD, et comme règle de vie en ce bas-monde.

Après avoir répondu aux questions posées par le MEJLIS réuni à cet effet pour prendre acte comme témoin de ette Conversion, M.   a été jugé digne d'entrer dans la Communauté du Prophète ᴧuhammad comme Musulman sincère, convaincu que par cette conversion, il est sorti des ténèbres de l'erreur, pour ntrer dans la Voie de la Lumière et de la Vérité Divines.

OUVEAU PRENOM : ....

Photogr.

Cette profession de foi a été enregistrée sous le numéro :
en date du :

SIGNATURES DES TEMOINS **SIGNATURE DE L'IMAM**

En foi de quoi lui est délivré le présent Certificat de Conversion, pour valoir et servir ce que de droit.

NOTA. — Droits de reproduction et d'impression réservés à son auteur le Professeur Hamza Boubakeur que Dieu l'assiste.

Son Excellence SI HAMZA BOUBAKEUR
Président-Directeur de l'Institut
Musulman de la Mosquée de Paris.

IMP. DE CARTHAGE-PARIS

لبسم الله الرحمن الرحيم
الحمد لله وحده والصلاة والسلام على نبي الهدى والرحمة

* * *

المعهد الاسلامـي ومسجـد باريس

اشهاد دخول في دين الاسلام .

* * *

حضر لدى الامام المفوض في المعهد الاسلامي ومسجد باريس
بمكتبه الرسمي وبمحضر عدليه .

السادة . . . .

وبشهادة رجال المسجد المكلفين بالشؤون الدينية

السيـد السيـدة . . . .

جنسيته ها . . . .

المولود (ة) . . . .

القاطن (ة) . . . .

وعبر عن رغبته بالدخول في الدين الاسلامي وبانه منذ مدة شرع في التدريب لدخول دين الله جل وعلا ونبيه محمد صلى الله عليه وسلم تبعا لاصوله الاساسية وممارسة شعائر الاسلام فرائضاً وسنة .

وصرح علانية وبحرية تامة وبكامل كلفته الشرعية وملكاته العقلية وباخلاص سالم من كل استغلال شخصي ومن اى عامل دنيوى ظاهر او باطن بانه عزم على اعتناق الاسلام وفقا لما يلي :

اولا ـ بان لااله الا الله جل وعلا لاشريك له الواحد الخلاق الفعال لمايريد لا يسال عما يفعل ، وبان محمدا عبده ورسوله بعثه نبيا للناس كافة بشيرا ونذيرا يهديهم الى وسائل السلامة وعالم النور والحقيقة .

وبعد ما اجاب به عى الاسئلة التي القيت عليه في المجلس المنعقد لهذه الغاية وتسجيل اشهار اسلامه ، تقرر بانه **جدير بالدخول بين المؤمنين بالله كمؤ من مخلص من امة محمد** صلى الله عليه وسلم) يعتقد بانه باعتناقه الاسلام قد خرج من ظلمات الضلال ودخل في صراط النور والحق .

ثانيا ـ وبناء على ذلك شهد على نفسه بدون اكراه او منفعة دنيوية بانه يعتنق الاسلام دين الحق والعدل والاحسان والتسامح، وبهذه الصفة عزم على القيام بالفرائض الدينية كسائر المسلمين في كل ما يتضمنه الدين الحنيف من اعتقاد واخلاق وشرع واخوة وما ينبع من صميم العقيدة الاسلامية ، وانـه خـرج خروجا مطلقا وتبرا براءة لارجعة فيها ولا اقالة من كل دين غير الاسلام ، كما يرفض كل النظريات الفلسفية الباطلة والشيع والمعتقدات المخالفة لتعاليم الاسلام .

ثالثا ـ ويشهد الله وعباده على انه اعتنق الاسلام فكرا وعملا وقولا وفعلا، وعلى انه يؤمن بالله وبرسالة نبيه محمد صلى الله عليه وسلم ويتخذ اصول الاسلام وسنتـه قاعدة للحياة في الدنيـا والاخرة .

والاسم والجديد الذي اخذه هو . . . .

ان هذه الشهادة قد سجلت برقم . . . . . وبتاريخ . . . .

توقيع الشهود

توقيع الامام

التصويرة

منحت له هذه الشهادة باشهار الدخول في الدين الاسلامي للعلم وعرضها على من يهمه الامر حيث تدعو الحاجة .

البروفيسور حمزة ابوبكر
عميد المعهد الاسلامي ومسجد باريس

مطبعة قرطاج ـ باريس

المعهد الإسلامي لجامع باريس

NSTITUT MUSULMAN
de la
MOSQUEE DE PARIS

Place du Puits de l'Ermite
75005 PARIS

Tél. 535-10-54
535-97-33
535-97-34
535-97-35

Paris, le

CONVERSION A L'ISLAM : PRELIMINAIRES ET PRINCIPES REQUIS.

M......................

Votre lettre du ...., m'est bien parvenue et j'en ai pris connaissance avec le plus grand intérêt.

Je comprends que dans le monde actuel qui est un monde de progrès dans l'ordre scientifique et technique, de régression au point de vue spirituel et moral, les âmes soient soumises à un ballottement entre les vérités éternelles et les données éphémères du siècle, entre la lumière de l'esprit et du coeur et les ténèbres d'un rationalisme mal compris. Notre siècle est un siècle de désarroi, d'incertitude et de séductions illuscires. Les sollicitations de l'extérieur dispersent notre moi intime ; l'ambiance dans laquelle nous vivons a les plus facheuses incidences sur notre conscience, notre stabilité et notre paix intérieures.

Devant la science et la philosophie en progrès continuel, les religions mal fondées n'ont pu résister et s'écroulent comme de vieux bâtiments, entraînant dans leur ruine les âmes qui ignorent l'Islam.

Seul l'Islam demeure debout, posant pour la conscience le vrai problème des rapports de l'homme avec Dieu et lui indiquant les voies et moyens de réaliser sur soi, par soi et pour soi sa vocation sur terre. Cette réalisation a pour fondement la foi génératrice de la force indispensable à la restauration du moi effondré, au rétablissement de l'équilibre intérieur rompu et à la reconquête des valeurs spirituelles perdues en raison de la déliquescence d'une société moralement corrompue et religieusement dévoyée.

MAIS N'EST PAS MUSULMAN QUI VEUT !

L'Islam n'est ni la religion des instables, ni celle des négateurs, des égoïstes, des tricheurs, des hypocrites, des égarés, des natures irrémédiablement perverties. Ses adeptes doivent d'abord être dignes d'adorer Dieu et forts pour triompher des obstacles qui contrecarrent l'élan de l'âme vers Dieu et dégradent la personne humaine au point d'en faire un robot. Car pour l'Islam, la véritable mort est celle de l'esprit et la désintégration du moi. Ceux qui ramènent leur passage sur terre au boire

.../...

au manger et au dormir n'ont pas leur place dans la communauté musulmane, pas plus que les partisans d'une morale sans obligation ni sanction .

Est Musulman celui qui cherche à vaincre par l'effort et qui fait de la sincérité avec soi-même la plus haute manifestation du courage intellectuel et de la confiance en Dieu.

Est Musulman celui qui croit en Dieu, à la mission surnaturelle de Son Prophète, au mystère du monde, à l'inconnaissable, se prosterne, prie et jeûne et qui refuse de se laisser dissoudre par les vanités de ce monde.

Est Musulman celui qui croit au message divin révélé (non falsifié) transmis par Abraham, Moïse, Jésus, rétabli en son authenticité et confirmé une fois pour toutes par l'Elu de Dieu, Mohammed (Dieu le bénisse et le sauve)

Est Musulman celui qui prie humblement, ne s'égare pas dans les futilités, pratique la charité et exerce la luxure...(Coran, XXXII,V.2)

Les vrais croyants sont ceux qui respectent leurs engagements savent patienter et vaincre les difficultés de la vie, n'hésitent devant aucun effort qui rapproche davantage de Dieu et qui sont trop fiers pour violer pour des intérêts sordides ou des plaisirs éphémères les lois éternelles instaurées par Dieu. Ce sont ceux qui, ici bas et dans le monde futur, comptent avant tout sur la grâce, la bienveillance et la miséricorde divines et sont convaincus que Dieu nous juge moins sur nos résultats dans la voie du bien et de la vérité que sur nos efforts pour les vivre et les pratiquer. Les vrais croyants sont ceux qui sont soumis à Dieu par amour et qui savent qu'il n'y a pas d'amour véritable sans surpassement et sans esprit de sacrifice.

Dieu nous a,en effet,recommandé : "Souvenez-vous de Moi et je me souviendrai de vous ! Rendez-Moi grâce et ne soyez pas ingrats! Cherchez du secours dans la patience et la prière! En vérité.Dieu est avec ceux qui persévèrent. Certes il arrivera que Dieu (textuellement Nous c'est à dire Dieu) vous éprouve par quelque terreur, par la faim, par la diminution de vos biens, de vous mettre à l'épreuve dans vos personnes et votre travail, mais une bonne Nouvelle est à annoncer à ceux qui patientent et à ceux qui dans le malheur disent : "Nous sommes à Dieu, et à Dieu nous retournerons". Sur eux s'étendent les bénédications et la miséricorde du Seigneur, car ceux-là sont dans la bonne voie". (Coran Sourate II, 152 à 157)

Si vous pensez adhérer l'idéal spirituel de l'Islam pour des questions matérielles, pour un mariage, un voyage ou par simple curiosité, votre intégration dans la Communauté du Prophète Mohammad (Dieu le bénisse et le sauve) est hors de question. En tout état de cause ne comptez pas sur la Mosquée de Paris pour vous agréer votre conversion. L'Islam est un horizon de vérité et de lumière pour les âmes résolues non pour les facétieux, les amateurs, les fantaisistes, les débauchés et les plainsantins.

Mais si c'est pour être mis sur la voie droite qui mène vers la vraie vie, pour goûter aux joies pures de la véritable croyance, si aidé par la grâce de Dieu, vous voulez répondre à son appel, venez vers nous, non pas comme vers des prêtres, mais vers de simples témoins de Dieu, pour vous indiquer la méthode à suivre, le viatique dont il faut vous munir, la résolution qui doit vous animer et les repères qui jalonnent votre cheminement. Comptez alors sur notre dévouement, notre loyauté, notre piété, et. . _

.../...

notre bonne volonté pour vous instruire, donner à vos nouvelles convictions la valeur qu'elles méritent et vous servir d'informateurs. Mais le vrai Guide c'est Dieu qui est libre de vous agréer ou de vous refuser Son assistance.

LA CONVERSION A L'ISLAM N'EST ABSOLUMENT PAS UN SACREMENT

Nul sur terre ne saurait prétendre gérer la grâce divine ni sanctifier ses créatures.La conversion à l'Islam est avant tout une adhésion sincère qui requiert un témoignage et implique une orientation sûre vers les vrais horizons de la vie spirituelle. Or le témoignage (shahâda) est la base même de l'Islam, non le formalisme spectaculaire et les simagrées enrobées de magie.

Mais d'ores et déjà, je dois vous dire que l'Islam, révélation divine, est une religion de vérité éternelle, de lumière intérieure, de fraternité humaine, de justice sociale ouverte à toutes les races, aux hommes et aux femmes,quels que soient leur fortune et le degré de leur savoir. Il suppose l'abandon de l'être à la volonté divine, la foi en Dieu et en la mission du prophète Mohammad et la charité.

Les piliers de sa spiritualité et de son éthique sont :
a) La Profession de Foi (Shahâda)
b) La Prière, (Salât)
c) L'Aumône (Zakât)
d) Le Jeûne (Siyam)
e) Pélerinage au Mont Arafat et à la Kaâba, Temple sacré de Dieu, à la Mekke (Hadjj)

L'Islam proclame l'unité et la transcendance divines absolues et exclut toute association à Dieu d'une autre divinité, tout panthéisme, toute incarnation, toute théorie d'un Dieu enfanté ou ayant été enfanté, tout mystère, toute métempsychose, toute errance philosophique qui ne reconnait pas à la foi, complément de la raison humaine limitée dans sa nature, la valeur de sa primauté et la réalité de son objet.

Le message du Prophète qui, confirme, précise et complète les messages confiés par Dieu aux Prophètes bibliques et en particulier à Abraham, à Moïse, et à Jésus est un message de paix, de bonheur, de perfectionnement moral, une annonce de bonne nouvelle pour l'au-delà, à l'intention de ceux qui craignent Dieu et en même temps un avertissement pour les impies, les hypocrites, les imposteurs, les délateurs, les aigrefins qui exploitent la piété de leurs semblables.

L'Islam condamne le vice et glorifie la vertu, adjure les fidèles à lutter pour le triompke du bien sur mal, prêche la charité, la tolérance, et interdit le fanatisme et les passions criminelles, la haine, le racisme, la cupidité,l'usure, les superstitions, les pseudo-miracles, le culte des idoles, les représentations figurées de Dieu, l'attachement excessif aux vaines richesses de ce monde.

Dieu est Un, Vérité des Vérités et Lumière des Lumières. Sa doctrine, l'Islam qui doit être attestée par des paroles et par des actes conformes aux prescriptions divines. Les turpitudes, l'exploitation du sentiment religieux,l'irrationalisme, l'immixtion de tout individu dans les rapports entre l'homme et son Créateur, le paganisme, l'ostentation les absolutions de pêchés, sont frappés par l'Islam d'une condamnation majeure en tant qu'imposture flagrante.

.../...

Il n'y a pas de place en Islam pour les confessions, les dispenses, ni pour les faux dévôts qui s'arrogent la mission de parler en Son nom, ni pour les sorciers les faiseurs de miracles, tous ceux qui, en un mot, cherchent dans la religion non une vérité transformante, un perfectionnement inlassable de la vie intérieure une voie saluaire pour l'au-delà, mais un moyen d'abêtir les masses au point de les rendre sourdes et aveugles devant l'égarment, l'erreur et l'injustice

L'Islam recommande la Science, honore les savants et combat l'ignorance, les superstitions et les innovations avilissantes, les actes contre natrue, l'exhibitionnisme indicent, l'impudicité, la pornographie, l'extravagance, la vie licencieuse la décheance morale. our l'Islam, Dieu est justice, raison et miséricorde. A lui appartiennent parmi les plus beaux noms, l'Eternité, l'Omnipotence, l'Omniscience, l'Immuabilité, la Volonté, la Perfection. L'Univers est son ouvrage. Il est transcendant à sa création.

CREATION POUR UNE CONVERSION

La Commission cultuelle de la Mosquée de Paris, n'a aucune prérogative dogmatique pour certifier la sincérité d'une conversion. Elle ne peut agir qu'en qualité de témoin, prendre acte de l'option et régulariser d'une conversion en délivrant un certificat d'islamisation.

Dieu seul est à même de connaître la signification la sincérité et le sens de l'élan de l'âme, la droiture du coeur de ceux qui optent pour l'Islam comme bonne voie et régle de vie conforme à Sa sainte Volonté car Dieu seul peut apprécier notre bonne foi, notre probité, notre ferveur, nos difficultés pour nous juger d'après le mérite de nos efforts et non d'après le mérite de nos résultats ou nos offrandes matérielles.

Tout élan de l'âme vers Dieu selon l'Islam doit être suivi d'une initiation graduelle à la doctrino islamique, d'une méditation longue et approfondie de ses principes fondamentaux, de ses obligations et de ses pratiques traditionnelles. Le postulant doit confesser, devant la Commission cultuelle de la Mosquée de Paris, publiquement, en toute liberté, dans la plénitude de ses facultés intellectuelles et de ses capacités juridiques, avec une sincérité que ne faussent ni l'intérêt, ni les honneurs, ni les ambitions, ni un mobilie quelconque manifeste ou inavoué, qu'il professe avec une ferme conviction que :

1°) Il n'y a qu'un Dieu et Mohammad est son Envoyé et son Prophète chargé par Lui de rétablir dans leur authenticité originelle, les Ecritures antérieures (Thora Evangile), d'avertir les hommes, de leur indique la voie du bonheur, ici-bas, et du salut, dans l'au-delà.

2°) Il embrasse librement l'Islam, religion de sagesse, de vérité, de justice, de charité et de tolérance, et à ce titre il se soumet, à l'instar de tous les Musulmans, à ses obligations et à ses pratiques, à sa morale, à sa doctrine juridique et à la fraternité qui découle de son dogme.

3°) Il prend à temoins Dieu et les hommes qu'il embrasse l'Islam en pensée et en acte, comme message divin transmis aux hommes éclairés et de bonne volonté, qu'il en fait l'axe de sa vie pour son bonheur en ce bas monde et dans le monde futur, et qu'à ce titre sa conversion l'engagent pour toute la durée de sa vie.

4°) Il abjure toute autre religion révélée ou non révélée, toute

.../...

doctrine philosophique contraire à l'esprit de l'Islam, toute hérésie, toute croyance et tout culte contraires à l'enseignement du Coran, de la Tradition du Prophète Mohammad (Dieu le bénisse et le sauve) et de l'héritage théologique et juridique légué par les penseurs de l'Islam.

La Commission l'interrogea sur ces bases fondamentales et prendra acte, éventuellement de sa conversion, de son admission dans la Communauté du Prophète comme Musulman convaincu, arraché aux superstitions, à l'égarement aux ténèbres de l'erreur pour suivre la voie divine de la Lumière, de la Vérité, de la Grâce, de la Justice, de la Miséricorde d'Allah et de la Fraternité humaine.

Pour réaliser cette initiation première, les ouvrages de langue arabe sont innombrables. Les Livres en langues étrangères, sont pour la plupart d'une information fragmentaire et tendancieuse.

Le postulant peut néanmoins lire avec profit et en toute sécurité intellectuelle

1°) Coran, Traduction commentée par le Cheikh Hamza BOUBAKEUR : en vente dans toutes les librairies, éditée par Fayard 75, rue des Saints Pères 75007 PARIS. 2 gros volumes de luxe texte arabe inclus (2203 pages) Prix 500 francs.

2°) Virgil Georghiu : La vie de Mohammad
ou E. DERMENGHEM : Mohammad d'après la tradition Musulmane,
ou M. SAAD BEY : La vie de Mohammad

3°) Le dogme et les pratiques de l'Islam par le Cheikh Hamza BOUBAKEUR (sous presse)

Encore une fois, réfléchissez bien, toute conversion est un changement d'axe de vie, une nouvelle vision du monde et une conception plus saine des rapports de l'homme avec Dieu, avec ses semblables, et tous les êtres animaux et végétaux.

Ne vous engagez pas à la légère !

Croyez-moi, en tout état de cause, bien vôtre cordialement dévoué et entièrement à votre disposition dans vos projets. Dieu nous aide. Salam.

S. E. Si Hamza BOUBAKEUR
Recteur de l'Institut Musulman
de la Mosquée de Paris
Agrégé de l'Université
Docteur en Droit
Membre du Conseil Suprême
des Affaires Islamiques de
l'Académie de Recherches Islamiques
et du Congrès permanent des Oulama
(Savants) de l'Islam (du Caire)

confidentiel

DEVENIR CHRETIEN

QUAND ON VIENT DE L'ISLAM

Notes pastorales destinées à aider des responsables de catéchuménat dans l'accueil et l'acheminement de catéchumènes venant de milieux marqués par l'Islam.

Présentation de la question

Des demandes diverses...

... depuis le vieux musulman qui veut devenir chrétien "pour avoir un bel enterrement" en occident, jusqu'aux enfants nés de père musulman et de mère chrétienne, en passant par des enfants de harkis, des intellectuels et des travailleurs immigrés ayant ou non la nationalité française ; sans oublier les Turcs, les Africains, les musulmans d'Asie (proche-orient, sud-est asiatique, etc.).

Il y a des jeunes qui attendent d'avoir atteint leur majorité pour poser une demande de baptême, ceux et celles qui le font au moment du mariage d'une maladie ; ceux qui ont été éduqués dans l'enseignement catholique (et qui sont encore adolescents), des enfants et des jeunes placés par la DDASS dans des familles chrétiennes, et parfois aussi de jeunes adultes pendant leur temps de service national.

Rappelons également que dans tous les pays musulmans, à travers le monde, vivent des jeunes et des adultes chrétiens venus de l'Islam dans la discrétion la plus absolue. Discrétion qui est l'attitude fondamentale que nous devons tous avoir quand nous avons à accompagner de telles demandes.

Rappelons que le Christ s'adresse à tous les hommes, quelle que soit leur expérience religieuse.

Des demandes d'horizons divers : que de différences... et pourtant un lien plus ou moins grand existe avec l'Islam, dans sa dimension religieuse, culturelle, sociale et politique. On ne trouvera pas ici des recettes valables pour tous, mais simplements des points d'attention pour gérer au mieux les différentes étapes de l'accueil, du cheminement et de l'insertion ecclésiale.

POINTS D'ATTENTION

AUTOUR DES DEMANDEURS

1. Tenir compte du pays d'origine - Turquie, Maghreb, musulmans d'Europe, d'Afrique noire, d'Asie... - et de la nationalité, avec une attention particulière, s'ils appartiennent à des minorités : Kurdes, Kabyles, Druses, Patchoums, etc.

   L'attention doit être aussi portée sur le contexte socio-politique et religieux du pays d'origine (ex. : les frères musulmans de tel pays font fuir certains éléments jeunes qui vont chercher ailleurs ; recherche de tolérance ou de simple liberté).

   Ces musulmans, en France, vivent hors du contexte omnidimensionnel des terres d'Islam. A leur blessure d'émigrés s'ajoute la rupture d'avec leurs racines religieuses, quel que soit l'Islam dans lequel ils sont nés : sunnite, shiite, maraboutique.

2. Tenir compte du "niveau spirituel" du demandeur au moment de sa démarche :
   Est-ce la rupture avec un Islam profondément vécu et pratiqué, même en diaspora ?
   Est-ce un choix à faire pour obtenir quelque chose ou devenir quelqu'un ? (peut-être première génération ?)
   Est-ce une conversion venant de l'athéisme, avec ou non un souvenir de l'appartenance à l'Islam ? (peut-être deuxième génération ?)
   Est-ce l'effet d'un coup de foudre après la simple lecture de l'Evangile ou la rencontre d'un chrétien ?

3. Au moment de la demande, avoir présents à l'esprit les repères et les tendances diverses d'un Islam très diversifié : courants mystiques, réformistes, maraboutiques, voire superstitieux...

4. S'informer sur la vie religieuse d'un Islam vécu en diaspora, en contact non seulement avec des chrétiens, mais aussi avec des courants philosophiques divers de l'Occident, et d'autres religions.

5. Dans le cas où le demandeur est mineur, avoir le courage de lui demander d'attendre sa majorité avant de pouvoir entreprendre sa démarche, malgré son désir intense de devenir chrétien immédiatement : lui en donner les raisons en toute vérité.

   Dans certains cas (très rares), un accord peut être obtenu des parents, dans la mesure où il s'agit surtout de filles. Agir toujours avec une réelle prudence, et dans la démarche et dans le langage.

   Il ne faut pas non plus minimiser la tendance de certains à prendre la religion des habitants de la terre où ils se trouvent.

AUTOUR DE L'ACCUEIL

6. *Accueillir*, mais aussi avertir, dès le départ, des difficultés que pose une demande de baptême : face aux textes coraniques, la conversion apparaît comme un péché grave, irrémissible s'il n'y a pas de retour ; aux yeux de l'entourage musulman, la conversion apparaît toujours comme une rupture, un reniement, une véritable mort, car tout homme en Islam naît musulman. Ne plus être musulman, c'est cesser d'exister. (On pourrait dire cependant que, pour une fille convertie en Occident, le reniement serait moins grave.)

7. Faire préciser les *motivations* et les *occasions* de la demande et ses imbrications, par écrit si possible (cf. présentation de la question, p. 1).

8. Faire prendre conscience au demandeur qu'*il entre dans une nouvelle foi*, inconnue pour lui. Au cas où, avant sa conversion, le demandeur a une grande culture religieuse en Islam, on pourra établir une certaine continuité dans ce mouvement de mutation de sa foi ; mais il faudra être très prudent sur ce sujet, car une conversion de l'Islam au christianisme ne se fait jamais impunément.

   Parfois le "retour" au christianisme (en effet, pour un musulman la dernière révélation est celle reçue par Mahomet) provoque certains traumatismes psychologiques.

   Le converti de l'Islam demandera des *limites* et des séparations dans sa foi nouvelle (ce qu'il faut croire, ce qu'il faut faire). Il ne deviendra pas nécessairement l'homme de tous les dialogues.

9. A partir de là, écouter *leur manière de raconter leur conversion* :place du merveilleux, "apparitions", miracle. Il importe de ne jamais rire devant de tels récits, car ces témoignages traduisent une nouvelle vision de Dieu : un Dieu incarné.

   Dans l'écoute de ces témoignages, il faut être vrai : les écouter avec son coeur. Ils sont sensibles au climat de chaleur humaine, de délicatesse.

10. Etre attentif à situer la demande et à en saisir toutes les dimensions : *dans quel contexte est-elle faite ?* contexte de mariage, demande de nationalité, volonté de prendre ses distances à l'égard d'une tradition ?... Tenir compte également du projet de vivre par la suite, en Occident chrétien ou en pays islamique.

11. Voir, dès le départ, comment *un premier groupe d'accueil* pourra se constituer. En général, un musulman venant au christianisme accomplit un acte essentiellement solitaire. Il a peur de tout rassemblement et de toute communauté. Agir en ce sens avec grande prudence.

    Ne pas "se passer" le demandeur de l'un à l'autre.

    Laisser la charge du cheminement vers le baptême au chrétien ou à la chrétienne qui a été témoin de ses premiers pas, quelle que soit sa responsabilité en Eglise.

Et pourtant, il faudra, tôt ou tard, qu'il trouve sa place dans une nouvelle communauté qui n'aura rien à voir avec la communauté "charnelle", islamique, qu'il aura quittée. Il se peut qu'avec le temps, des liens avec la communauté d'origine, restés cachés, resurgissent, avec tous les risques que cela pose.

AUTOUR DU CHEMINEMENT

12. S'assurer de l'impact des mots du langage utilisé dans les rencontres, en n'oubliant pas que l'ambiguïté peut surgir des mots employés par l'un ou l'autre interlocuteur.

13. Dès le départ du cheminement, les introduire dans la prière chrétienne et leur faire découvrir l'originalité du comportement évangélique (pardon des offenses, amour des ennemis).

14. Dire au demandeur que, dès sa conversion, il est déjà saisi par le Christ et que le baptême, signe de son appartenance à l'Eglise, doit être soumis à l'histoire d'une communauté.

15. Durer, patienter, espérer et prendre le temps de la catéchèse.

16. Faire régner un climat de "libération" - signe de la tendresse de Dieu - en sachant que des catéchumènes pourront être déroutés ou séduits par un christianisme vécu dans une communauté donnée dans laquelle ils devront "s'intégrer".

    Voir dans quelle mesure les liens avec le pays, la famille et le milieu d'origine vont demeurer possibles et souhaitables.

17. Pour et avec les convertis, rechercher dans quelle mesure il peut y avoir d'autres manières d'être chrétien, compte tenu de leur culture, de leur langue, de leurs traditions désormais immergées dans l'expérience chrétienne.
    C'est sans doute là une occasion d'espérance et de renouveau possibles pour l'Eglise apportée par ces croyants issus d'une des grandes traditions abrahamiques.

18. S'entourer de discrétion dans les célébrations qui marquent la conversion, en recherchant ce qui est à valoriser dans les rites, les gestes, la profession de foi, l'engagement de la communauté accueillante ; la découverte du rite, des symbolismes et des sacrements est une expérience majeure pour les convertis venant de l'Islam.

A PROPOS DE LA VIE ECCLESIALE

19. Voir comment faciliter une entrée, une vie en Eglise et la vie quotidienne avec les chrétiens, en sachant qu'en Islam, la dimension communautaire ne s'exprime pas nécessairement par une pratique commune.

Voir comment joindre le passé musulman - même s'il n'est qu'une mémoire - et le présent chrétien qui est eschatologique.

20. Plus que pour d'autres catéchumènes, l'expérience chrétienne doit être envisagée de manière prudente : le sens de l'inconnu et du mystère, la dimension de l'initiation sont des valeurs dont il faudra toujours tenir compte.

En conclusion

La situation d'un converti venant de l'Islam n'est jamais réductible à la situation d'un autre.
Chaque demandeur ne vient-il pas à la foi chrétienne comme une "personne seule" devant Dieu ?
Et l'histoire de l'un est rarement l'histoire de l'autre.

NOTES

AVANT-PROPOS

1. Matthieu (5, 17).

ILS ONT CHOISI LE CHRISTIANISME

1. Samuel Stehman, *Ce Dieu que j'ignorais*, Fayard, 1970.
2. Théodore Ratisbonne, *Mes souvenirs*, 1882, Éd. Sources de Sion, 1966.
3. René Schwob, *Moi, juif*, livre posthume, Plon, 1928.
4. Prière des morts chez les juifs.
5. Selon Robert Paxton et Michaël Marrus, *Vichy et les juifs*, Calmann-Lévy, 1981.
6. Pierre Hirsch, *De Moïse à Jésus, confession d'un juif*, Renaissance du livre, 1933.
7. *Dictionnaire apologétique de la foi catholique, contenant les preuves de la vérité de la religion et les réponses aux objections tirées des sciences humaines*, A. Alès, Beauschenes, 1903.
8. 47, rue de Clichy, 75009.
9. Ginette Guitard-Auviste, *Paul Morand, Légende et vérités*, Hachette, 1981.
10. 12, rue Daru, 75008.
11. Le plus célèbre de ces juifs passés à l'orthodoxie est le père Alexandre Men. Théologien de grand renom, il a été sauvagement assassiné à coups de hache à Moscou en septembre 1990. On a soupçonné Pamiat — une organisation ultra — d'être à l'origine du meurtre.

12. « Interpellations orthodoxes aux évêques catholiques de France », *Contacts*, revue française de l'orthodoxie, n° 107, 1979.

13. Le catéchuménat est l'institution où se réalise communautairement l'initiation chrétienne d'un adulte jusqu'à sa conversion proprement dite.

14. Service national du catéchuménat, 4, avenue Vavin, 75006.

15. Maison diocésaine, 8, rue de la Ville-l'Évêque, 75008.

16. Le Bund était une organisation socialiste juive.

17. Mgr Riobé, évêque volontiers « social », avait pris position en faveur de l'objection de conscience, du tiers monde, des travailleurs immigrés...

18. N° 2649 du 4 février 1981.

19. Équivalent de la cérémonie de confirmation chez les catholiques, la *bar-mitzva* marque la majorité religieuse du jeune juif, à l'âge de treize ans.

20. Non-juifs.

21. Montée vers Israël.

22. In *Le Choix de Dieu*, Éd. de Fallois 1987.

23. Le *Yediot Haharonot*.

24. Dans *Le Nouvel Observateur* du 20 octobre 1980.

25. Philippe Bouvard, dans *France-soir* du 6 février 1981.

26. Le 24 février 1981.

27. Il faut lire son récit très pudique : *Quand vient le souvenir...*, Seuil, 1978.

28. En date du 24 avril 1981.

29. Né à Livourne en 1784, mort à Ramsgate en 1885.

30. Dans *Le Sionisme d'Abraham à Dayan* de Paul Giniewski, Éd. de la Librairie encyclopédique, Bruxelles, 1969.

31. Premier soir de la Pâque juive, en fait dîner de veille de Pâques.

32. Jour du Grand Pardon.

33. Il s'agit du prêtre Jean-Pierre Altermann, né dans une famille bourgeoise israélite. Un moment tenté par la vie artistique, il bifurque vers Dieu. Fondateur dans les années 30 de la Maison d'Ananie conçue pour recevoir les non-catholiques, le père Altermann a l'étoffe d'un « convertisseur ».

34. Père Michel Riquet, *Un chrétien face à Israël*, Robert Laffont, 1975.

35. Action catholique ouvrière.

36. Jeunesse ouvrière chrétienne.

37. Séminaire talmudique.
38. Matthieu (5, 17).
39. Cf. *Le Monde* du 16 juin 1981.
40. Cf. « Intégrisme et vie quotidienne » dans *Le Monde* du 21 juin 1981.
41. *Le Monde* du 22 mars 1987.
42. Gouvernement central marocain à l'époque du protectorat.
43. Ces passages sont extraits d'*Entre nous* (mai 1964), bulletin polycopié du collège franciscain de Fontenay-sous-Bois.
44. Passages extraits de *L'Islam et nous* de Jean-Mohammed Abd el-Jalil, Éd. du Cerf, 1981.
45. Passages extraits de « La conversion et les conversions », *Cordée*, n° 45, décembre 1960, Union catholique de l'enseignement public.
46. D'après *Le Monde* du 11 juin 1980.
47. L'article 1 de la loi du 31 décembre 1959 sur l'enseignement, dite loi Debré — du nom du ministre — stipule que toute liberté de conscience doit être laissée aux élèves placés dans les écoles privées.
48. *Libération* du 3 juin 1980.

ILS ONT CHOISI LE JUDAÏSME

1. 17, rue Saint-Georges, 75009. Son tribunal rabbinique est seul habilité à délivrer — gratuitement — des certificats de conversion. Il met en garde contre des personnes ou des groupes qu'il ne reconnaît pas, qui sont dépourvus d'autorité religieuse et qui s'arrogent parfois le droit d'authentifier des conversions, moyennant finances.
2. Tribunal rabbinique.
3. « The policeman who embraced Judaism... », *Jewish Chronicle, Colour Magazine*, 28 novembre 1980.
4. Pierre (4, 10).
5. Logique...
6. À l'époque, directeur du séminaire rabbinique et responsable des conversions au consistoire.
7. Fête commémorant l'histoire rapportée dans le livre biblique d'Esther.
8. Pâque juive.
9. Bain rituel.

10. Certificat de mariage religieux.
11. Châle de prière.
12. Nourriture autorisée et propre à la consommation.
13. Hébreu moderne.
14. Corne de bélier (trompette biblique) utilisée pour les fêtes juives.
15. Il s'agissait d'un séminaire régional qui concernait donc plusieurs diocèses.
16. Kibboutz réunissant des familles juives, chrétiennes et musulmanes.
17. Surnom de jeunesse du rabbin Léon Askénazi.
18. « Dieu les protège ! »
19. Petit tube contenant le texte, écrit à la main, du « Chema Israël », que l'on met sur les portes des maisons.
20. Centre national de télé-enseignement.
21. Futur grand rabbin de France, il avait à l'époque des responsabilités dans la formation, l'éducation et l'enseignement juif.
22. Nouvel an juif.
23. Ruth Blau, *Les Gardiens de la cité, histoire d'une guerre sainte*, Flammarion, 1978.
24. Michaël Nolan dans le *Jerusalem Post* du 26 octobre 1979.
25. Luc (14, 26).
26. Traduction œcuménique de la Bible (TOB).
27. Matthieu (19, 37).
28. Acte prescrit ou proscrit. Il y a 613 commandements dans la loi juive.
29. Lieu d'accueil des nouveaux émigrants en Israël, où il leur est dispensé des cours accélérés d'hébreu moderne.
30. *White Anglo-Saxon Protestant.*
31. Doctorat.
32. Tout le monde ne sera pas d'accord sur cette estimation car on pense généralement que la moitié des juifs américains n'appartiennent à aucune synagogue. D'autre part on sait que nombre de communautés telle celle des Hassidim ne font pas partie de ces mouvements et ne sont donc pas prises en compte dans ce recensement triangulaire : orthodoxe-conservateur-réformé. Bref, comme le dit l'adage : deux juifs, un parti, trois juifs, deux partis...
33. Cf. *Le Monde* du 10 juillet 1986.

ILS ONT CHOISI L'ISLAM

1. Place du Puits-de-l'Ermite, 76005. Tél : 45.35.10.54.
2. *The Observer* du 27 septembre 1981.
3. *Islam, our choice*, Muslim World League, La Mecque 1961.
4. *Observer Magazine* du 13 juillet 1980.
5. *The Sunday Times* du 22 janvier 1989.
6. *The Sunday Correspondent* du 1er octobre 1989.
7. *France-Pays arabes*, n° 75 d'avril-mai 1978.
8. Maurice Béjart, *Un instant dans la vie d'autrui*, Flammarion, 1979.
9. Muhammad Asad, *Le Chemin de La Mecque*, traduction de Roger du Pasquier, Fayard, 1976.
10. Publiée sous le titre *The Message of the Qur'an*, on la trouve à la célèbre librairie orientaliste « Brill's », 41 Museum Street, Londres.
11. Terme généralement traduit en Occident par l'expression « guerre sainte ». Mais cette signification belliqueuse ne doit pas faire oublier le sens premier du mot : effort sur soi, maîtrise personnelle et sacrifice dans la voie de Dieu.
12. Centre national de la recherche scientifique.
13. *Rûmî et le soufisme*, Seuil, 1977 ; *Mystique et poésie en Islam : Djalal-ud-din Rûmî et l'ordre des derviches tourneurs*, DDB, 1982 ; *Anthologie du soufisme*, Sindbad, 1986, etc.
14. Direction, conduite.
15. Ensemble des *hadiths*.
16. Paroles du Prophète constituant un commentaire et un complément du Coran.
17. Cf. *Le Nouvel Observateur* du 2 septembre 1983.
18. Robert Kanters, *A perte de vue. Souvenirs*, Seuil 1981.
19. Selon l'Hégire ou calendrier musulman qui commence en 622 de l'ère chrétienne.
20. Sourate d'ouverture du Coran.
21. Ed. du Seuil.
22. Il s'agit de la génisse que Moïse avait ordonné aux israélites de sacrifier.

BIBLIOGRAPHIE

ILS ONT CHOISI LE CHRISTIANISME

A. Alès, *Dictionnaire apologétique de la foi catholique, contenant les preuves de la vérité de la religion et les réponses aux objections tirées des sciences humaines*, Beauchêne, 1903.
François Bluche, *Le Grenier à sel*, Éd. de Fallois, 1991.
Paul Evdokimov, *L'Orthodoxie*, DDB, 1980.
Saül Friedländer, *Quand vient le souvenir...*, Seuil, 1978.
Rina Geftman, *Guetteurs d'aurore*, Éd. du Cerf, 1985.
Ginette Guitard-Auviste, *Paul Morand, Légende et vérités*, Hachette, 1981.
Paul Hirsch, *De Moïse à Jésus, confession d'un converti*, Renaissance du livre, 1933.
Jean-Mohammed Abd el-Jalil, *L'Islam et nous*, Éd. du Cerf, 1981.
Hélène Jung, *Jean-Pierre Altermann prêtre*, Éd. Saint-Paul, 1970.
Lucien Lazare, *L'Abbé Glasberg*, Éd. du Cerf, 1990.
Jean-Marie Lustiger, *Le Choix de Dieu, entretiens avec Jean-Louis Missika et Dominique Wolton*, Éd. de Fallois, 1987.
Robert Paxton et Michaël Marrus, *Vichy et les Juifs*, Calmann-Lévy, 1981.
Théodore Ratisbonne, *Mes souvenirs, 1882*, Éd. Sources de Sion, 1966.
Père Michel Riquet, *Un chrétien face à Israël*, Robert Laffont, 1975.
René Schwob, *Moi juif*, Plon, 1928.
Samuel Stehman, *Ce Dieu que j'ignorais*, Fayard, 1970.

Nechama Tec, *In the Lion's Den: The Life of Oswald Rufeisen*, Oxford University Press.

ILS ONT CHOISI LE JUDAÏSME

Ruth Blau, *Les Gardiens de la cité, histoire d'une guerre sainte*, Flammarion, 1978.
Carlo Coccioli, *Le Tourment de Dieu*, Fayard, 1971.
Theodor Herzl, *Journal*, Calmann-Lévy, 1990.
Paul Giniewski, *Le Sionisme d'Abraham à Dayan*, Éd. de la Librairie encyclopédique, Bruxelles, 1969.
Fabre d'Olivet, *La Langue hébraïque restituée*, Éd. l'Âge d'homme, 1975.
Aimé Pallière, *Le Sanctuaire inconnu*, Rieder & Cie, 1926.
Jean-Paul Sartre, *Réflexions sur la question juive*, Gallimard, 1985.
Édouard Schuré, *Les Grands Initiés*, Presses-Pocket, 1983.

ILS ONT CHOISI L'ISLAM

Muhammad Asad, *Le Chemin de La Mecque*, Fayard, 1976.
Paul Balta, *Islam, civilisation et sociétés*, Éd. du Rocher, 1991.
Maurice Béjart, *Un instant dans la vie d'autrui*, Flammarion, 1979.
Jacques Berque, *Arabies*, Stock, 1980.
Pierre Boz, *Tout esprit devra goûter la mort*, Le Centurion, 1980.
Maurice Bucaille, *La Bible, le Coran et la science*, Seghers, 1976.
Émile Dermenghem, *Mahomet et la tradition islamique*, Seuil, 1974.
Roger Garaudy, *Mon tour de siècle, Mémoires*, Robert Laffont, 1989.
André Gide, *Journal*, Gallimard, 1954.
Jean-François Gournay, *Burton, Ambre et lumière de l'Orient*, DDB, 1991.
René Guénon, *Le Théosophisme, histoire d'une pseudo-religion*, Éditions Traditionnelles, 1982. — *L'Erreur spirite*,

Éditions Traditionnelles, 1984. — *Orient et Occident*, Maisnié-Trédaniel, 1983. — *La Crise du monde moderne*, 1927. — *Le Symbolisme de la Croix*, Maisnié-Trédaniel, 1964. — *Les Principes du calcul infinitésimal*, Gallimard, 1946.

Robert Kanters, *À perte de vue. Souvenirs*, Seuil, 1981.

Gilles Kepel, *Les Banlieues de l'Islam, Naissance d'une religion en France*, Seuil, 1991.

Gilles Kepel, *La Revanche de Dieu, Chrétiens, juifs et musulmans à la reconquête du monde*, Seuil, 1991.

Bernard Lewis, *Comment l'Islam a découvert l'Europe*, Gallimard, 1990.

Lisbeth Rocher et Fatima Cherqaoui, *D'une foi l'autre, Les conversions à l'Islam en Occident*, Seuil, 1988.

Claude Tresmontant, *Comment se pose le problème de l'existence de Dieu aujourd'hui*, Seuil, 1971.

Éva de Vitray-Meyerovitch, *Rûmî et le soufisme*, Seuil, 1977. — *Mystique et poésie en Islam, Djalal-ud-din Rûmî et l'ordre des derviches tourneurs*, DDB, 1982. — *Anthologie du soufisme*, Sindbad, 1986. — *L'Autre Visage de l'Islam, entretiens avec Rachel et J.-P. Cartier*, Centurion, 1991.

DU MÊME AUTEUR

Enquêtes

DE NOS ENVOYÉS SPÉCIAUX (avec Philippe Dampenon), J.-C. Simoën, 1977.

LOURDES, HISTOIRES D'EAU, Alain Moreau, 1980.

L'ÉPURATION DES INTELLECTUELS, Complexe, 1985.

Entretiens

LE FLÂNEUR DE LA RIVE GAUCHE (AVEC ANTOINE BLONDIN), François Bourin, 1988.

SINGULIÈREMENT LIBRE (AVEC RAOUL GIRARDET), Perrin, 1990.

Biographies

MONSIEUR DASSAULT, Balland, 1983.

GASTON GALLIMARD, Balland, 1984.

UNE ÉMINENCE GRISE, Balland, 1986.

L'HOMME DE L'ART, Balland, 1987.

ALBERT LONDRES, Balland, 1989.

GEORGES SIMENON, Julliard, 1992.

Impression Brodard et Taupin,
à La Flèche (Sarthe),
le 24 août 1992.
Dépôt légal : août 1992.
Numéro d'imprimeur : 1320G-5.
ISBN 2-07-032616-0 / Imprimé en France.

56178